<u>Seemannsgarn ?</u>

Hein Buddelkieks unglaubliches Abenteuer

Manfred S. Schulze gehört zu der Gruppe von Menschen, die vom großen Hunger nach dem Leben getrieben sind. Schon früh wurde er flügge und verließ sein Nest, weil er neugierig auf die Welt war. Und je mehr er von ihr kennenlernte, umso größer wurde seine Neugier. Deshalb ging er manches Risiko ein und stürzte sich in verschiedene Abenteuer, die ihn schließlich mehr und mehr prägten.

Seine Erlebnisse und Erkenntnisse mit anderen zu teilen, führten dazu, sie niederzuschreiben: in wahre Erlebnisberichte und eingebaut in fiktive Abenteuer.

Im Anhang dieses Buches sind seine bisherigen Veröffentlichungen aufgelistet.
Nähere Informationen zum Autor und seinen Abenteuern finden sich im Internet:
www.weltumreiter.de

Impressum

Copyright: Manfred S. Schulze
               Breitenfeld 5
               D – 79761 Waldshut-Tiengen

2. Auflage 2019

Autor, Layout, Druck, Bindung, Verlag: Manfred S. Schulze

Printausgabe: ISBN 978-3-944416-34-2
Ebook: ISBN 978-3-944416-35-9
Hörbuch   ISBN: 978-3-944416-36-6

Hinweis

Alle in diesem Buch verwendeten Namen sind frei erfunden.
Jede Ähnlichkeit mit lebenden Personen
wäre rein zufällig und ist unbeabsichtigt.

Inhaltsverzeichnis

<u>Seemannsgarn ?</u>

Hein Buddelkieks unglaubliches Abenteuer

Manfred S. Schulze

Erinnerungen

Diesmal sind viele Jahre vergangen, seit ich die Stadt meiner stillen Sehnsüchte zum letzten Mal besuchte. Mein Weg dorthin ist immer länger geworden, weil ich mich immer weiter von ihr entfernte: zu oft hatte ich wegen meiner ständigen, inneren Unruhe und meinem Hunger nach neuen Erlebnissen den Wohnort gewechselt. Jetzt trennen mich schon fast tausend Kilometer von der Stadt, die so tief und unvergesslich in meinen Erinnerungen ist. Sicher sind es die besonders prägenden Erlebnisse als Seemann, die mich mit ihr verbinden. Immer wieder treiben mich meine Erinnerungen an jenen Ort zurück. Während jener, längst vergangenen Zeit waren es meist zwar nur ein paar Tage, manchmal wenige Wochen, in denen ich zwischen den einzelnen Reisen auf Frachtschiff oder Fischtrawler in ihr wohnte. Und ich erinnere mich genau, wie groß die Vorfreude auf neue Seemanns-Erlebnisse und ferne Länder vor jedem erneuten Auslaufen meines Schiffes war, aber beinahe ebenso groß die Sehnsucht nach vielen Wochen auf See, nach der Rückkehr in den Hamburger Hafen. Jeder Heimreise-Tag, der uns draußen auf See näher an die Mündung der Elbe brachte, beschleunigte meinen Herzschlag. Und endlich die erste Landsicht. Dann das Vorübergleiten der Elbufer auf beiden Seiten des Schiffes. Ich freute mich auf Hamburg, diese Stadt war ja inzwischen mein Heimathafen. Endlich wieder durch ihre Straßen zu wandern, anfangs etwas breitbeinig und schwankend. Es dauerte immer einige Stunden, bis sich meine Gehwerkzeuge an die neue Situation gewöhnt hatten. Doch die endlich fehlenden Bewegungen des Schiffes unter mir, ließen bald wieder einen normalen Gang zu.

Die täglichen Wege auf den Schiffen waren immer kurz und gleichförmig. Koje, Waschraum, Kombüse, Messe, Brücke, Maschinenraum oder andere Arbeitsplätze. In Pausen oder längeren Freistunden aber zog es mich immer an die Reling, wenn es das Wetter erlaubte. Nicht nur, wenn Land in Sicht war, oder ein Eisriese in der Nähe. Vor allem die See selbst war es, die mich unentwegt lockte. Egal, ob sie fast unbewegt in der Sonne gleiste oder in tausend Varianten ihr Gesicht durch unterschiedlich starke Winde veränderte. Besonders, wenn der Seegang heftig wurde, schlich ich zum Bug in der Hoffnung, unbemerkt zu bleiben, denn bei Schlechtwetter sah es die Schiffsführung nicht gern, wenn sich dort vorn jemand aufhielt, nur um sich wie auf der Achterbahn auf und nieder wiegen und vom Gischt der Bugwelle besprühen zu lassen.

Im Hafen waren die Wege freilich erheblich länger, führten meistens über die Gangway vom Schiff, dann zum Elbufer und mit einer Barkasse über den Fluss. Landungsbrücken, Michel, Rathaus, Binnenalster, Jungfernstieg und natürlich St. Pauli mit der Reeperbahn und der Großen Freiheit. Spätestens hier traf ich fast immer auf Schiffskameraden, die meist schon ausgelassen grölten. Sie hatten den direkten Weg ins Vergnügen gewählt. Die Heuer musste ja schließlich wieder in ihren vorbestimmten Kreislauf gebracht werden. Lockende Lokalitäten gab es so nah am Hafen ja genug. Nicht wenige der Kameraden wanderten aber zu allererst in die Herbertstraße oder einen anderen Treffpunkt für liebeshungrige Seeleute. Auf See hatte sich schließlich täglich ihre Sehnsucht nach weiblicher Gunst vergrößert. Die Träume von nackter Haut und prallen Rundungen ließen manchen Maaten wie ausgehungerte Raubtiere ungeduldig auf das Festmachen ihres Schiffes warten.

Andere bevorzugten die Entspannung ihrer Seele in der ebenfalls lange vermissten Zufuhr erheblicher Mengen geistiger Getränke. Das waren dann jene, die auf dem Weg zurück zum Schiff oft von zwei Kameraden gestützt werden mussten. Manchmal war ihnen in irgendeiner Spelunke der Kopf sicherlich noch vor dem Leeren des letzten Bierglases auf den Tisch gesunken. Den Köm aber hatten sie bestimmt mit letzter Kraft schnell noch hinunterkippen können. Er war immer das Ausrufezeichen ihres Übermuts. Wie auch immer ihr Schädel am nächsten Tag brummen würde, heute war es egal. Morgen ist morgen. Das sind Erinnerungen, über die ich heute schmunzeln kann.

Viele solcher und anderer Erinnerungen gehen mir jetzt wieder durch den Kopf und ich staune, wie frisch sie nach so vielen Jahren noch sind. Als wäre es erst gestern gewesen. Trotz vieler Veränderungen in der Stadt erkenne ich doch alles das wieder, was sich so tief eingeprägt hat. Sicher hatten meine Schuhe damals schon einige jener Steine berührt, die immer noch an manchen Stellen das Pflaster auf alten Straßenabschnitten bildeten. Besonders hier unten in Altona, wo es auch immer noch die allen Hamburgern bekannten Fischhallen gibt. Wie bei jedem Besuch, zieht es mich auch jetzt wieder dorthin. Ohne diesen für mich so prägenden Ort besucht zu haben, kann ich die Stadt nicht wieder verlassen. Das ist seit Jahrzehnten so.

Das große Tor an der östlichen Giebelfront der Halle ist geschlossen. Aber ich weiß, dass man es öffnen kann. Alles deutet darauf hin, dass die Hallen mit ihren Verarbeitungsräumen immer noch in Betrieb sind, auch wenn es den Fischereihafen nebenan nicht mehr gibt. Er ist zugeschüttet. Ein Parkplatz für Autos ist jetzt dort, wo seinerzeit die Fischtrawler im trüben Wasser dümpelten und auf das nächste Auslaufen warteten. Und wo die Hallen der Ausrüster auf der anderen Seite des Beckens waren, steht ein riesiges, modernes Gebäude.

Ich öffne den linken Teil des Tores ein wenig und stecke meine Nase durch den Spalt. Sofort schlägt mir dieser strenge Fischgeruch entgegen. Und er ist stark wie eh und je. Tief sauge ich ihn ein und fülle meine Lungen. Ich muss lächeln bei dem Gedanken, wie er mich einst abschreckte. Genau wie auf dem Schiff, das nebenan zum Ausrüsten lag, und das ich *erstmalig betrat. Wie ich nach wenigen Stunden auf diesem Fischtrawler gerade wegen dieses Geruchs, den ich damals als ekelhaften Gestank empfand, von Bord flüchten wollte. Nach der ersten, beinahe schlaflosen Nacht hatte ich meinen Seesack wieder gepackt und wollte die enge Kammer im Vorschiff verlassen, als die Hauptmaschine angeworfen wurde. Ihr gleichmäßiges, tiefes Grummeln hatte mich aufhorchen lassen und mich neugierig gemacht. Also war ich an Bord geblieben, um wenigstens, bestimmt unter Qualen wie ich glaubte, diese eine Reise zu überstehen. Ungefähr sechs Wochen sollte sie dauern. Ich brauchte ja die Heuer, mein Konto war schon fast leer.*

Doch aus einer Reise wurden viele. Trotz erheblicher Gefahren, vielen beinah unerträglichen und gewaltbereiten Mannschaftsgenossen, gewaltigen Strapazen und dieses Geruchs, gefiel es mir auf diesem Schiff immer besser. Es war Abenteuer, wie ich es schnell zu lieben begann. Genau wie den Duft nach Fischleichen in engen Räumen und sogar nach verwesendem Gammelfisch in versteckten Ecken der Verarbeitungsräume. Nicht mehr wie Gestank erschien er mir bald, sondern wie ein besonderes Parfüm, das alte Erinnerungen weckt. Jedes Mal, wenn ich meinen ehemaligen Heimathafen besuchte, erfüllte ich mir wenigstens einmal diesen Genuss, sog diesen einmaligen und unvergessenen Geruch tief ein, damit er hoffentlich lange in meiner Lunge verblieb.

Nach der langen Wanderung durch die Stadt verspüre ich Hunger. Ob es diese urige Hafenkneipe noch gibt, die ich früher so oft während der Hafenliegezeiten besuchte? Wo es innen recht dunkel und rauchig war, aber urgemütlich? Dunkle Holztäfelung, gelblich verrauchte Deckenlampen, kleine Butzenfenster zur Straße hinaus und innen vor jedem Fenster einen großen Holztisch, von Sitzbänken mit Rückenlehnen eingerahmt? Eng war es im Gastraum und die Luft fast zum

Schneiden dick. Tabakrauch und Bierdunst. An den dicken, großen Wirt mit dem grimmigen Gesicht kann ich mich noch deutlich erinnern. Wie er hinter dem langen Tresen stand, die Biergläser fast pausenlos bedächtig füllte und dennoch Niemanden in seinem Lokal aus den Augen ließ. Die Erfahrungen hatten ihn wohl gelehrt, wachsam zu sein, denn nicht alle Gäste blieben nach vielen Gläsern Bier und Köm noch friedlich. Wer streitlustig wurde, den trafen sofort die unerbittlichen, scharfen Blicke des Wirtes und wenn das nicht ausreichte, knallte seine rechte Faust, die so groß und mächtig wie ein Vorschlaghammer war, mit einem solchen Krachen auf den Tresen, dass alle Gläser klirrten und jeder Tunichtgut augenblicklich erschrocken zusammenfuhr. Die unerbittliche Kampfbereitschaft dieses Wirtes hatte sich weit herumgesprochen und bestimmt schon manchem Streithammel den schmerzhaften Rausschmiss beschert.

Mein Weg führt am Elbufer entlang zum Fischmarkt von Sankt Pauli. Dort am hinteren Ende des Platzes muss dieses Lokal gewesen sein. Tatsächlich! Es ist noch da. Auch die anliegenden Gebäude erkenne ich wieder. Hier hat sich noch nichts verändert.

Das Lokal ist geöffnet. Neugierig trete ich ein. Der Gastraum ist noch genau so, wie damals. Dieselben Tische und Bänke, derselbe Tresen. Bilder verschiedener Schiffe, meist in aufgewühlter See ringsum an den Wänden. Buddelschiffe auf kleinen Wandbrettern, umringt von getrockneten Seesternen verschiedener Größe und mehrere pergamentene Seehasen, die an Zierketten von der Decke hängen. Stücke alter Fischernetze und Kugeln aus grünem Glas runden diese urige, Seefahrt vermittelnde Dekoration ab. Alles ist wie früher, wie vor vielen Jahrzehnten.

Nur die rauchschwangere Luft fehlt. Im Raum darf auch hier nicht mehr geraucht werden. Und der Wirt ist ein anderer. Auch groß und schwer, aber mit freundlichem Gesicht. Er erwidert sogar meinen Gruß. Der von damals knurrte höchstens als Erwiderung. Nur zwei Tische sind besetzt. Ich habe also große Auswahl. Früher fand ich den Gastraum nie so schwach besetzt. Ich wähle einen Fensterplatz. Am Nebentisch sitzt ganz allein ein alter Mann. Eine Gruppe junger Männer belegt den letzten Tisch in der Reihe vor den Fenstern. Sie sind laut, aber fröhlich. Ob es Seeleute sind, wie ich es früher war?

Der neue Wirt ist ein ganz anderer Typ, als jener unfreundliche Knurrer von damals. Er kommt sogar zum Tisch, um die Bestellung aufzunehmen und bringt eine Speisekarte. Damals musste man seine Bestellung dem brummigen Wirt am Tresen mitteilen. Gelächelt hat er nie, noch nicht einmal bei größeren Bestellungen.

"Schon was zu trinken?", fragt der jetzige freundlich.

"Ja, ein Pils bitte", antworte ich.

"Groß oder klein?"

"Groß, bitte."

Dieser lächelt befriedigt und ich schlage die Karte auf. Sie ist nicht sehr umfangreich, aber das war hier auch nicht zu erwarten. Damals gab es nur Kleinigkeiten wie Bockwurst mit Kartoffelsalat, Soleier aus einem großen Glas auf der Theke, oder kalte Frikadellen. Nun scheint es wohl mit dem Getränkeumsatz nachgelassen zu haben, denn die Zahl der einlaufenden Seeleute ist erheblich geschrumpft. Schiffe mit über vierzig Mann Besatzung gibt es längst nicht mehr, heute sind es selbst auf riesigen Pötten weniger als die Hälfte. So hat sich dieser Wirt wohl hauptsächlich auf den Tourismus eingestellt und dazu muss es eine lukrative Speisekarte geben. Und hier am Fischmarkt dominiert natürlich die Auswahl an verschiedenen Fischgerichten. Ich wähle eine 'Finkenwerder Scholle', wie meistens in der Küstenregion. Das gefällt auch dem Wirt und er nickt zufrieden.

Eine merkwürdige Begegnung

Jetzt habe ich Gelegenheit, mich genauer umzuschauen, denn die Scholle muss erst zubereitet werden. In der Küche hinter dem Tresen beginnt jemand, mit Töpfen und Pfannen zu klappern. Durch die Schwingtür kann man es hören. Ich nehme einen tiefen Schluck. Das kühle Bier tut mir gut. Als ich mir den Schaum mit dem Handrücken vom Mund wische, trifft mich der Blick des alten Mannes vom Nachbartisch. Als sich unsere Blicke begegnen, wendet er sofort sein Gesicht wieder zum Fenster und dann schaut er scheinbar verträumt zur Straße hinaus. Irgendwie hat mich dieser Blick beeindruckt. Weshalb, könnte ich gar nicht erklären. Ich versuche, sein Gesicht zu studieren, von dem ich jetzt aber nur die linke Hälfte sehen kann. Es zeigt keinerlei Gemütsregung, scheint unbeteiligt an jeglichem Geschehen im Gastraum zu sein. Der Kopf ist schmal und kantig. Zahllose Falten sind überall dort, wo üppiges, kurzgeschnittenes und schneeweißes Haar das Gesicht freilässt. Kinn und Wangen sind stoppelig, als hätte er es satt, seinen Bartwuchs zwischen den tiefen Falten immer wieder wegzurasieren. Eigentlich ist es also nur irgendein alter Mann. Dennoch zieht seine Erscheinung immer wieder meinen Blick auf sich. Und er scheint es zu bemerken. Nur kurz wendet er seinen Kopf zu mir, und ich erkenne eine Besonderheit. Es sind seine Augen, die ich beim ersten Blickkontakt nur unterschwellig wahrnahm. Sie sind so hell und blau wie eine ruhige See im Sonnenlicht. Und sie wirken erstaunlich jung im Gegensatz zu seiner übrigen Erscheinung. Nur kurz verengen sich seine Lider, als ärgerten ihn meine Blicke, die er irgendwie gespürt haben muss. Aber da schaut er schon wieder nach draußen. Hat er mir signalisiert, dass ihn meine Beobachtung stört? Ich muss mich zwingen, ihn nicht mehr direkt anzusehen, sondern nur noch unauffällig aus den Augenwinkeln. Es völlig zu unterlassen, gelingt mir nicht. Ich weiß nicht, weshalb, aber ich fühle mich regelrecht gezwungen, ihn genauer zu studieren.

Er sitzt sehr aufrecht, ist schlank und drahtig. Obwohl es kein bisschen kühl ist, draußen nicht und erst recht nicht hier drinnen, hat er seine dicke Joppe aus festem Wollstoff an. Marineblau ist sie und die Reihe der goldenen Knöpfe mit der typischen Ankerprägung würde überall im Land auffallen, nur nicht hier in dieser Hafenstadt. Der blitzende Glanz der Knöpfe lässt ahnen, dass sie oft geputzt werden. Die Joppe selbst ist alt und an vielen Stellen ziemlich abgewetzt, genau wie die Schiffermütze, die er nebenan auf das Fensterbrett gelegt hat. Vor ihm auf dem Tisch liegt eine bestimmt häufig benutzte, geschwungene Tabakspfeife und daneben steht ein halbvolles Bierglas. Das leere Schnapsgläschen ist zur Tischmitte geschoben. Mit einem tiefen Seufzer wendet er sich gerade dem Bierglas zu, nimmt es auf und einen kleinen Schluck daraus. Seine rechte Hand hat es genommen und die ist genauso faltig und knochig wie sein Gesicht. Jetzt fällt mir seine linke Hand auf, die halb geschlossen auf der Tischplatte ruht. Sie ist so voller Narben und dadurch entstellt, dass sie wie die Hand eines Gespenstes wirkt. Fleischige Teile sind an ihr überhaupt nicht zu sehen. Nur Haut und Knochen, wie man so sagt. Diese Hand scheint auch kaum benutzt zu werden, denn nach dem Absetzen des Bierglases bleibt sie unbewegt an ihrem Platz, während die rechte nach der Tabakspfeife greift. Der Alte führt die Pfeife zum Mund, nimmt das Mundstück zwischen die Zähne und schließt sekundenlang die Augen, als genieße er nun den wallenden Tabakrauch. Aber der kommt nicht, denn die Pfeife ist leer und kalt. Mehrmals hintereinander saugt er trotzdem hörbar an ihr, dann öffnet er wieder die Augen und legt die Pfeife seufzend zurück an ihren Platz. Ich muss ein wenig schmunzeln. Er bemerkt es ja nicht, blickt schon wieder zur Straße hinaus.

Der Wirt bringt mein Essen und sagt freundlich: "Guten Appetit". So wende ich meine volle Aufmerksamkeit der duftenden Scholle mit den Beilagen zu und genieße dieses Essen, wie ich es immer tue, wenn ich irgendwo hier oben in Küstennähe bin. Trotzdem wandert mein Blick völlig ungewollt wie unter einem geheimen Zwang zu dem Alten hinüber. Er scheint immer noch weder mich, noch sonst irgendetwas im Raum zu beachten. Dafür ist es der Wirt, dem mein Interesse an dem Alten aufgefallen ist. Kurze Blicke sendet er immer wieder zu mir, während er Gläser mit einem großen Tuch poliert. Dann, ohne seinen Kopf zu bewegen, wenden sich seine Augen kurz dem Alten zu und jedes Mal huscht ein winziges Lächeln über sein Gesicht.

'Das ist schon eine merkwürdige Situation', denke ich und schüttele verwundert meinen Kopf. Auch das bemerkt der Wirt. Aber was ist es nur, das mich so sehr an diesem Alten fasziniert? Die Augen allein können es doch nicht sein. Das ist doch nur ein alter Mann, wie es so viele gibt. Na ja, er ist wahrscheinlich ein ehemaliger Seemann, der sicherlich ein Leben führte, wie es Landleute höchstens aus Büchern kennen. Und der Erlebnisse gehabt haben muss, die mancher Landratte extrem spannend erscheinen würden. 'Ob es das ehemalige Leben als Seemann ist, das diesem Mann eine so gewaltige Ausstrahlung verleiht? Von ihm würde ich schon gern etwas aus seinem Leben erfahren', geht es mir durch den Kopf. 'Vielleicht haben wir ja Gemeinsamkeiten? Ähnliche Erlebnisse aus unserer Zeit auf See?' Aber ihn einfach anzusprechen, scheue ich mich. Mich zu ihm zu setzen und ihn auszufragen, widerstrebt mir.

Am Tisch der jungen Männer wird es plötzlich laut. Der Alkohol hat sie wohl in eine streitlustige Stimmung versetzt. Jedenfalls zunächst einen oder zwei aus der fünfköpfigen Gruppe. Von verhaltenem Lachen ist jetzt nichts mehr zu hören, dafür der aufgebrachte Ruf: "Du hast mir überhaupt nichts zu sagen, Du Idiot! Kümmer Dich um Deinen eigenen Scheiß!"

Sein Gegenüber erwidert irgendetwas mit leiser Stimme. Ich kann es nicht verstehen. Nur sein hämisches Lachen ist sehr deutlich. Plötzlich springt der Gekränkte auf und schreit noch lauter: "Halt endlich Dein Maul, sonst stopf ich es Dir! Du bist doch ein hinterlistiger Lügner!"

Das war nun für den anderen zu viel und er springt auf, wobei er die Sitzbank zum Kippen bringt. Sein Nebenmann stürzt mit der Bank rücklings zu Boden und nun ist auch er aufgebracht: "Bist Du verrückt, Du Penner?" Da haben sich die zwei ersteren bereits am Kragen gepackt, bis zum Fliegen der Fäuste ist es nicht mehr weit.

Dem Wirt schwindet das Lächeln aus dem Gesicht und er strafft sich. Der Alte wendet ebenfalls seinen Kopf erschrocken den Streithähnen zu. Das reizt offensichtlich den zu Boden gestürzten und jetzt schreit er: "Was glotzt Du so blöde, alter Sack?"

Ich spüre Zorn in mir aufsteigen. Der Streit unter den Burschen war mir egal. Er hatte mich eher belustigt. Solche Situationen hatte ich unter den Fischern oft erlebt. Der verbale Angriff auf einen Unbeteiligten, der nur in Ruhe sein Bier trinken will und sich doch gar nicht einmischte, treibt mir den Zorn ins Gemüt und ich springe erregt auf. Ich fühle mich mit diesem alten Mann solidarisch, möchte ihn in Schutz nehmen. "Behaltet Euern Streit an Eurem Tisch oder tragt ihn draußen aus. Der Mann hat Euch nichts getan!"

Nun bin ich das Ziel von allen Fünfen, die schlagartig nüchtern erscheinen. Nur ihre zusammengekniffenen Augen verraten einen erheblichen Alkoholpegel. Alle stehen jetzt, ihre Gesichter sind rot, die Augen verengen sich immer mehr und senden mir hasserfüllte und herausfordernde Blicke. Schon setzen sie sich in meine Richtung in Bewegung, aber der Wirt tut es auch. Und er hat plötzlich einen Baseballschläger in den Händen. Drohender Zorn flammt aus seinen sonst so freundlichen Augen. An meinem Tisch bleibt er stehen, schwingt den Schläger wie den Perpendikel einer Standuhr hin und her. Dann ertönt seine mächtige, tiefe Stimme wie das Horn eines großen Überseefrachters: "Schluss damit. Ihr zahlt jetzt und verlasst sofort das Lokal. Legt Eure Zeche auf den Tresen und dann ganz schnell raus mit Euch!"

Der Wirt ist groß und breit, überragt jeden der Burschen bestimmt um einen Kopf. Doch die sind zu fünft, jung und beweglich. Vielleicht sogar kampferprobt? Und der Alkohol in ihrem Blut hat ihnen jeglichen Respekt genommen: 'Ein Behäbiger und zwei alte Männer? Was wollen die gegen uns ausrichten? Zeigen wir ihnen doch mal, dass wir die Stärkeren sind und dass die überhaupt nicht gegen uns ankommen können! Immerhin haben sie sich eingemischt, ohne dass es sie etwas angeht', scheinen sie zu denken.

Schritt für Schritt machen sie auf uns zu. Ihre Blicke sind stechend und herausfordernd. Ich bin irgendwelchen Streitereien und Prügeleien immer möglichst aus dem Weg gegangen. Auch auf See. Gewalt war mir immer zuwider. Doch an der Seite dieses Wirtes spüre ich einen ungewohnten Mut. Seine ruhige und bestimmte Art überträgt sich auf mich. So kann ich sogar ein winziges Lächeln hinkriegen. Leider scheint das diese Burschen nicht zu beeindrucken.

Alle fünf Angreifer haben nebeneinander nicht genügend Platz in der Enge zwischen Tischen und Bänken auf der einen Seite, und dem Tresen auf der anderen. Es sind nur drei, die Schulter an Schulter auf uns zukommen, die anderen folgen ihnen eng dahinter. Den Alten beachten sie nicht mehr. Er sitzt auf seinem Platz und beobachtet das Geschehen mit zusammengepressten Lippen, aber blitzenden Augen. Was sollte er auch sonst tun? Sich jetzt einzumischen, könnte für ihn lebensgefährlich sein. Ein Schlag gegen seinen Kopf würde *wahrscheinlich sein Ende bedeuten, so dürr wie er ist. So denken wahrscheinlich auch die Streithähne, falls sie überhaupt noch denken können in ihren vernebelten Hirnen. Das plötzliche, listige Aufleuchten seiner Augen bemerken sie jedenfalls nicht.*

Die ersten drei sind schon an seiner Sitzbank vorbei, nur noch einen Schritt vor dem Wirt und mir. Die beiden anderen stehen hinter ihnen, direkt neben der Bank des Alten. Und dann geschieht, was auch ich niemals für möglich gehalten hätte: Der Alte wirft seinen Oberkörper blitzschnell flach auf die Bank und seine rechte Hand greift augenblicklich gezielt von hinten zwischen die Beine des neben seiner Bank Stehenden. Es ist jener, der ihn 'alter Sack' genannt hatte. Ein Schmerzensschrei füllt den Raum, der auch maßlose Überraschung ausdrückt. Und der Schrei hält an. Lange, denn der Alte lässt nicht los. Niemand hatte mit einer Gegenwehr aus dieser Richtung gerechnet. Der Schreihals versucht, sich zu befreien. Sich dem Alten zuwenden kann er nicht, und vor Schmerzen krümmt sich sein Körper. Ungewöhnlich blass ist plötzlich sein Gesicht. Mit beiden Händen versucht er, die klammernden Finger des Alten zu lösen. Doch sie lassen sich nicht lösen. Wie ein stählerner Schraubstock umschließen diese knochigen Finger die Genitalien mitsamt der Hose. Die Schmerzen müssen unmenschlich sein. Verzweifelt sucht sich der Gepeinigte zu befreien. Jetzt mit beiden Armen hinter sich zu schlagen, doch dabei trifft er immer wieder mit seiner Rechten den Tisch und mit der Linken die Rückenlehne der Bank. Den Alten erreicht er nicht.

"Lass mich los, Du zerquetscht mir die Eier!", brüllt er mit kreischender Stimme. Aber der Mann lässt nicht los, das Schmerzgeheul hält weiter an. Jetzt überlegen wohl seine Kameraden, wie sie ihm helfen könnten, doch wo sollen sie eingreifen? Sie müssten uns den Rücken zukehren und das wagen sie nicht. Nur sein Nebenmann könnte es, aber er hat

nur wenig Platz hinter seinem gequälten Kameraden. Der Alte liegt flach in der Enge zwischen Tisch und Rückenlehne. Allein von oben könnte er ihn packen und versucht es endlich, sich dorthin durchzuzwängen. Dann ist er über ihm und streckt seine Hände aus. Aber da schlägt der Wirt zu. Der Aufruhr um den Schreienden hat die drei Angreifer abgelenkt, so kommt jede Abwehrbewegung gegen diesen Schlag zu spät. Er schlägt nicht auf den Kopf, vielleicht fürchtet er die unangenehme Arbeit des Blutaufwischens. Seitlich gegen den linken Arm führt er den ersten Schlag und ich nutze die Gelegenheit der erneuten Ablenkung für einen besonders heftigen Tritt gegen das Schienbein des vor mir Stehenden. Die Sohlen meiner Schuhe sind hart und schwer. Ein so heftiger Tritt muss Wirkung zeigen, und tut es augenblicklich. Genau wie der Schlag des Wirtes. Der traf das Ellenbogengelenk seitlich, dort ist es besonders schmerzempfindlich. Jetzt sind es drei unterschiedliche Schreie, die den Raum füllen.

Völlig unerwartet für die Burschen kam die Gegenwehr und das verwirrt sie sehr. Einer brüllt noch immer, seine Genitalien sind in unerbittlich fester Hand. Ein zweiter umklammert mit schmerzverzerrtem Gesicht seinen linken Ellenbogen. Der Arm hängt wie gelähmt herab. Der Dritte sitzt auf dem Boden, streift sein Hosenbein hoch und befühlt sein rechtes Schienbein. Eine sich langsam verfärbende und immer dicker werdende Beule zeigt sich dort. Die übrigen zwei stehen ratlos mit blassen Gesichtern da und strecken ihre Hände zur Decke, wohl um anzudeuten, dass sie aufgeben. Den einen packt der Wirt am Kragen und stößt seinen Oberkörper auf den Tresen. "Du zahlst die Zeche", sagt er hart. Mit zitternden Händen zieht der Eingeschüchterte erschrocken einen großen Geldschein aus seiner Hosentasche und reicht ihn dem Wirt. Mit offenem Mund und deutlicher Blässe im Gesicht sieht er den Wirt ängstlich an. Sicher erhofft er das Wechselgeld.

Der Wirt aber sagt: "Stimmt so. Der Rest ist für unsere Arbeit mit Euch. Und für die Getränke, die Ihr noch bestellen wolltet. Hoffentlich habt Ihr heute etwas gelernt. Saufen kann jeder. Aber vertragen muss man es können. Falls Ihr mal wieder vorbeikommen wollt, will ich eine Entschuldigung hören. Und jetzt geht brav nacheinander auf die Straße hinaus und beeilt Euch, wegzukommen, denn die Polizei wird gleich hier sein. Sie ist alarmiert."

Tatsächlich stolpern oder hinken nun vier junge Männer durch die Tür nach draußen. Die Stimme des fünften aber ist in ein wimmerndes Kreischen übergegangen. Seine Gegenwehr ist erlahmt. Er hat erkannt, dass eine solche immer nur zu erhöhtem Schmerz führt. Der alte, weißhaarige Mann hat immer noch fest im Griff, was nun sicher für längere Zeit in gewissen Etablissements unbrauchbar sein wird. Langsam richtet er sich endlich auf, rutscht auf seinem dürren Hintern auf der Bank nach vorn und schiebt dabei den Burschen vor sich her, dem schon der kalte Schweiß von der Stirn rinnt. Seine gespenstische Linke greift endlich den Kragen im Nacken des Burschen, die Rechte steckt noch immer zwischen seinen Beinen. So schiebt er den letzten vor sich her, durch die Tür nach draußen und stößt ihn schließlich auf das Straßenpflaster. Der Wirt und ich sind ihm mit befriedigtem Lächeln gefolgt. Alle drei stehen wir grinsend nebeneinander auf der äußeren Türschwelle und blicken den unerwünscht gewordenen Gästen nach. In der Ferne ist das Geheul einer Polizeisirene zu hören. Dieser Ton beflügelt die jetzt bestimmt völlig nüchtern gewordenen Streithähne und sie rennen um ihre Freiheit - drei von ihnen mit schmerzverzerrten Gesichtern.

"Ich hab gar nicht bemerkt, dass Sie die Polizei riefen", sage ich erstaunt.

"Hab ich auch nicht. Die Sirene ist ein Zufall. Danke übrigens für Ihre Hilfe. Und für Dich, Hein, sind nun einige

Getränke frei. Diese Burschen haben bereits für Dich bezahlt. Das war doch nett von ihnen, oder?", lacht er hämisch.

Da höre ich das erste Mal die Stimme des Alten, den der Wirt 'Hein' nannte. Sie ist tief und knarrend und passt haargenau zu seinem übrigen Äußeren. Sein Lächeln verdoppelt die Anzahl der Falten in seinem Gesicht. "Na, wenn das so is, schmeiß ich doch glatt ne Lokalrunde. Lütt'n lütt?", fragt er in meine Richtung mit breitem Grinsen.

Diese Bezeichnung für ein kleines Bier neben einem Gläschen Köm kenne ich noch von früher, grinse zurück und nutze die Gelegenheit, mich zu dem Alten zu setzen. Jetzt habe ich endlich einen guten Grund dafür.

"Danke für die Einladung", sage ich, reiche ihm die Hand und stelle mich vor, nenne dabei Vor- und Zunamen.

Das veranlasst ihn, ebenfalls seinen vollständigen Namen zu nennen. "Hein Buddelkiek", sagt er und grinst lauernd.

'Macht er einen Witz? Oder ist das wirklich sein richtiger Name?', denke ich und solche Zweifler hat er wohl schon öfter erlebt, denn noch bevor ich eine Frage stellen kann, antwortet er schon, wobei seine blitzenden Augen schelmisch leuchten: "Ja, ja, stimmt schon. Das is wirklich mein richtiger Name. Wie meine Vorfahren zu diesem Familiennamen gekommen sind, weiß ich allerdings nich. Muss wohl mal einen gegeben haben, der öfter in die Buddel gekiekt hat. Und weil das alle immer Seefahrer waren, ist das ja wohl auch normal. Vielleicht hatte auch jeder meiner männlichen Vorfahren gemeint, er müsse diesem Namen gerecht werden. Jedenfalls gab es mehrere, die zum Ende ihres Lebens mit blauroten Knollennasen zum Friedhof getragen wurden. Ich versuche nun, das Vermächtnis dieses Namens zu brechen. Deshalb trinke ich niemals aus der Flasche, sondern grundsätzlich sehr gesittet, nur aus Gläsern. Ha-ha-ha."

Inzwischen hat der Wirt die Gläser gefüllt und setzt sich zu uns. Hein und ich sind ja nun seine einzigen Gäste. "Na, denn woll'n wir mal 'nen Kleinen nehmen, nich?", sagt Hein in tiefstem Hamburger Platt und hebt sein Kömglas.

Der Wirt und ich tun es ihm gleich und über der Mitte des Tisches treffen sich unsere Gläser mit leisem Klingen. Das gemeinsam Erlebte hat uns in eine seltsam gelöste Stimmung versetzt. Der Köm und das anschließend zum Hinunterspülen genutzte Bier helfen zusätzlich, uns wie Kampfgenossen nach erfolgreichem Sieg zu fühlen, wie Verbündete. Entsprechend fröhlich und entspannt ist vor allem Hein. Kein bisschen traurig und verträumt wirkt er jetzt und noch beeindruckender als zuvor schon, leuchten seine blauen Augen. Der Wirt holt rasch die Kömflasche und füllt die Gläschen erneut. Dann stellt er die Flasche in die Mitte des Tisches und sagt: "Geht aufs Haus. Deine Freizeche kannst Du in den nächsten Tagen nutzen, Hein. Und erzähl doch unserm neuen Mitstreiter mal etwas aus Deinem Leben. Hab doch gesehen, dass dem längst aufgefallen ist, dass es erstaunliche Geschichten um Dich alten Seebären geben muss."

"Ach, ich weiß nich. Ob ihn das wirklich interessiert? Erzähl nich gern davon." Aber seine Augen verraten anderes. Er ziert sich nur, möchte weiter gedrängt werden. Der Wirt weiß es wohl, denn er beginnt, ihm ein paar verbale Brocken hinzuwerfen.

"Das mit dem Schiffbruch, Hein. Das interessiert doch jeden. Und dann der Eisberg und der Bär!"

Jetzt bin ich aber richtig neugierig geworden. 'Schiffbruch? Eisberg? Bär? Wahrscheinlich Eisbär?' Hein beobachtet meine Reaktion und sieht schmunzelnd, dass meine Neugier geweckt ist.

"Na ja. Wenn Du willst, kann ich ja ein bisschen erzählen. Aber dafür muss ich meine Pfeife in Betrieb nehmen.

Kein Dampfschiff kann mit kalten Kesseln fahren. Es sind ja keine anderen Gäste hier."

"Na gut. Da muss ich aber ein paar Fenster aufmachen, sonst kommen zwei Wochen lang keine Gäste mehr."

"Kann ja versuchen, den Qualm komplett runterzuschlucken."

"Lieber nicht. Ich bin sicher, dass Du ihn dann heimlich durch Deine Hose bläst. Ha-ha-ha."

Hein und ich lachen mit dem Wirt über diesen anstößigen Witz, bestimmt eine ganze Minute lang. Hein aber wird urplötzlich völlig ernst und greift blitzschnell, als fürchte er, dass es sich der Wirt wieder anders überlegen könnte, nach seiner Tabakspfeife. Aus der Tasche seiner Joppe zieht er mit seiner Geisterhand gleichzeitig einen ledernen Tabaksbeutel, öffnet umständlich den Knoten der Schnur, die den Beutel verschließt, und als er beginnt, den Tabak in den Pfeifenkopf zu drücken, lässt endlich das Zittern der erwartungsvollen Erregung seiner Hände nach. Er ist wohl sicher, dass ihn nun niemand mehr daran hindern wird, die Pfeife anzustecken. Und als der Wirt sogar ein Streichholz entzündet und die Flamme über die Öffnung des Pfeifenkopfes hält, schließt Hein selig lächelnd seine Augen und saugt an der Pfeife wie ein soeben dem Erstickungstod Entronnener. Ein tiefer Seufzer der Erleichterung entrinnt seiner Brust. Vom ersten Zug dringt überhaupt kein bisschen Rauch in den Raum. Hein scheint ihn wirklich geschluckt zu haben. Dann aber pafft er mehrmals, und langsam breitet sich der herbe Geruch des verglühenden Tabaks im Gastraum aus. Das Gesicht des alten Seemannes aber wird ganz langsam ernster und nach einem weiteren tiefen Zug beginnt endlich seine Erzählung:

Auf Fischfang im Nordatlantik

"Eigentlich wollte ich nicht mein ganzes Leben bei der Seefahrt verbringen, wie es mein Vater und auch dessen Vater und die meisten meiner übrigen männlichen Vorfahren taten. Aber ich hatte nun mal diesen Beruf gewählt und nach etlichen Jahren dabei, sogar das Steuermannspatent. Das macht natürlich auch stolz und da fällt es nicht mehr so leicht, irgendwas Neues anzufangen. Und was sollte ich an Land auch machen? Auf einem Flussschiff fahren? Nee, das konnte mich nicht locken. Immer öfter hatte ich mich in den letzten Jahren nach einer eigenen Familie gesehnt, nach einer Frau an meiner Seite. Und das ist schon ziemlich schwierig, wenn man immerzu unterwegs ist. Und welche Frau gibt sich auf Dauer schon mit einem Mann zufrieden, der selten zu Hause ist? Wie oft hörte ich von verheirateten Seeleuten, deren Frauen untreu wurden und ich muss Euch sagen, das könnte ich nicht ertragen. Ich weiß nicht, wen ich zuerst umbringen würde. Den Liebhaber, oder die Frau. Wahrscheinlich beide. Früher, zu Zeiten meines Vaters oder des Großvaters, da war es noch anders. Da wussten die Frauen noch, zu wem sie gehörten. Da galt der Satz noch: 'Bis das der Tod euch scheidet.' Trennungen oder gar Scheidungen waren selten. Als ich das Seefahrerleben aufgeben wollte, da war es schon nicht mehr so. Da wollten Frauen schon nicht mehr immerzu auf ihren Mann warten müssen, manchmal monatelang. Also könnte ich ja irgendwann einen Posten im Hafen übernehmen. Oder auf einer der Werften. Da werden schließlich auch immer wieder Leute gesucht, die was von der Seefahrt und von Schiffen verstehen. Also wollte ich mir erst eine Frau suchen, wenn ich sesshaft geworden war. Aber um sesshaft zu werden und auch ein Häuschen zu bauen, wäre es gut, schon ein dickes Konto zu haben. Und das erreicht man am besten bei der Fischerei. Jedenfalls damals, als es noch Fische aller Arten in Hülle und

Fülle gab. Als über Fangquoten, Netzmaschenweite und Überfischung nicht nachgedacht wurde.

Also kurz und gut, ich heuerte unten in Altona auf einem Seitenschlepper an. Das war damals die effektivste Fangmethode. Ein großes Schleppnetz wird in Lee des Schiffes bis auf den Meeresgrund abgelassen und wenn da unten, vielleicht in hundert Metern Tiefe, gerade ein Schwarm Kabeljaus beim Frühstücken war, da konnte nach zwanzig Schleppminuten über den Grund das Netz wieder eingeholt werden. Meistens voll bis an den Rand. Fänge von vierhundert bis fünfhundert Korb, also Zentnern, waren keine Seltenheit. Dann hatten die Fischverarbeiter an Deck keine ruhige Minute mehr. Und wer von der übrigen Besatzung gerade frei hatte, half beim Schlachten. Schließlich profitierte jeder auf dem Schiff von möglichst großen Fängen, durch diese lukrative Fangbeteiligung, die jedem an Bord zukam. Sogar der Kapitän griff zum Messer, wenn viel gefangen wurde. Und ich als Steuermann natürlich auch. Wenn Netz auf Netz gehievt wird, jedes Mal mit Hunderten von Zentnern Fischen darin, dann kommt man mit dem Schlachten nicht mehr nach. Die Fischberge an Deck wurden dann immer höher. Dann müssen alle ran und es gibt keine Ruhepausen mehr. Nur wer erschöpft zusammenbrach, durfte ein wenig ausruhen. Wie oft waren alle Schotten an Deck gefüllt bis an den Rand mit träge zappelnder Kabeljaus. Dann lag das Schiff schon tief, wegen des großen Gewichts an Deck und in den Lagerräumen unten, die sich auch schon langsam füllten. Wenn dann noch eine Wetterwarnung kam und schwere See zu befürchten war, dann kriegten alle schon Sorgenfalten. Ein Sturm könnte den wertvollen Fang von Deck spülen. Also arbeiteten alle wie die Verrückten. Ab und zu nur eine kleine Pause für etwas zu essen oder Kaffee zu trinken, dann schnell wieder an Deck. In Ölzeug natürlich und mit Blutspritzern bis auf den Südwester hinauf, in Seestiefeln bis an die Hüften mitten im Fisch.

Umfallen konnte man dann auch bei Seegang nicht mehr, die Masse der Fische ringsum stützte auch den schwersten Maaten. Die blitzschnell geschlachteten und ausgenommenen Fische flogen, aus verschiedenen Richtungen oft gleichzeitig in die Körbe, oder gleich durch die offene Luke in die Lagerräume unter Deck. In heißen Fangzeiten konnte es passieren, dass ein Fischverarbeiter nach vierzig Stunden am Stück mit dem Messer in der Hand einschlief und mit dem Gesicht in die Fischberge fiel.

Schon nach meiner dritten Reise gab der erste Steuermann auf. Er konnte nicht mehr, wollte endlich an Land bei seiner Frau sein. So wie ich auch irgendwann. Also rückte ich an Bord nach, wurde selbst erster Steuermann und damit die rechte Hand des Kapitäns. Und dieser Kapitän, das war vielleicht einer! Ein richtiger Draufgänger. Der scheute weder Tod noch Teufel. Der suchte sich immer die Fanggründe, die andere mieden, weil sie zu gefährlich waren. Er wusste, dass es die meisten Fische an der Packeisgrenze gab oder in der Nähe großer Eisberge, die im Frühjahr nach Süden trieben. Da steuerte er immer so nah wie nur irgend möglich heran und hatte seit Jahren die schönsten Erfolge. Unser Schiff war immer schneller gefüllt als die anderen und konnte volle Ladungen nach Hause bringen, manchmal schon nach vier Wochen.

Ab und zu packte mich das Grauen, wenn er wieder mal hautnah um einen Eisriesen herum steuerte. Jeder wusste doch, dass diese Felsen aus blankem Eis, unvorstellbar schwer, ohne Vorwarnung umschlagen konnten und kein Schiff, dass dann zu nah dran war, hätte eine Chance zu entkommen. Wir Offiziere an Deck tauschten oft besorgte Blicke, wenn er wiedermal befahl, nah heran zu gehen. 'Noch näher ran!, schrie er manchmal, wenn der Mann am Ruder zu zögerlich war. Als ich einmal Bedenken äußerte, antwortete er: 'Ach was! Wir dürfen nur neben dem Berg keine großen Wellen schlagen.

Keiner kippt ohne einen Anlass. Wenn, dann wegen hohem Wellengang durch Wind oder durch den Schwell eines zu schnell fahrenden Schiffes. Also, Schleichfahrt und den Berg immer im Auge behalten. So mache ich es schließlich schon viele Jahre mit bestem Erfolg. Du bist doch nicht etwa ein zimperlicher Angsthase, Hein?'

Das sagte er und grinste dabei regelrecht animalisch. Manchmal kam er mir vor, wie der leibhaftige Teufel. Wenn er glaubte, einen besonders gelungenen Witz gemacht zu haben, dann ließ er ein Lachen hören, das einem ein Schauer über den Rücken lief. Danach aber verzog sich sein Gesicht tatsächlich zu jener infernalischen Maske, wie ich seit meiner Kindheit ein Bild des Teufels in Erinnerung habe. Fehlten eigentlich nur die hufartigen Füße, die Hörner am Kopf und der lange Schwanz an seinem Hintern. Und wenn dann das erste Netz voller Kabeljaus, fast in armlangem Abstand zum Eisberg, an Deck gezogen wurde, rieb er sich die Hände und seine Augen blitzten beinah wie bei einem Gewitter. Und das so nah am Eisberg!

Wir spürten die abstrahlende Kälte auf unserer Haut, als hauchte uns sein eisiger Atem an. Manchem von uns flatterte die Hose vor Angst. Außer diesem Kapitän wagte niemand, laut zu reden oder gar zu lachen. Schließlich glaubten wir, der Berg könnte allein durch das schallende Lachen dieses Teufels vor Schreck kippen. Beim Einholen des Netzes bemühten wir uns, keine lauten Geräusche zu machen, und fiel mal ein Marlspieker aus der Hand und knallte auf die Planken, dann fuhren alle zusammen, zogen den Kopf ein und warteten auf das Kippen des Eisberges nebenan. Nur dieser Kapitän nicht. Er machte sich weiter lustig über uns und lachte dann um so lauter. Wenn wir danach wenigstens hundert Meter Abstand hatten, atmeten wir erleichtert auf. Jedes Mal. Dabei sind hundert Meter neben manchen Riesen noch lange nicht ausreichend. Schließlich sind viele wesentlich höher als hundert Meter, würden uns also immer noch erwischen, auf unser Deck krachen und uns mitsamt der wochenlangen Fänge in die Tiefe reißen. Da gäbe es für keinen von uns auch nur die geringste Chance, an der Oberfläche zu bleiben. Und selbst wenn, wären wir wegen der Kälte in wenigen Minuten selbst so steif wie der Eisberg und würden untergehen. Bestimmt würden sich dann die Fische an uns rächen, uns die Kleidung von den starren Körpern zupfen und das blasse Fleisch von den Knochen reißen. Auf den Grund des Meeres kämen wir bestimmt als klapperige Skelette an. Ja, solche Gedanken gingen uns immer wieder durch die Köpfe und sie wurden auch oft in der Messe beim Essen diskutiert."

Bei diesen Erzählungen mit ernstem Gesicht, zum Schluss ohne das geringste Lächeln, stattdessen mit einem Ausdruck in den Augen, als erlebte er diese Stunden vor Jahrzehnten erneut, sitzt Hein fast unbeweglich auf seiner Bank. Ich sitze ihm gegenüber und der Wirt neben mir. Vieles von dem, was er über die Fischerei erzählte, war mir bekannt, hatte ich selbst erlebt. Und seine Art des Erzählens stürzt mich tatsächlich in meine eigene Vergangenheit. Manches war mir selbst noch in heißer Erinnerung. Jetzt spüre ich aber, dass seine Geschichte bald einen der angedeuteten Höhepunkte erreichen müsste. Doch Hein macht eine lange Pause. Seine Pfeife qualmt längst nicht mehr. Sie ist leergeraucht. Zwischen den einzelnen Sätzen hatte er immer einen winzigen Zug genommen und jedes Mal war eine kleine Wolke aufgestiegen, manchmal als wallender Ring. Nun stopft er sie erneut. Ganz bedächtig, als müsste er erst einmal die hoffentlich bald folgenden Sätze ordnen. Mir wird bewusst, wie die Spannung in mir ansteigt. Still beobachte ich jede seiner Bewegungen. Der Wirt füllt wieder die Kömgläser, entzündet noch ein Streichholz und hält die Flamme über den Tisch hinweg an den Pfeifenkopf. Gierig saugt Hein am Mundstück und dabei

*wölben sich die dürren, faltigen Wangen so weit nach innen,
dass sie sich dort bestimmt beinah berühren.*

*Ein Kribbeln läuft mir den Rücken hinunter, als er mit
weit aufgerissenen Augen weiter erzählt:*

"In der Messe war manchmal eine Stimmung, die mich
heute noch sehr nachdenklich macht. Besonders dann, wenn
einer der Ältesten von Dingen sprach, die wie drohende
Verheißungen klangen.

Eines Tages sagte Fiete: 'Ihr glaubt doch nicht, dass wir
ungeschoren bleiben, wo wir doch Tag für Tag tausende Leben
auslöschen? Noch dazu ohne ein Gebet vor dem Zustechen mit
unseren Messern? Geht mal zu einem Naturvolk. Dort wird
immer mit Demut zu den Geistern gesprochen, bevor ein Tier
getötet wird. Und dort tötet man nur, um die eigene Not zu
überwinden. Weil man ohne diese Himmelsgaben verhungern
müsste. Niemals, um sich zu bereichern. Wenn wir nach einer
Reise zurück in unserem Hafen sind, was machen wir dann
aber? Manche versaufen oder verhuren das Geld und werfen es
mit vollen Händen um sich, andere stapeln es auf der Bank.
Um unseren Hunger zu stillen, ist das doch immer viel zu viel.
Selbst dann, wenn wir mal einen schlechten Fang hatten.
Glaubt mir, das rächt sich alles eines Tages. Das wird jeder von
uns irgendwann bezahlen müssen. Entweder mit einer
Krankheit, die er wegen übermäßigen Lebens bekommt, oder
mit einer Frau, die ihn ausnimmt wie wir die Fische.'

Ganz aufgebracht hatte da der Kapitän geschrien, der
das mit anhörte: 'Erzähl nicht so einen Schwachsinn, Fiete.
Betest Du vielleicht vor jedem Zustechen?'

'Nee, aber ich bin mir meiner Sünde bewusst.'

'Und wird Dir das helfen in Deinem Leben nach dieser
Arbeit?'

'Wahrscheinlich nicht. Aber ich weiß dann wenigstens,
warum ich krank wurde."

'Ha-ha-ha. Ich lach mich kaputt. Wenn Du dann wirklich krank wirst, ist es doch scheißegal, wodurch. Zu behaupten, dass es wegen Deiner Sünden sei, wird Dir auch nicht helfen. Ha-ha-ha.'

Da war wieder sein überirdisches Lachen und alle ringsum wurden sehr blass und still, als Fiete sagte: 'Denkt mal an meine Worte, wenn euch irgendwas Schlimmes passiert. Ungestraft bleibt nichts auf der Welt, vor allem keine überheblichen und lästerlichen Worte. Wir Menschen haben nicht mehr Wert vor dem Universum, als eine Mücke oder ein Kabeljau.'

Keiner war unter uns, der über diese Worte lachen konnte, außer dem teuflischen Kapitän. Und keiner ahnte, was schon am nächsten Tag passieren sollte."

Schiffbruch

Jetzt war es wohl so weit. Jetzt nahte eine Katastrophe. Aufrecht und steif hatte Hein bisher auf seinem Platz gesessen, doch jetzt krümmt sich sein Rücken und er wirkt beinah zwergenhaft. Als wollte er sich ducken vor einer drohenden Gefahr.

"Am nächsten Tag, es war wohl gegen Mittag. So genau weiß ich es nicht mehr. Die Tageszeiten zu unterscheiden, hatten wir sowieso schon lange aufgegeben. Es war ja Sommer und es gab längst keinen Sonnenuntergang mehr so weit nördlich vom Polarkreis. Immer stand die Sonne irgendwo am Himmel. Mal höher, mal tiefer. Wer keinen Kompass vor der Nase hatte, wusste auch nie, wo Norden oder Süden war, Osten oder Westen. Ringsum war immer nur Wasser. Mal ruhig und glatt und die Spiegelungen tanzten auf dem Wasser, dass man beim Blick über das Schanzkleid ganz blind wurde. Dann wieder kräuselig durch sanfte Winde, oder aufgewühlt von fernen oder nahen Stürmen. Es war eigentlich ganz gewöhnlicher Hochseefischer-Alltag. Der letzte Fischgrund brachte kaum noch Fang, deshalb dampften wir auf zu einem anderen. Die Fischberge an Deck wurden allmählich kleiner und bestimmt würden die letzten Kabeljaus am nächsten Tag unter Deck sein. Da meldete der Ausguck:

'Ein Eisberg, er ist riesig!' Auf dem Vordeck konnte diesen Ruf jeder hören, denn mehrere Fenster der Brücke waren dort oben aufgeklappt. Das Wetter war ja schön.

'Wo?', hörten wir gleich darauf die erregte Stimme des Kapitäns aus dem Hintergrund.

'Zwei Strich Steuerbord.'

Da stand er im Nu neben dem Ausguck, das Fernglas an den Augen. Wer da sein Gesicht sah, konnte deutlich seine Gier erkennen. Mit grinsender Fratze rief er laut: 'Zwei Strich Steuerbord!'

Der Rudergänger drehte das Steuerrad nach rechts, beobachtete den Kompass und ging nach wenigen Sekunden wieder zurück auf mittschiffs. Ich stand am Bug und sah besorgt den langsam näher kommenden Eisriesen. Neben mir stand Fiete. Auch er hatte die Reaktion des Kapitäns beobachtet. Da sah er mich an, hatte eine tiefe Sorgenfalte auf der Stirn und schüttelte stumm seinen Kopf. Dieser Eisberg war wirklich riesig. Je näher wir kamen, um so deutlicher wurde seine gewaltige Größe. Nicht sein Umfang war es eigentlich, sondern vor allem seine Höhe.

'Mach nicht wieder so ein Gesicht, Hein. Als hättest Du die Hosen voll. Jeder weiß doch, dass die Gegenmasse unter Wasser um ein Vielfaches größer ist als das, was wir sehen können, und er deshalb überhaupt nicht kippen kann. Das mit dem Kippen sind doch alles nur Gerüchte', schreit der Kapitän von der Brücke runter.

Ich habe darauf nicht geantwortet. Das war sowieso zwecklos. Andere Meinungen hat er grundsätzlich ignoriert. Er glaubte schon immer, alles besser zu wissen, als alle anderen. Aber ich hatte so ein unbestimmtes Gefühl in mir. Es war diesmal mehr als einfache Furcht. Schließlich wusste ich, dass dieses vielfache Gegenwicht unter Wasser in einem tragenden Element schwamm, also wesentlich leichter war, als wenn es über Wasser wäre. Jeder Schwimmer weiß das und jeder, der schon mal einen großen Stein aus dem Wasser gehoben hat. Vielleicht war dieses Unterwassergewicht sogar kaum schwerer als die viel geringere Masse oberhalb der Wasserlinie? Und im Wasser schwamm es doch wie auf einem gut geschmierten Gleitlager. Kleine Schwingungen könnten sich vielleicht vergrößern und immer weiter pendeln, bis zum Kippen. Außerdem klangen mir immer noch Fietes Prophezeiungen in den Ohren.

Noch weit vor dem Riesen ließ er das Netz wegfieren. Dann schleppten wir es ganz nah heran und liefen an der eisigen Flanke entlang. Wir waren so nah, dass wir unsere Köpfe ganz weit in den Nacken legen mussten, um seine Spitze zu sehen. Das Eis strahlte so viel Kälte ab, dass wir uns dicke Jacken überziehen mussten.

Und dann war es soweit. Der Ausguck schrie plötzlich entsetzt, dass vor uns unter der Wasseroberfläche Eis zu sehen sei. Erschrocken blickte ich über die Bugbrüstung, mit einem dicken Kabeljau in der Hand. Fiete war nicht mehr an meiner Seite, er leerte gerade einen Korb in die Luke hinab. Was der Ausguck von der Brücke aus gesehen hatte, schimmerte türkis aus geringer Tiefe. Dort muss also dieser Riese einen Teil seiner Unterwassermasse wie ein Riff vorgelagert haben.

Der Kapitän brüllt 'Dreh ab!'. Aber wir waren schon zu nah an diesem Riff. Ein Schiff aus hunderten Tonnen Stahl ist viel zu träge, um augenblicklich auf neuen Kurs zu gehen. Der Aufprall war gewaltig. Ein extrem lautes, kreischendes Geräusch war zu hören, als der Bug wie ein riesiges Brecheisen in das Eis fuhr und Eissplitter in einer regelrechten Fontäne aus dem flachen Wasser herausschoss. Diese Kollision riss alle von den Beinen. Die Fischverarbeiter stürzten in die Kabeljaus, manche wurden von ihnen zugedeckt. Irgendjemandem zu Hilfe zu kommen, war völlig unmöglich, jeder musste versuchen, sich selbst zu helfen. Aber auch das war natürlich gar nicht mehr möglich. Es ging einfach alles viel zu schnell. Mir schien, als ginge ein Zittern durch die Eismasse nebenan. Auf unseren Aufprall folgte augenblicklich ein grummelndes Donnern, als rollte ein Güterzug neben uns vorbei. Dort, wo die Brandung der See eine rundum laufende Rinne in das Eis gewaschen hatte, brach er auseinander. Ich war ganz vorn am Bug, als der obere Teil des Berges auf unser Schiff stürzte. Das Heck und die Brücke wurden getroffen. Das Getöse war überirdisch. Mit dem Zertrümmern des halben Schiffes, dem Bersten des Eises und dem Einschlagen eines riesigen Eisfelsens ins Wasser gab es ein Geräusch, dass ich noch heute jede Nacht hören muss.

Niemand konnte noch irgendwie reagieren. Noch nicht mal über Bord springen, um sich vielleicht zu retten. Hier zeigte sich erst richtig, wie winzig unser Schiff war gegenüber dieser Gewalt. Und wie ohnmächtig wir Menschen auf ihm. Alle Sauf- und Raufbolde, die sich immer für unverwundbar gehalten hatten, waren nicht mal mehr fähig, zu fluchen. Jetzt wurden sie wie Ameisen unter dem Schuh eines Menschen zermalmt. Wahrscheinlich auch der Kapitän. Jedenfalls alle, die sich im Heck oder auf der Brücke befanden und viele von denen auf dem Vorschiff. Mehrere Fischverarbeiter hatten noch ihre Messer in einer Hand und einen Kabeljau in der anderen, als sie, genau wie ich, in die Höhe katapultiert wurden. Alle, die sich weit vorn befanden. Manche klatschten auf die zermalmten Reste des Schiffes, andere schlugen auf das Eis. Ich konnte es während meines Fluges gerade noch sehen, denn ich flog höher als alle anderen, weil ich zufällig am weitesten vorn war, wo die Hebelwirkung für das Hochschnellen am größten ist. Das allein hatte dazu geführt, dass ich in das aufsprudelnde Wasser klatschte. Sofort wurde ich hinab gezogen. Ich versuchte verzweifelt, an die Oberfläche zu kommen, verlor die Orientierung, wusste nicht mehr, wo oben oder unten ist. Es wirbelte mich ständig rundum. Meine Atemluft ging zu Ende. Dann schluckte ich Wasser, spürte die Eiseskälte in meinen Körper kriechen. 'Jetzt hab ich es geschafft!', konnte ich grade noch denken, dann verlor ich das Bewusstsein.

Ich weiß nicht, wie lange ich ohnmächtig war. Aber als ich wieder zu mir komme, kotze ich Unmengen von Wasser. Ich glaube, eine Pütz wäre voll geworden davon. Dann erst wird mir bewusst, wo ich bin und was geschehen war. Mit dem Kopf bin ich über dem Wasser, der Körper ist ganz steif und hängt wohl senkrecht nach unten. Ich fühle ihn kaum. Bestimmt hatte sich eine Luftblase in meiner Jacke halten können, die mich an die Oberfläche zog. Ohne solch eine Blase wäre ich ganz bestimmt nicht nach oben getrieben, sondern weiter nach unten abgesunken. Wohl genauso wie wahrscheinlich meine Kameraden.

Ich sehe zwei Eisriesen. Die Lücke zwischen ihnen ist direkt vor mir, das mussten also diese beiden auseinandergebrochenen Teile sein. Das Wasser ist noch immer unruhig, es schwabbelt aufgeregt um mich herum und klatscht ständig gegen das Eis. Einige Holzplanken schwimmen umher, es sind Schottbretter meines Schiffes. Sie hatten an Deck verhindert, dass die Kabeljaus bei Seegang unkontrolliert herumrutschen konnten. Jetzt können sie das nicht mehr, sondern schwimmen selbst inmitten der toten Fische. Von dem Schiff ist sonst nichts mehr zu sehen. Ich versuche, zu einem Schottbrett zu gelangen, um mich vielleicht daran festzuhalten. Aber ich bin steif, kann mich überhaupt nicht bewegen. Und ich spüre, wie langsam auch mein Geist einfriert. Immer schwerer fällt mir das Denken. Das Wasser hatte hier bestimmt nur wenig mehr als Null Grad.

'Wenn ich doch nur dort an den flachen Teil des weißen Berges kommen könnte, der ganz nah ist, und der gerade so eben aus dem Wasser ragt. Dort könnte ich mich bestimmt hinaufziehen', kann ich gerade noch denken. Ich versuche, einen Arm anzuheben und nach vorn zu strecken, um eine Schwimmbewegung hinzukriegen. Aber es geht nicht. Auch nicht unter größter Anstrengung, nicht mit aller Gewalt.

'Das war's, denke ich und bin erneut dabei, mich aufzugeben. 'Warum soll gerade ich überleben, als Einziger? Wohin ich auch sehe, da schwimmt nirgends ein Mensch. Nur tote Kabeljaus und Schottbretter und über allem eine unglaubliche Menge von kreischenden Möwen. Woher konnten die so schnell erfahren haben, dass es hier viele Fische an der Oberfläche geben würde? Und wieso schwimme ich überhaupt noch an der Oberfläche? Ohne die geringste Schwimmbewegung? Und wieso kommt dieser Eisberg plötzlich immer näher? Genau mit dieser flachen Stelle, die gerade so aus dem Wasser ragt? Wo ich so gern hinaufgeklettert wäre? Schwimmt der auf mich zu?'

Plötzlich spüre ich eine Bewegung unter mir. Etwas ist da, dass sich gegen mich drückt. Immer wieder in Intervallen. Und mich nach vorn schiebt! Ich richte meinen Blick nach unten. Da ist etwas Dunkles unter mir. Ganz nah. In Wellenbewegungen entfernt es sich ein bisschen, kommt wieder hoch und berührt mich wieder. Sofort kommt dieser Schub nach vorn, auf das Eis zu. So stark, dass ich eine Bugwelle erzeuge und schon wieder Wasser schlucke. Plötzlich arbeitet mein Geist auch wieder, ich spüre eine befreiende Erregung."

Gerettet um zu sterben?

Wohl ohne dass es ihm bewusst war, geriet seine Erzählung von der Vergangenheitsform in die der Gegenwart und manchmal wieder zurück. Deutlich ist zu spüren, dass er all diese Erinnerungen jetzt neu durchlebt. Mehrfach hat sich während der äußerst emotionalen Erzählung seine Körperhaltung und sein Gesichtsausdruck verändert. Immer kleiner ist er während der letzten Sätze geworden, immer leidender wurden seine Worte. Manchmal kamen sie furchtbar gequält über seine zitternden, dürren Lippen. Und die Augen, sie wurden zum Schluss feucht und riesengroß, bekamen endlich ihren Glanz wieder und mit den letzten Worten richtet er sich auf, strahlt plötzlich unendliche Hoffnung aus.

Mir liefen mehrmals Schauer des Grauens und der Ergriffenheit über den Rücken und ich meine, öfters sogar das Atmen vergessen zu haben. Mit seiner Aufrichtung aber spüre ich eine große Erleichterung, als würde mich diese Geschichte längst selbst betreffen. Ich habe einen Kloß im Hals, als ich zögernd frage: "Und was war das, was Dich vorwärts trieb?" Hein antwortet nicht auf meine Frage, sondern setzt seine Erzählung fort, als hätte er die Frage überhaupt nicht wahrgenommen. Ein deutliches Zeichen dafür, dass ihn seine Erinnerungen vollständig gefangen halten.

"Diese Erregung setzte mein Hirn wieder in Bewegung. Es musste ein riesiger Fisch sein, dachte ich. Ein Mensch konnte es ja nicht sein, der würde selbst seinen Kopf über das Wasser bringen müssen. Und dieses glänzende Dunkel passte auch überhaupt nicht zu menschlicher Kleidung und die Form auch nicht. Natürlich kommen einem da auch Gedanken an Neptun, an Seejungfern oder irgendwelche außerirdische Wesen, oder etwa ein kleines Unterseeboot? Ein russisches vielleicht? Die sollen doch hier überall herumschwimmen, um Spionage zu betreiben.

Heute staune ich darüber, dass mir in dieser Situation solche Gedanken kommen konnten. Ich hatte ja Bilder gesehen, die Seejungfern zeigten. Immer waren sie wunderschön in ihren weiblichen Formen. Dass sie lediglich der Fantasie von Künstlern entsprangen, wusste ich, aber es war mir jetzt egal. So hoffte ich in meinem halb eingefrorenen Hirn, dass es wirklich eine Seejungfer sei, die mich wie ein Reitpferd zum Eisberg brachte. Natürlich hoffte ich, dass sie mich dann auch auf das Eis begleiten würde, und mich dort warmhalten könnte. In meinem Dämmerzustand malte ich mir sogar aus, dass sie dort ihren rauen und kratzigen Schuppenpanzer ablegen würde. Ha - ha - ha. Ja, sogar im Angesicht des Todes kann man sündige Gedanken haben.

Dass mir der Klabautermann als Freund aller Seeleute in Not, diesen Fisch schickte, verdrängte ich schnell. Immerhin hatte ja niemand von uns irgendwelche Warnzeichen gehört. Nicht das Klopfen und auch nicht das Hobeln von Hölzern. Also wollte ich an ihn keine Gedanken verschwenden. Mir war schon immer klar, dass die Geschichten um ihn nur den Fantasien abergläubischer Seeleute entsprungen sein konnten.

Aber später, als mein Kopf wieder besser arbeitete, wurde mir bewusst, dass diese Geschichten mich nicht losließen. Könnte er nicht wirklich seine Hände im Spiel gehabt haben? Meine Ablehnung seiner Existenz entsprangen bestimmt nur meiner menschlichen Ignoranz gegenüber nicht praktisch erklärbarer Dinge. Alte Seeleute erzählten doch oft, besonders im Angesicht schwerer Stürme auf hoher See, von seinen Erscheinungen. Wenn in schwerem Sturm ein Klopfen zu hören war und niemand eine Erklärung dafür fand, wurden sofort alle blass und still: 'Jetzt warnt uns der Klabautermann vor einer großen Gefahr. Denn als Seemann, der er mal war und bei einem Unwetter mit all seinen Kameraden von der See verschluckt wurde, kennt er sich mit Gefahren aus! Jeder weiß doch, dass seine ruhelose Seele für alle Ewigkeit über allen Meeren schwebt.' Und dann warteten alle Maaten atemlos auf das schabende Geräusch, das er hören lässt, wenn er sich von den unrettbar verlorenen Seekameraden verabschiedete. Auch jene wurden übrigens ganz kleinlaut, die niemals an solchen 'Humbug' glauben wollten, und die ganz plötzlich jedes überhebliche Lächeln verloren.

Also könnte er es oder sonst irgendwelche unsichtbaren Mächte nicht doch gewesen sein, die mir diesen Fisch zur Rettung schickten? Aber warum gerade mir? Hatte ich ein besseres Leben geführt als alle anderen meiner Kameraden? Hatte ich weniger Sünden begangen als sie? Warum nicht Fiete, der bestimmt ein besserer Mensch gewesen ist, als ich? Der immer ehrfürchtig gegenüber allen Naturgewalten war und niemals ein Lästerer? Aber vielleicht war er ja schon gerettet? Von diesem Fisch oder einem anderen? Bereits dort oben irgendwo auf diesem schwimmenden Eis? Ich wünschte es mir so sehr, denn ich mochte ihn neben dem Smutje am meisten.

Und dann stieß ich mit dem Kopf gegen die Eiskante. Aber ich brachte meine Arme nicht hoch, um mich daran festzuklammern und erst recht nicht, mich hinaufzuziehen. Das schwabbelnde Wasser warf mich immer wieder gegen die Kante. Leider nicht hoch genug und immer wieder tauchte ich ab, schluckte erneut Wasser, keuchte und hustete verzweifelt. Jetzt war ich meiner Rettung wenigstens zunächst so nah und konnte dieses riesige Geschenk nicht annehmen! Ich heulte vor Verzweiflung, schrie vor Zorn und Enttäuschung. Und plötzlich spürte ich einen gewaltigen Wasserwirbel unter mir, dann den heftigen Ansturm des kraftstrotzenden Fischkörpers. Ich wurde angehoben, weit über das Wasser, und auf das Eis geworfen. Schmerzen spürte ich nicht, mein Körper war wohl völlig unterkühlt.

Da lag ich nun auf der blanken, glatten und ebenen Eisfläche wie ein Rotbarsch, der von einem Fischer auf Eis geworfen wurde, um frisch zu bleiben. Meine Extremitäten konnte ich nicht bewegen. Aber ich lag mit dem Gesicht zum Wasser hin. Dort sah ich das Geplätscher und wo ich eben noch schwamm, viele kleine Wasserwirbel. Und plötzlich schießt dort ein großer Delphin heraus. Der halbe Körper ragt senkrecht über die Wasserfläche hinaus und er sieht mich an. Ganz sicher sah er nach mir! Dabei zeigte er mir seine weiße Unterseite. Und mir war, als wenn er lächelte. Dann ließ er seine seltsamen Rufe hören. Dieses typische, schnatternde Kreischen. Gleich mehrmals hintereinander. Sein langer Schnabel öffnete sich dabei und sein Kopf nickte mir bei jedem Schrei aufmunternd zu.

Dann klatschte sein Körper ins Wasser, ganz nah an der Eiskante und ein Schwall Wasser stürzte auf mich. Wollte er mich vielleicht wachrütteln? Tatsächlich musste ich heftig prusten und spucken, mein Körper bäumte sich auf, ohne dass ich etwas dagegen tun konnte. Ich weiß nicht, ob es nun die nachlassende Wasserkälte war oder die krampfartigen Bewegungen durch das Husten und Würgen, jedenfalls kehrte langsam wieder Beweglichkeit in meinen Körper zurück.

Immer wieder sprang währenddessen der Delphin in die Höhe, jedes Mal ein Stückchen weiter weg von mir. Und immer wieder keckerte er laut und aufmunternd. Er beobachtete mich genau und lächelte mir zu. Na ja, vielleicht bildete ich mir das auch nur ein. Vielleicht haben diese Tiere einfach immer diesen Gesichtsausdruck. Weil ich mir aber einbildete, dass er lächelte, fühlte ich mich von ihm beschützt und überwacht. Doch er entfernte sich und ich bekam Angst, dass er mich allein lassen könnte. Er war so freundlich und seine Anwesenheit weckte doch meine Lebensgeister. 'Lass mich nicht allein! Bleib hier!', schrie ich ihm laut nach, doch er keckerte nur und entfernte sich weiter. Immer weiter...
Da ergriff mich die Verzweiflung. Nirgends war ein Mensch zu sehen. Nicht lebend und nicht tot. Waren meine Kameraden alle schon auf den Meeresgrund gesunken? Kein einziger vielleicht durch Luftblasen in der Kleidung an die Oberfläche getrieben? Endlich konnte ich mich aufrichten, schließlich auf die Knie erheben. Ich reckte meinen Kopf so hoch es ging, um so weit wie möglich sehen zu können. Schließlich wagte ich, mich auf meine wackeligen Beine zu stellen. Der Untergrund war zwar glatt, aber er bewegte sich doch nicht. Jetzt konnte ich noch weiter sehen. Aber in welche Richtung ich auch sah, waren nur schwimmende Schottbretter und tote Fische und darüber unglaubliche Schwärme von

kreischenden Möwen. Immer wieder flatterten sie herab und hackten in die Fischkörper, stritten sich und machten einen Heidenlärm. Und von dem Delphin war nichts mehr zu sehen oder zu hören. Er hatte wohl seine Aufgabe erfüllt und suchte vielleicht seine Kameraden irgendwo. Er wollte nicht allein sein. Ein Mensch war kein Ersatz für seine Herde.

Aber ich war allein. Immer deutlicher wurde mir diese Erkenntnis. Einsam und dem Tod geweiht, wie ein Menschenopfer der Azteken vor langer Zeit, nur das ich nicht von Anderen zum Schlachtplatz geführt wurde, sondern von irgendwelchen, unsichtbaren Mächten als Opfer ausgewählt. Vielleicht, weil ich Fischer war und für den Tod tausender Fische mitverantwortlich? Fünfundvierzig Mann waren wir an Bord. Vierundvierzig also schnell und möglichst schmerzlos geopfert, nur ich sollte länger büßen? Vielleicht ersatzweise für alle anderen Fischer, die weiterhin beim großen Schlachten und Blutvergießen waren? Kuriose Gedanken, ich weiß.

Aber was sollte hier aus mir werden? Die Arbeit des Delphins war völlig überflüssig. Auf dem kalten Eis, in nasser Kleidung, ohne Nahrung! Wie lange könnte ich so überleben? Wann und unter welchen Qualen würde ich mein armseliges Leben aushauchen? Ach, wär ich doch nur mit untergegangen. So wie meine Kameraden. Die hatten überstanden, was mir noch bevorsteht..."

Wieder ist die Pfeife schon längst kalt. Hein macht jetzt ein ganz trauriges Gesicht. Und ich denke, dass er es doch nicht müsste. Schließlich hat er das Unglück doch irgendwie überlebt. Dann wird mir erneut bewusst, wie er zurückgeworfen sein muss in dieses schreckliche Erlebnis und dadurch die damaligen Gefühle erneut durchlebt. Der Wirt neben mir ist mucksmäuschenstill, genau wie ich. Wir saugen jedes Wort des alten Seemannes auf. Obwohl der Wirt diese Geschichte längst kennt, scheint er erneut von ihr gefangen zu

"Es ist wohl ein genetisches Programm in uns
Menschen und sicher auch in allen anderen Lebewesen, das uns
immer nach einer Überlebensmöglichkeit suchen lässt. Das
geht so, ob man es will oder nicht. Wenn ich schon hier auf
diesem Eisriesen sterben müsse, dann wollte ich mir doch
wenigstens die bevorstehenden Qualen so klein wie möglich
halten, dachte ich. Erst einmal wollte ich Ausschau halten nach
Kameraden, die es irgendwie vielleicht auch auf dieses Eis
geschafft haben könnten. Im Wasser trieb keiner. Auch nicht
mit dem Gesicht nach unten. Aber diese Eisfläche, auf der ich
mich befand, war ziemlich groß. Von der Wasserkante bis zur
fast senkrecht ansteigenden, türkis schimmernden Wand, waren
es bestimmt fünfzig Meter. Ein paar schwache Erhebungen
waren darauf, wie sanfte Hügel. Wenn ich nach links sah, dann
konnte ich das Ende der Fläche in vielleicht hundert Meter
Entfernung sehen. Dort ging es nicht weiter, dort endete dieses
Plateau. Sah ich nach oben, dann waren da zwei Gipfelspitzen
zu erkennen, die von einem tiefen, keilförmigen Einschnitt
getrennt waren. Beide Spitzen waren ungefähr gleich hoch,
vielleicht vierzig oder fünfzig Meter. Diese Spitzen waren so
glatt wie gerade frisch abgeschnitten. Das mussten also die
übriggebliebenen Bruchflächen sein. Hinauf konnte man nicht,
die Wände waren viel zu steil und glatt. Nirgends würden die
Füße Halt finden.

Dieser Absatz, auf dem ich mich befand, war bestimmt
die Fläche des ehemaligen Unterwasserriffs. Wegen der
Verminderung der Gesamtmasse durch den Bruch nun
angehoben und fast einen halben Meter über Wasser. Welch

ein Glück für mich! So wie der Berg vorher war, hätte ich überhaupt keinen Boden unter mir haben können. Also hatte diese Katastrophe sogar noch etwas Positives zurückgelassen. Jedenfalls für mich. Hoffentlich nicht allein für mich. Nach rechts endete die Fläche nicht, sie zog sich um den Felsen herum. Ich musste unbedingt feststellen, wie weit es dort ging, wohin ich nicht sehen konnte. Vielleicht lag ja dort sogar irgendwo Fiete? Er war ja während des Einschlagens des Eisbergs nicht weit von mir, also auch ziemlich weit vorn auf dem Vordeck.

Ich ging ganz vorsichtig ein paar Schritte, dann rutschte ich aus und schlug hin. Mein Knie machte harte Bekanntschaft mit dem Eis. Es schmerzte. Dadurch wurde mir bewusst, dass mein Körper wieder ordentlich durchblutet wurde. Ich spürte Schmerzen! Welch ein Glück! So verrückt es klingt, ich lachte aus vollem Hals und voller Glück über diese Erkenntnis. Ganz offensichtlich war die Kälte des Eises weniger schlimm als die des Wassers, in dem der Körper ja vollständig eingeschlossen war.

Um nicht nochmal zu stürzen, kroch ich auf allen Vieren weiter. Endlich hatte ich das Ende der Flanke erreicht, konnte um diese Kante herum sehen. Aber sofort kam die Enttäuschung. Auch hier war kein Mensch, kein Fiete oder sonst einer. Da kamen mir die Tränen. Das war eine herbe Enttäuschung. Doch schließlich schalt ich mich, einer solch aussichtslosen Hoffnung nachgeschlichen zu sein. Jetzt war es sicher, dass ich wirklich völlig allein war.

Aber konnte es nicht sein, dass man nach uns suchen würde? Der Funker hatte sicherlich keinen Notruf mehr absetzen können. Aber vielleicht suchte ja zufällig die Reederei einen Kontakt zu uns? Um uns zurückzubeordern, weil unser Fang gebraucht wurde? Und weil der Kontakt nicht gelang, vielleicht ein Unglück befürchtet wurde? Und man deshalb nach uns suchen lassen würde? Ein Unglück durch Schlechtwetter war bestimmt auch nach ihrer Erkenntnis ausgeschlossen, sie verfolgten mit Sicherheit die Großwetterlagen und da gab es keine Gefahr. Schon seit Wochen nicht. Aber Unglücke können auch bei schönem Wetter und ruhiger See geschehen. Eine Explosion an Bord oder Feuer im Schiff. Möglichkeiten gibt es doch immer genug. Es war vielleicht nur die Frage offen, wann sie unser Fehlen bemerken würden. Wie schnell sie andere Schiffe aktivieren könnten, uns zu suchen, und wie lange andere Schiffe benötigen würden, die Unglücksstelle zu finden. Hoffnung kam auf, ich war regelrecht euphorisiert und das tat meinen Lebensgeistern gut.

Leider waren wir aber nicht auf einem typischen Fanggrund, sondern auf dem Weg von einem zu einem anderen. Deshalb war seit Tagen auch kein anderes Schiff in unserer Nähe. Nirgendwo am Horizont eins zu sehen, wie sonst auf allseits bekannten Fanggründen beim Schleppen eigentlich immer. Und ob die Reederei von unserem letzten Standort unterrichtet war, wusste ich nicht. Das wussten nur der Funker und vielleicht dieser verfluchte Kapitän. So konnte die Wartezeit auf eine Rettung lang werden. Ich musste also dafür sorgen, dass ich so lange wie möglich am Leben blieb. Aber wie? Ohne Nahrung, in nassen Klamotten und auf blankem Eis?

Zunächst hatte ich zwar keinen Durst, aber ich wusste, dass die Aufnahme von Trinkwasser wohl noch wichtiger ist, als feste Nahrung. Und mir war bekannt, dass diese schwimmenden Eisberge irgendwo in Grönland von einem Süßwassergletscher abgestoßen wurden, also aus Süßwasser bestanden. Gott sei Dank hatte ich mein starkes Messer für alle Gelegenheiten noch an meinem Gürtel hängen. Es war während all dieser Turbulenzen nicht verloren gegangen, denn eine Lederschlaufe mit Druckknopf sicherte es. Damit konnte ich einen Eisbrocken abhacken. Ich steckte ihn in den Mund. Tatsächlich, er bestand aus Süßwasser. So sollte ich eigentlich für einige Tage überleben können.

Dann kam mir eine weitere Idee. Die herumschwimmenden Kabeljaus waren zwar tot, aber frisch. Die könnte man doch auch roh essen? Ich hatte zwar niemals rohen Fisch gegessen, aber Japaner tun es ja und soviel ich weiß, mit großem Vergnügen. Jetzt musste ich nur noch versuchen, ein paar zu bergen. Wenn ich mir einen Vorrat herausfischen könnte, bevor die Möwen alle weggefressen hatten, hätte ich sogar Nahrung für längere Zeit, denn auf dem Eis könnten sie noch lange frisch bleiben. Leider trieben keine Fische in der Nähe der Eiskante. Die nächsten waren mindestens zehn Meter entfernt. Ins Wasser springen und sie einsammeln? Davor scheute ich mich. Erneut in das kalte Wasser? Und wie wieder herauskommen? Der Delphin war nicht mehr da, er könnte mir nicht mehr helfen. Aber da schwamm ein Schottbrett, ziemlich nah. Wenn ich das kriegen könnte! Mit ihm vielleicht wie mit einem Paddel so viel Sog erzeugen, bis ich Fische in Griffnähe bringen würde? Aber mit den Händen konnte ich das Brett nicht erreichen. Dafür war es noch zu weit weg. Mit einer flachen Hand, dann mit beiden, versuchte ich diesen Sogtrick und paddelte auf dem Bauch liegend ganz eifrig. Aber das Brett war wohl zu schwer, es kam nicht näher. Dann zog ich meinen Gürtel aus, legte das kostbare Messer ganz weit weg zur Bergwand, damit es in Sicherheit war. Mir war bewusst, dass dieses einzige Werkzeug nicht ins Wasser rutschen darf. Ich legte mich flach an den Rand des Wassers, schob den Oberkörper soweit es ging hinüber, und schwang den Gürtel wie eine Angel zu diesem Brett. Aber der Gürtel war nicht lang genug. Seine schwere Schnalle klatschte ein ums andere Mal ins Wasser, kurz vor dem Brett. Verzweifelt versuchte ich es immer wieder. Vielleicht würde eine der Miniwellen etwas nachhelfen? Oder doch wenigstens ein bisschen Sog entstehen?

Ich weiß nicht, wie lange ich es versuchte, immer wieder. Und meine Verzweiflung wurde immer größer. Ich begann, voller Wut über mein böses Schicksal zu schimpfen und laut zu schreien. Hier konnte ich es ja tun, es hörte doch sowieso niemand. Die Enttäuschung war einfach riesengroß.

Und plötzlich, als hätte mein Geschrei ihn erreicht, tauchte weit entfernt wieder der Delphin auf. Vielleicht war es auch ein anderer, sie sahen für mich ja alle gleich aus. Er stand dort hinten, jenseits der treibenden Fische und Bretter, mit der Schwanzflosse das Wasser peitschend, aufrecht im Wasser. Er sah zu mir herüber und keckerte laut. So schnell es ging, stand ich auf und winkte ihm mit beiden Armen. Wie ein Verrückter. Ich war so erleichtert über seinen Anblick, dass mir vor Glück die Tränen aus den Augen liefen. Aber da tauchte er schon wieder ab und ich wartete vergeblich darauf, dass er erneut auftauchen würde. Da setzte ich mich nieder und weinte wie ein Kind. Ziemlich lange. Mein Körper schüttelte sich in Weinkrämpfen. Größer konnte keine Verzweiflung sein. Aber als hätte dieses Tier Mitleid mit mir, streckte es sich plötzlich völlig unerwartet, seinen Kopf direkt vor mir an der Wasserkante heraus und schnatterte aufgeregt. Und wieder sah ich dieses Lächeln. Ich kniete mich auf, streckte ihm beide Hände entgegen und sprach unter Tränen mit ihm. Ich sagte ihm, wie dankbar ich sei, dass er mich gerettet hatte und auch, dass ich hoffte, er würde mir jetzt Gesellschaft leisten. Ich kann meine Rührung, meine Gefühle für dieses Tier nicht beschreiben. Wahrscheinlich hatte nie zuvor ein Mensch für ein Tier so viel Zuneigung und Dankbarkeit empfunden. Und in diesem Moment schwor ich, niemals mehr ein Tier zu töten. Keine Fliege, keine Mücke und vor allem keinen Fisch.

Als der Fluss meiner Tränen nachließ, erkannte ich aber etwas, das mich zunächst erschreckte. Der Delphin hatte ein Hanfseil in seinem Schnabel. Das Ende ragte rechts heraus, doch links neigte es sich lang hinab ins Wasser. Wollte er es mir geben, weil er dachte, dass ich es gebrauchen könnte? Sollte ich es etwa festhalten, damit er mich mitsamt dem Eisberg fortziehen könnte? Zu irgendeinem Ufer vielleicht? Aber welch ein Unsinn. Ein Delphin kann doch niemals eine so riesige Masse bewegen. Auch nicht im helfenden Wasser. Aber er schien mich regelrecht aufzufordern, es aus seinem Schnabel zu nehmen. Ich griff danach und als ich es mit der Rechten gefasst hatte, öffnete er den Schnabel und ließ es los. Dann verharrte er weiter vor mir, mit seinem Kopf aus dem Wasser und beobachtete mich still. Ich zog an dem Seil. Es ging schwer. Etwas musste daran hängen. Ich zog weiter. Bestimmt achtzig, neunzig Meter waren es, die sich schon auf dem Eis hinter mir befanden, als ein daran hängendes Netz auftauchte. Eindeutig handelte es sich um ein Schleppnetz, wie auch wir es verwendet hatten. Es war groß, aber nicht vollständig. Wohl der zerrissene Teil eines Schleppnetzes. Die liegen doch zu Hunderten auf dem Meeresgrund, beim Schleppen an einem Wrack hängengeblieben und abgerissen. Wie hatten wir geflucht, wenn uns so etwas passierte. Wracks, angesammelt vielleicht über Jahrhunderte, lagen schließlich überall herum. Oft mit Mann und Maus untergegangene Fischdampfer. Bevor wir sie auf dem Tiefenradar sehen konnten, war es zum Ausweichen längst zu spät und unser Netz blieb daran hängen und riss schließlich ab. Riesige Verluste waren das jedes Mal, die unsere Fangbeteiligungen schmälerten.

Und ganz hinten, am Ende des zerfetzten Teiles dieses Schleppnetzes tauchte etwas Dunkles auf. Es drehte sich rundum und unten war es weiß. Genau wie mein Delphin. Nur erheblich kleiner. Ich zog es heran. Als es endlich ganz nah vor mir war, erkannte ich einen kleinen Delphin. Sicherlich das Kind des großen. Es war nicht tot, es bewegte sich träge. Und es schnappte gierig nach Luft, als endlich sein Kopf über Wasser war. Dann sah ich, dass Teile dieses Netzes seinen Nacken eng umschlossen. Direkt hinter dem Kopf. Weder vorwärts noch rückwärts konnte das Tierchen entkommen. Das Netzgarn schnürte es hoffnungslos ein. Sicher hatte die Mutter versucht, ihr Junges zu befreien, aber es konnte ihr nicht gelingen. Suchte sie also meine Hilfe? Ich glaubte, dass sie mich hoffnungsvoll ansah. Und wie gern wollte ich ihr helfen. Nicht nur, weil sie mich ja auch gerettet hatte, sondern weil mir diese Tiere nun wie echte Freunde vorkamen. So, als wären wir Brüder auf dieser Erde, aufeinander angewiesen und voneinander abhängig. Als müssten wir uns einfach gegenseitig helfen.

Also holte ich rasch mein Messer, zog das Junge zu mir heran und trennte den einschnürenden Teil des Netzes durch. Ganz vorsichtig, um das Tierchen nicht zu verletzen. Und das ist mir gelungen. Die Mutter beobachtete voller Vertrauen jede meiner Bewegungen. Und als ihr Junges wieder frei schwamm, stieg sie hoch auf in die Luft und klatschte seitlich ins Wasser. Diesmal traf mich das aufspritzende Wasser nicht. Sie hatte es genau berechnet. Es musste ein Freudensprung gewesen sein.

Und als das Junge diesen Freudensprung nachmachen wollte,
aber noch zu schwach dafür war und deshalb etwas unbeholfen
nur halb aus dem Wasser kam, musste ich lachen. Es war vor
allem ein Lachen der Erleichterung.

Die beiden blieben bei mir. Lange. Als wollten sie mir
ihren Dank ausdrücken. Als spürten sie, dass ich als
Landbewohner hier nicht nur einsam sein musste, sondern dem
Tode geweiht. Mal entfernten sie sich ein wenig, fraßen ein
paar der umhertreibenden Kabeljaus, dann kamen sie schon
wieder zu mir. Ganz nah an die Kante. Und ich konnte gar
nicht genug kriegen von ihrem Anblick. Plötzlich spürte ich
keine Furcht mehr und keine Einsamkeit. Ich fühlte mich
beschützt, von ihrer Zuneigung eingefangen und umgarnt. Ich
war einfach nur glücklich. Wenn sie immer wieder auftauchten,
mich mit ihren klugen Augen ansahen und mir zulächelten,
manchmal ganz sanft keckerten, dann wollte mein Herz
überlaufen vor unendlicher Zuneigung zu diesen Geschöpfen.
Es musste wohl eine ganze Stunde gewesen sein, wie
ich so da saß. Die Luft war nicht kalt, die Sonne schien ja seit

vielen Tagen, an jedem Tag vierundzwanzig Stunden lang, und es war windstill. Nur von unten, vom Eis, auf dem ich saß, spürte ich Kälte. Aber die Kleidung am Oberkörper begann bereits zu trocknen. So konnte ich es durchaus aushalten. Allerdings wäre es besser, nicht auf dem blanken Eis sitzen zu müssen. Irgendwann würde mein Hintern wegen der Eiseskälte bestimmt absterben. Oder frisch bleiben und womöglich mich selbst noch überleben? Aber was sollte ein Hintern ohne daran hängenden Menschen anfangen? Ha - Ha - Ha.

Was einem so manchmal alles durch den Kopf geht! Für Scherze war es bestimmt nicht die rechte Zeit. Trotzdem musste ich lachen über meine eigenen Gedanken. Unglaublich, welch positive Stimmung die Gesellschaft der Delphine in mir ausgelöst hatte.

Das Seil und das daran hängende Netz lagen hinter mir, aber beides würde noch lange nicht trocken sein, wenn überhaupt. Aber dann sah ich ein Brett, dass wohl durch die Bewegungen der Delphine ganz nah heran getrieben worden war. Ich konnte es fassen und heraufziehen. Dann versuchte ich mit ihm, Fische anzusaugen, denn an den sicher bald aufkommenden Hunger musste ich ja auch denken. Doch wie ich mich auch abmühte, es wollte einfach nicht gelingen. Sie waren zu weit weg.

Die Delphinmutter hatte mich wieder beobachtet und sie war noch viel klüger, als ich es für möglich hielt. Plötzlich trieb sie mit ihren Schwimmbewegungen viele der noch immer umhertreibenden Kabeljaus ganz nah heran und schnipste sie sogar ganz geschickt zu mir aufs Eis. Bald lag ein ganzer Berg davon neben mir. Ich lachte erleichtert und sie antwortete mit fröhlichem Keckern. Und das war noch nicht alles. Sie hatte ja auch gesehen, dass ich dieses Brett herauf geangelt hatte, nun trieb sie noch viele weitere heran. Brett auf Brett hob ich herauf und hatte bald einen beachtlichen Stapel aufgeschichtet. Auch die Bretter waren voller Wasser. Bis sie trocken sein würden, könnten sicherlich Wochen vergehen. Deshalb legte ich sie nebeneinander wie einen Fußboden auf Seil und Netz. So gab es keinen direkten Kontakt zwischen Eis und Holz. Das Holz konnte besser trocknen und ich musste nicht auf dem blanken Eis sitzen oder auch liegen, wenn ich müde war."

Nächster Kampf ums Überleben

So also war der Schiffbruch ausgegangen. Nur einer hatte ihn überlebt. Hein Buddelkiek, der mir gegenübersitzt. Nun wird seine Erzählung sicher bald zu Ende sein. Irgendwann wird ein Schiff auftauchen, dass auf der Suche nach Überlebenden ist und sie werden ihn auf seiner kalten, schwimmenden Insel entdecken und bergen. Ich bin erleichtert und mit einem Seufzer richte ich mich auf, strecke ihm mein Glas entgegen und frage: "Wie lange hat es gedauert, bis man Dich fand?" Zu meiner Überraschung antwortet er:

"Man fand mich nicht! Viele Monate später erfuhr ich, dass man tatsächlich alle Trawler der Reederei aktivierte und als die nichts fanden, wurden sogar jene anderer Reedereien und Nationen aufgefordert, nach unserem Schiff oder Resten davon Ausschau zu halten. Dass es eine solche Katastrophe gegeben haben könnte, glaubte man zunächst nicht. Schließlich war es ja möglich, dass lediglich unsere Funkanlage ausgefallen war. Aber nach vier Wochen wurde selbst dem größten Optimisten klar, dass es unser Schiff und seine Besatzung nicht mehr gab. 'Totalverlust', nannte man es. Niemand hatte die geringsten Anzeichen einer Katastrophe gefunden, noch nicht einmal ein umhertreibendes Schottbrett. Dummerweise lagen die nämlich alle in meiner Nähe auf dem Eis. Hätte ich ein paar weiter treiben lassen, hätte man vielleicht eines gefunden. Hatte ich mich vielleicht selbst um die Rettung gebracht? Aber mir war diese Idee einfach nicht

gekommen und ich wollte ja meine neue Freundin auch nicht
enttäuschen, die mit dem Heranschaffen der Bretter erst
aufhörte, als keines mehr im Wasser zu sehen war. Jedes Brett,
das sie brachte, griff ich sofort auf und bedankte mich lachend
bei ihr. Und sie keckerte mich freundlich an und lächelte. Und
ihr Junges machte es ihr nach. Mir war manchmal zumute, als
wären wir drei eine Familie.

Gleich nachdem alle Bretter geborgen waren, begann
ich sie luftig aufzuschichten, damit sie trocknen könnten. Und
dann kam mir die Idee, vielleicht aus ihnen eine Art Hütte zu
bauen. Irgendwann würde schließlich die Schönwetterlage zu
Ende sein. Dann bräuchte ich irgendeinen Schutz. Ich
überlegte, wie ich die Bretter so miteinander verbinden könnte,
dass sie stabil zusammen blieben. Keine leichte Aufgabe, wenn
man weder Hammer noch Nägel zur Verfügung hat. Mein
einziges Werkzeug war dieses Seitenmesser und als
Verbindungsmaterial das lange Seil und das Netzgarn. Schnell
kamen mir die ersten Ideen: Mit der Messerspitze Löcher in
das Holz bohren und mit Garnstücken zusammenbinden. Das
müsste doch möglich sein.

Beginnen konnte ich mit der Arbeit allerdings zunächst
nicht. Meine Freundin wurde plötzlich unruhig. Ganz aufgeregt
schwamm sie hin und her, suchte meine Aufmerksamkeit.
Tatsächlich war ihr Gesichtsausdruck auf einmal ganz anders,
wenn sie mich ankeckerte. Sah ich da Angst in ihrem Blick?
Immer wieder sah sie mich an und wendete ihren Kopf danach
hinüber zu dem anderen Eisberg. Der hatte sich durch
irgendwelche Strömungen von meinem entfernt. Bestimmt
betrug die Distanz inzwischen zweihundertfünfzig Meter. Als
ich endlich begriff, dass dort irgendetwas Bedrohliches sein
musste, sah ich hinüber und erschrak. Ein riesiger Eisbär
wanderte an der Eiskante des Nachbarberges hin und her. Jedes
Mal, wenn er wieder die Richtung wechselte, richtete er sich

auf und zeigte seine gewaltige Größe. Ich meinte, er müsste doppelt so groß sein wie ich. Manchmal stürzte er sich mit gewaltigem Klatschen ins Wasser und fraß umher schwimmende Kabeljaus. Gierig war er, musste wohl lange Zeit kein Futter mehr gefunden haben. Wie auch? So weit draußen auf See? Ich wusste doch, dass er auf zusammenhängende Eisfelder angewiesen war, um Robben jagen zu können. Durch irgendeinen unglücklichen Umstand musste er auf diesen Eisberg gelangt sein und bevor ihm klar wurde, dass der auf die See hinaustrieb, den rechtzeitigen Absprung verpasst haben. Vielleicht hatte er auch versucht, zurückzuschwimmen.

Eisbären sind hervorragende und ausdauernde Schwimmer. Aber wer weiß schon, wie sein Futterzustand war. Wie wenig Kraft für ausgedehnte Schwimmstrecken noch zur Verfügung standen? Vielleicht musste er umkehren und wieder auf diesen Berg klettern, bevor seine Kräfte versiegten?

Als wir unser Netz an dem Berg vorbeischleppten, hatten wir nichts von einem Eisbären gesehen. Aber der Berg war riesig, bestimmt doppelt so groß wie nach dem Zerbrechen. Vielleicht war er gerade auf der anderen Seite, als wir vorbeidampften? Und als er auseinander brach, konnte er wohl auf einen der beiden Teile zurückklettern. Mein Glück, dass er nicht denselben wählte wie ich. Sein sicherlich gewaltiger Hunger hätte bestimmt längst dazu geführt, dass er mich zerfetzt und restlos gefressen hätte.

Jetzt machte ich mir aber doch große Sorgen und verbarg mich schnell hinter dem Stapel der Bretter. Von hier aus konnte ich ihn sehr gut beobachten. Die Distanz zwischen den beiden Eisriesen war für einen Eisbären bestimmt nicht groß. Nicht groß genug jedenfalls, um hinüberzuschwimmen. Solange noch Kabeljaus an der Wasseroberfläche herum dümpelten, mochte ihnen seine Aufmerksamkeit gelten. Was aber, wenn die alle gefressen waren und er erneut Hunger bekam?

Mutter Delphin und ihr Kind waren plötzlich verschwunden. Hatten sie Angst vor dem Bären? Aber nein, das konnte nicht sein. Delphine sind so flink im Wasser, dass ein Eisbär sie niemals erwischen könnte. Aber warum haben sie mich auf einmal allein gelassen?

Nach vielleicht einer halben Stunde, in der ich aus meiner Deckung heraus den Bären beobachtete, erfuhr ich es. Der Bär war gerade wieder ins Wasser gesprungen, da kochte die See plötzlich um ihn herum. Die finnenförmigen Rückenflossen vieler Delphine flitzten hin und her, Wasser spritzte schäumend auf. Meine Freundin hatte ihre Herde, die irgendwo in der Nähe gewesen sein muss, herbeigeholt, um den Bären zu vertreiben. Ich konnte staunend beobachten, wie er begann, verzweifelt um sich zu schlagen. Er versuchte deutlich, die angreifenden Delphine mit seinen gewaltigen

Pranken zu erwischen. Aber kein einziges Mal schien er Erfolg zu haben. Die Delphine waren einfach zu schnell. Sie schossen von mehreren Seiten gleichzeitig auf ihn zu und wenn er eine Pranke hob, drehten sie blitzschnell von seiner Vorderseite ab, während er im Rücken heftig angestoßen wurde. Schließlich beeilte er sich, wieder auf sein Eis zu kommen. Dort war er in Sicherheit. Doch wie ich sehen konnte, ziemlich verstört. Er vermied es ab jetzt, zu nahe an seine Eiskante zu gehen. Viele Köpfe von Delphinen waren ringsum zu sehen, die ihn beobachteten. Ich glaube, es waren mindestens zwanzig. Und die fraßen jetzt die letzten Kabeljaus.

Ob sie damit den Bären bestrafen oder schädigen wollten, weiß ich nicht. Aber ich machte mir jetzt Sorgen. Ich hatte zwar für viele Tage genug Fische, der Bär aber keinen mehr. Und Bären haben feine Nasen, wie ich wusste. Irgendwann, wenn der Wind günstig stehen würde, könnte er meine Fische riechen und wahrscheinlich auch mich selbst. Und immerzu würden die Delphine ja nicht hier sein und mich bewachen. Tatsächlich bemerkte ich eine Stunde später keinen einzigen mehr. Auch nicht meine Retterin und ihr Junges. Sie waren wohl mit ihrer Herde weitergezogen, glaubten vielleicht sogar, dass ich nun in Sicherheit sei.

Eigentlich wollte ich ja mit dem Bau meiner Hütte beginnen, aber das ging nun nicht. Der Bär würde bestimmt auf mich aufmerksam werden. Also lag ich nur hinter dem Berg von Brettern und beobachtete ihn durch eine Lücke. Ich hoffte und betete sogar, dass die beiden Eisberge weiter auseinandertreiben würden. Leider wurde mein Flehen nicht erhört. Der Abstand schien jetzt gleich zu bleiben. Als wüssten sie, dass sie untrennbare Zwillinge seien. Vielleicht wenigstens drehen könnten sie sich doch, damit der Bär und ich einander nicht mehr sehen könnten. Aber auch das taten sie nicht. So lag ich wohl mehrere Tage auf den langsam trocknenden Brettern und bewegte mich immer nur ganz vorsichtig, um keine

Geräusche zu machen. Die harten Bretter hinterließen vor allem an den Ellenbogen Druckstellen, die immer heftiger schmerzten, denn meist lag ich auf dem Bauch und stütze mich auf die Arme. Kaum traute ich mich zu schlafen. Ich fürchtete immer, der Bär könnte sich heimlich anschleichen.

Nach bestimmt drei Tagen entschloss ich mich, die Kabeljaus wenigstens auszunehmen, damit sie nicht verdarben. Innereien faulten schließlich als erstes, wie ich wusste, und würden dann das übrige Körperfleisch ungenießbar machen. Der Schutz durch das Eis konnte nicht ewig dauern. Auch bei dieser Arbeit musste ich ganz vorsichtig sein. Die Fische hatte ich mit Brettern abgedeckt, damit sie vor den lauernden Möwen sicher waren. Als mir eines aus der Hand rutschte und mit einem heftigen Krach auf die anderen Bretter fiel, glaubte ich, nun dem Bären ausgeliefert zu sein. Ganz vorsichtig sah ich mich um. Erleichtert konnte ich aber sehen, dass es der Bär nicht bemerkt hatte. Hierbei hatte der leichte Wind geholfen, der aus seiner Richtung zu mir wehte. Käme er entgegengesetzt, wäre ich bestimmt verloren. Immer noch schien also das Glück auf meiner Seite zu sein. Oder was war es, dass mich bisher beschützte? War es Gott? Aber welcher? Der der Christen, Juden oder Muslime? Oder irgendein überirdischer Geist, von dem die Menschen glaubten, dass es ihn geben muss und einfach nur unterschiedlich nannten? Oder waren es persönliche Schutzengel speziell meiner Person? Von denen meine Kameraden zufällig keine hatten? Ihr müsst verstehen, dass einem Menschen in solch einer Extremsituation Gedanken durch den Kopf wandern, über die er sonst bestimmt nur lachen würde. Mir war aber seit Tagen alles Lachen vergangen. Nur mit den Delphinen konnte ich es, aber die waren schon lange weg."

Suchschiff am Horizont?

Hein wirkt gedankenverloren, als er seine Pfeife erneut stopft. 'Das ist nun schon die vierte. Kaum zu glauben, wie er sonst über so viele Stunden ohne diese Nikotinschübe auskommt. Vielleicht versucht er, auf Vorrat zu rauchen, weil er es ja spätestens morgen nicht mehr darf', denke ich und verkneife mir schnell ein Lächeln. Das wäre angesichts dieser dramatischen Geschichte bestimmt nicht angemessen. Obwohl Hein ja auch diese Gefahr überstanden hatte, sonst säße er ja jetzt nicht mir gegenüber.

"Es hat lange gedauert, bis ich alle Fische ausgenommen hatte. Die Innereien warf ich jedes Mal ins Wasser. Die Möwen stürzten sich sofort darauf, stritten sich um jeden Bissen. Den Bären störte das nicht. Er erkannte wohl nichts Außergewöhnliches darin, dass ein Schwarm Möwen an seinem Nachbareisberg immer wieder Futter fand. Die ganze Zeit seit dem Abzug der Delphine hatte er abseits seiner Eiskante aufrecht wie ein Buddha auf seinem Hintern gesessen und verstört zum Wasser geblickt. Aber da waren nun schon lange keine Rückenflossen mehr zu sehen. Das machte ihm wohl neuen Mut. Er richtete sich auf, schaute rundum, beobachtete das Wasser. Sofort stellte ich meine Arbeit ein, und sah nach ihm mit angehaltenem Atem. Aber er hatte wohl noch keinen erneuten Hunger und setzte sich wieder. Vielleicht glaubte er auch, dass die Delphinhorde noch in der Nähe sein könnte.

So nahm ich vorsichtig meine Arbeit wieder auf. Die Leber der Kabeljaus enthält wertvolle Energie und sogar Vitamine, das wusste ich. An Bord hatten wir sie ja gesammelt und zu Lebertran verkocht. Also legte ich die vielen Stücke in eine Eismulde. Sie roh zu essen, kostete mich zunächst erhebliche Überwindung. Schnell schob ich immer etwas

Rückenfleisch hinterher, das milderte den aufdringlichen Geschmack der Leber. So würde es sicher auch über längere Zeit möglich sein, nicht zu verhungern. Dann begann ich, alle Fische zu filetieren. Übrig blieb immer noch ein beachtlicher Berg bester Kabeljau-Filets. Bestimmt würde es reichen, bis man mich fand. Die Köpfe und Gerippe spendete ich wieder den Möwen.

Viele Tage mussten es gewesen sein, in denen ich mich vor dem Eisbären versteckt hielt. Es nervte mich mehr und mehr. Ich musste schließlich endlich meine Hütte in Angriff nehmen, immer mehr Wolken am Himmel ließen einen Wetterwechsel befürchten. So begann ich, vorsichtig Löcher in die Bretter zu bohren. Es war eine furchtbar mühselige Arbeit. Für jedes Loch brauchte ich bestimmt eine halbe Stunde und jedes Brett musste rundum mindestens vier Löcher haben, um an allen Seiten mit dem nächsten Brett verbunden zu werden. Und jeden Tag wurde mein weißer, langhaariger Nachbar unruhiger. Bestimmt bekam er langsam wieder Hunger. Er begann erneut an seiner Wasserkante entlang zu wandern. Immer hin und her. Dabei konnte ich beobachten, wie er auch immer wieder zu mir herüber sah. Dann hielt ich den Atem an und bewegte mich nicht mehr. Selbst wenn seine Augen weniger scharf waren als seine Nase, musste er doch wenigstens diesen ungewöhnlichen dunklen Fleck aus Brettern auf dem Eis erkennen. So wurden meine Sorgen immer größer.

Aber ich beobachtete nicht nur den Bären, sondern natürlich auch das Meer rundum. Irgendwann musste doch mal ein Schiff auftauchen! Selbst wenn nicht nach mir gesucht würde. Es gibt so viele Schiffe auf dem Atlantik, die zu jeder Jahres- und Tageszeit unterwegs sind, dass doch irgendwann auch hier mal eines zu sehen sein müsste. Irgendwelche Frachter oder Versorger, wenn schon keine Trawler auf Fischfang. Doch was ich immerzu nur sah, war Wasser bis zum

Horizont, blauer Himmel mit immer mehr Gewölk, und meinen bedrohlichen Nachbarn drüben auf seiner bläulich-weißen Insel.

Dann fiel mir auf, dass die ständig am Himmel stehende Sonne an einem Punkt des Horizonts, wenn ich im Neunzig-Grad-Winkel von meiner Eiskante weg sah, dem Horizont verdächtig näher gekommen war. Das konnte eigentlich nur zwei Gründe haben. Erstens, dass sich der Polarsommer langsam neigte, oder zweitens, dass die beiden Berge nach Süden drifteten. Ersteres war eigentlich nicht möglich. Wir waren ja in Hamburg ausgelaufen, als der Sommer nördlich des Polarkreises noch nicht mal begonnen hatte. Also dürfte er jetzt noch längst nicht seinen Höhepunkt erreicht haben. Blieb also nur die Drift nach Süden. Und mir war natürlich klar: alle Eisberge driften nach Süden und lösen sich langsam auf, weil ihnen die zunehmende Wärme irgendwann den Garaus macht. Noch bemerkte ich kein Schrumpfen meiner Insel. Wie lange würde das noch so sein?

Jetzt beobachtete ich den Horizont ständig mindestens so oft, wie meinen Nachbarn. Und dann kam tatsächlich der Moment, an dem die Sonne den Horizont erstmals berührte. Ich wusste nicht, ob ich mich darüber freuen sollte, oder ob das eher ein Grund zur Besorgnis sei. Immerhin könnte es ja sein, dass ich so eine vielbefahrene Schifffahrtsroute kreuzen würde und vielleicht endlich gefunden werden könnte. Gleichzeitig war mir klar, dass alle Schiffe seit der Titanic-Katastrophe einen großen Bogen um Eisberge herum fuhren. Kein Kapitän wollte mehr das kleinste Risiko eingehen. Sie nahmen lieber einen Umweg von einigen Meilen in Kauf.

Ich hatte ja kaum Möglichkeiten, mich bemerkbar zu machen, wenn irgendwo ein Schiff auftauchen sollte. Selbst wenn ich Streichhölzer oder ein Feuerzeug gehabt hätte, die nassen Bretter hätte ich niemals entzünden können. Und irgendwelche auffälligen Fahnen oder Bettlaken hatte ich auch nicht, mit denen ich winken könnte. So ein Schiff müsste also schon ziemlich nah herankommen. Oder es wäre zufällig jemand an Bord, der diese beiden Berge mit dem Fernglas bestaunen wollte. Oder vielleicht ein großes Fahrgastschiff mit hunderten Landratten, die sich von der Schönheit 'meiner Insel' beeindrucken lassen wollten? Aber wenigstens wusste ich jetzt, wo Norden ist, auch wenn es mir nichts nützte.

Bei diesen Beobachtungen bemerkte ich immer öfter Gruppen springender Delphine. Mal weiter weg, mal näher. Mal weiter westlich, dann wieder östlicher. Ob es die Familie meiner Freundin war? Ich hoffte es jedes Mal und immer schlug mein Herz heftiger. Ich sehnte mich nach ihrer Gesellschaft. Aber sie blieben immer auf Distanz und meine Enttäuschung wurde größer.

Dann kam der Tag, an dem am Horizont tatsächlich ein Schiff auftauchte. Erst war es nur ein dunkler Punkt im Osten. Der wurde im Laufe von Stunden immer größer. 'Der kommt direkt auf mich zu!', jubelte ich voller Hoffnung. Bald sah ich Einzelheiten. Das musste ein Frachter sein, ziemlich groß. Aus seinem Schornstein sah ich bald die schwarze Rauchfahne aufsteigen. Der Brückenaufbau hatte drei Etagen. Das war ein Schiff von bestimmt fünftausend Bruttoregistertonnen. Solche Schiffe hatten Besatzungen von mindestens vierzig Mann, das wusste ich. Einer wird doch darunter sein, der meinen Eisberg bestaunt?
Als das fremde Schiff, dessen Nationalität ich leider nicht erkennen konnte, nach mehreren Stunden schon auf wenige Meilen heran war, wurde klar, dass es ziemlich nah vorbeikommen musste. Mein Herz schlug immer schneller. Endlich waren meine Gebete und mein Flehen zu allen Geistern im Himmel erhört worden. Doch plötzlich drehte es nach Süden ab. Der Kapitän fürchtete eine Kollision, denn er

war wohl ein vorsichtigerer Mann, als für mich gut gewesen wäre. Aber warum nicht nördlich vorbei? Dann würden sie mich vielleicht trotzdem bemerken - irgendjemand an Bord. Dort war schließlich meine Hütte, die auffallen musste. Wenn ich mich jetzt bemerkbar machen wollte, musste ich auf die andere Seite meiner Insel. Das aber würde zur Folge haben, dass mich der Bär sieht - sehen muss! Was sollte ich tun? Ich zögerte lange. Wahrscheinlich zu lange. Als das Schiff seine größte Nähe zu meinem Eisberg hatte, entschloss ich mich, ein notwendiges Risiko einzugehen. Wenn mich der Bär sehen würde, brauchte er ja einige Zeit, zu mir zu gelangen. Bis dahin würde ich bestimmt vom Schiff aus entdeckt werden und Hilfe bekommen.

Also verließ ich meine Deckung und lief auf dem Eis um den Berg herum. Tatsächlich entdeckte mich der Bär sofort. Er richtete sich hoch auf. Zunächst schien er verdutzt zu sein und verharrte aufrecht stehend. Und als ich so laut schrie wie ich konnte und heftig mit meiner Jacke zum Schiff hinüber winkte und hüpfte, sprang er ins Wasser und schwamm in meine Richtung. Ich hatte ihn nebenbei nicht aus den Augen gelassen und sah es ganz genau. Er hatte es sehr eilig. Und ich auch. Wenn jetzt da drüben nicht jemand ist, der meine Not erkennt und schnell ein Boot herüberschickt, bin ich verloren. Aber dann musste ich zu meinem Entsetzen feststellen, dass es drüben auf dem Schiff zumindest jetzt niemanden mehr gab, der sich für meinen Eisberg interessierte. Das Schiff dampfte einfach weiter. Mein Entsetzen, meine Enttäuschung ist nicht mit Worten zu beschreiben. Nun musste es so weit sein!

Er war schon fast an meiner Wasserkante, als ich
wütend wurde. Wütend auf alle meine Schutzengel, falls es
überhaupt jemals welche gegeben haben sollte. Sie hatten sich
wohl einen Spaß daraus gemacht, mich zappeln zu lassen.
Genau so, wie die vielen Fische in unseren Netzen gezappelt
hatten, bevor wir ihr Leben auslöschten. Meine Kameraden
hatten ein schnelles Ende gefunden. Ich war offensichtlich
auserkoren, für alle Schanden der Menschheit bestraft zu
werden. Ich sollte nun für alle büßen. Das machte mich noch
wütender und ich entschloss mich, mein Fell so teuer wie
möglich zu verkaufen. Breitbeinig stellte ich mich zwei Meter
vor die Wasserkante. Dort, wo jeden Moment der Bär seine
Krallen in das Eis schlagen müsste. Heimlich hoffte ich aber,
dass mein mutiges Auftreten ihn zur Umkehr bewegen würde.
Ich versuchte, mich größer zu machen, als ich war. Dann
brüllte ich mit möglichst tiefer Stimme und ruderte mit beiden
Armen, hüpfte auf und ab. Es beeindruckte ihn nicht. Also zog
ich mit zitternden Händen mein Messer aus der Scheide..."

Auf Leben oder Tod

Langsam scheint es mir, als wenn dieser Hein Buddelkiek seine Geschichte zelebriert. Schon wieder macht er eine längere Pause. Gerade jetzt! Umständlich stopft er schon seine fünfte Pfeife. Der Wirt reicht ihm lächelnd das Feuer. Die Gläser hat er längst wieder gefüllt. Hein hebt mit den ersten Qualmwolken sein Glas, wir stoßen an. "Na denn mal Prost!", klingt es aus drei Männerkehlen. Die Hauptperson, nämlich Hein, lässt sich noch immer Zeit, mit seiner Erzählung fortzufahren. Nur schwer kann ich meine Ungeduld zügeln.

'Paff - paff - paff' - Wolken steigen empor, sein Blick ist verklärt. Vielleicht auch ein wenig vom Inhalt der diversen Gläschen? Wie viele es inzwischen waren, weiß ich nicht. Ich habe sie nicht gezählt. Aber die anfangs volle Flasche zeigt schon erheblich mehr Luft als Klaren im Inneren. Trotz allem ist seine Stimme noch immer fest, seine Zunge kein bisschen erlahmt, als er endlich fortfährt und dabei seine gespenstische Linke betrachtet.

"Sein Blick war kalt und berechnend und auch ein wenig gierig. Ganz deutlich sah er in mir eine große Mahlzeit, Nahrung für längere Zeit vielleicht. Auch er hatte also diesen genetischen Überlebensdrang, genau wie ich. Weil diese Eisbären ganz oben stehen in der Nahrungskette hier in ihrem Lebensraum, also keine Feinde zu befürchten haben, zögern und beobachten sie bei der Annäherung an ein mögliches Opfer auch nur, wenn sie eine Flucht desselben befürchten. Mich hat er wohl richtig eingeschätzt. Meine Drohgebärden ignorierte er einfach. Er war sicher, dass ich nicht fliehen kann und dass ich nur ein harmloses Würstchen sei. Aber woher wollte er das eigentlich wissen? Weil ich keine Flossen vorzeigen konnte und deshalb nicht ins Wasser springen und tiefer abtauchen würde? Oder hat er schon Erfahrungen durch Begegnungen mit

Menschen, die vielleicht ohne Schusswaffen waren wie ich, und die er mühelos schlagen konnte? Die viel zu behäbig waren, um vor ihm zu fliehen? Die bei Weitem nicht seine Größe und sein Gewicht hatten, keine Krallen und nur ein lächerliches Gebiss?

In mir stieg der Grimm. Was hatte ich schon zu verlieren? Das bisschen Leben? Hah! Was ist das denn überhaupt noch wert? Wenn er mich schon töten würde, dann sollte er wenigstens die Erfahrung machen, dass sich auch Menschen wehren können. Dass ein Mensch, wenn er in die Ecke gedrängt wird, auch gefährlich werden kann. Immerhin habe ich dieses Messer mit einer zwanzig Zentimeter langen Klinge. Seine Krallen waren bei Weitem nicht so lang. Mein Mut stieg wieder.

Aber dann patschte seine rechte Pranke direkt vor mir auf das Eis und die Krallen bohrten sich wie stählerne Spikes in die weiße Pracht. Eissplitter stoben weit auf. Mir war, als müsste ich augenblicklich erstarren. Alles Blut wich mir aus den Adern. Vor diesem eiskalten Ungeheuer, direkt vor mir in Griffnähe. Sein Anblick war so nah vor mir dermaßen selbstsicher, sein Blick so kalt, dass mein eben noch vorhandener Heldenmut vollständig erstorben war.

Und plötzlich stiegen hinter dem Bären drei Delphine senkrecht auf. Wie waren mir ihre aufgeregten, schnatternden Schreie bekannt und wie hatte ich die so lange vermisst! Hoch spritzte das Wasser auf, als ihre Körper flach auf das Wasser klatschten. Es sah aus, als würde es zu kochen beginnen. Das ganze Rudel war wieder da und sie griffen erneut den Bären an!

Ich hatte keine Zeit zum Überlegen, doch mir war klar, dass ich außerhalb des Wassers nicht mit ihrer Hilfe rechnen konnte. Also musste ich angreifen, bevor er sich hochgezogen hatte. Instinktiv, angestachelt durch die beruhigende Wirkung der Anwesenheit meiner Freunde, warf ich mich flach auf das Eis, mit dem Oberkörper auf den Kopf des Bären, und stieß mein Messer mit voller Wucht in seine linke Seite, unterhalb seiner Schulter. Dabei hatte ich einfach nur Glück, denn der Bär war durch die Delphine abgelenkt und hatte nach hinten gesehen. Als er nun aber meinen Angriff wahrnahm und wahrscheinlich auch den Stich spürte, bäumte er sich gewaltig auf und schlug blitzschnell nach mir. So, wie ein Mensch nach einer stechenden Mücke schlägt. Es war sicher eine Abwehrreaktion aus seinem Instinkt heraus. Aber mich traf seine gewaltige Pranke am linken Unterarm und seine scharfen Krallen zerfetzten ihn bis hinunter zur Hand, wie Ihr sehen könnt. Die Kraft seines Hiebes war so gewaltig, dass ich flach hinter ihm im Wasser landete. Sofort spürte ich die erhebliche Verletzung und sah mit Schrecken, dass sich das Wasser um meinen linken Arm herum rot färbte. Aber da war noch eine Rotfärbung in meiner Nähe, und die war erheblich umfangreicher. Der Stich meines Messers hatte gesessen. Ich konnte deutlich sehen, dass der Bär jetzt um sein Leben kämpfte. Nicht mit seiner gewaltigen Kraft, sondern in verbissenen Krämpfen. Die pumpten aber wohl erst recht die erstaunliche Menge von Blut aus seinem Körper heraus. Seine Bewegungen wurden immer schwächer. Mit einer Pranke krallte er sich noch an der Eiskante fest.

Die Delphine hatten offensichtlich längst erkannt, dass von ihm keine Gefahr mehr ausging, sie ließen ihn in Ruhe sterben. Einer der Delphine aber kam ganz nah zu mir, schob mich zum Eisrand und drückte mich vorsichtig hinauf. Und hinter diesem Delphin reckte ein Delphinjunges seinen Kopf aus dem Wasser und schnatterte mit heftigem, freudigem Kopfnicken...

Dann saß ich wieder einmal an der Eiskante, das Wasser lief überall in Strömen aus meiner Kleidung, und Blut von meinem linken Arm auf das Eis. Der Kopf meiner Freundin war ganz nah bei mir und ich konnte mit meiner Rechten ihr Gesicht streicheln. Sie ließ es geschehen und ich glaube, dass sie ganz genau erkannte, dass es eine dankbare Geste war, die sie von einem völlig artfremden Wesen erfuhr. Ich aber weinte. Schon wieder. Nicht vor Schmerzen. Die waren noch gering. Ich weinte vor Glück, das ich erneut durch diese Delphine empfand und vor Dankbarkeit. Und ich streichelte unentwegt weiter ihren Kopf. Sie war ganz still, ich sah keine Bewegung an ihr, nur ihre klugen, liebevollen Augen.

Immer wieder gingen mir auch Gedanken der Verwunderung durch den Kopf. Delphine waren doch Tiere, die obendrein noch ausschließlich im Wasser lebten. Also völlig gegensätzlich zu uns Menschen waren. Fühlen mussten sie können, das war ja klar. Jedes Lebewesen hat Gefühle. Aber denken? War ihr Gehirn in der Lage, Schlussfolgerungen zu ziehen und Gefühle mit notwendigem Tun zu verknüpfen? Diese Mutter mit ihrem Kind schwamm ja nicht nur irgendwie herum, sie wusste genau, was sie taten und bestimmt auch, warum. Mehr und mehr wurde mir bewusst, dass sie sogar emotional handelte. Nicht nur ihrem Kind gegenüber, sondern sogar mir, einem völlig artfremden Lebewesen. Und wir Menschen bilden uns ein, über allen Lebewesen zu stehen, alles beherrschen zu können, sogar die Natur. Wir wollen die Natur lenken, am liebsten sogar das Wetter beeinflussen, wie es uns am besten passt. Wir töten Tiere, die vielleicht menschlicher handeln, als wir selbst. Wir nehmen ihnen Lebensräume, weil wir uns ungehemmt vermehren und glauben, ein Recht dazu zu haben. Die Populationen aller Lebewesen regelt die Natur nach unumstößlichen Gesetzen. Die Menschheit weigert sich, dieses Naturgesetz zu akzeptieren und vermehrt sich immer rasanter. Mir war, als müsste ich mich vor diesen Tieren schämen.

Mehrere Minuten müssen so vergangen sein, als ich hörte, wie die Krallen des Bären auf dem Eis schrammten. Er begann, abzurutschen. Wahrscheinlich würden nur noch wenige Sekunden vergehen, bis sein Körper in der Tiefe versank. Da verschwand meine Lethargie schlagartig. 'Nein! Nicht abrutschen! Ich brauche ihn! Sein Fleisch, sein Fell!' Ich sprang auf, meine Freundin erschrak über meine unerwartete Bewegung, sie wich zurück. Ich stürzte zur gerade abrutschenden Pranke, warf mich erneut auf das Eis, bekam das Fell der Pranke gerade noch zu fassen. Ich zog wie ein Verrückter, setzte all meine Kraft ein. Aber mehr als den Kopf des Riesen und seinen rechten Arm konnte ich nicht über das Wasser bringen.

Gleich mehrere Delphine hatten mein Tun beobachtet. Und wie klug sie wieder mal waren. Sie erkannten, dass ich diesen schweren Körper auf dem Eis haben wollte, es aber ohne ihre Hilfe nicht schaffen würde. Und dann ging es ganz schnell. Körper an Körper schwammen fünf von ihnen heran, brachten den toten Bären in Flachlage und drückten ihn fast mühelos auf das Eis, während ihre Schwanzflossen das Wasser hinter ihnen aufschäumen ließen.

Da lag er nun. Schon wieder hatte ich eine Gefahr überstanden. Ich kniete vor dem Bären und entschuldigte mich erst einmal bei meinen Schutzengeln. Ich hatte an ihnen gezweifelt. Hoffentlich hatte ich sie damit nicht gekränkt? Aber auch bei dem Bären entschuldigte ich mich. Nun tat er mir leid. Sein Herz schlug nicht mehr. Er hatte doch schließlich auch nur überleben wollen. Aber unser gemeinsames Schicksal oder was immer es war, hatte entschieden, dass er das Opfer wurde und dass ich durch sein Opfer weiter leben durfte.

Dann begannen die Schmerzen in meinem linken Arm bis hinab in die Fingerspitzen. Seht hier: dort unterhalb des Ellbogens waren die Klauen eingedrungen und haben bis auf den Handrücken tiefe Rillen gezogen und von mehreren Fingern das Fleisch heruntergerissen. Fast bis auf die Knochen. Was war jetzt zu tun? Ich hatte keine Desinfektionsmittel. Und auch kein Verbandsmaterial und keine Schmerzmittel. Und die Schmerzen wurden immer heftiger. Es war ein unglaubliches Brennen im ganzen Unterarm. Wenigstens ließen die Blutungen langsam nach. Nur noch wenige Tropfen fielen auf das Eis, verdünnt mit Meerwasser. Dafür klafften die Rinnen immer mehr auseinander, das unverletzte Fleisch begann anzuschwellen. Was hatte ich in der Kindheit gelernt? Urin desinfiziert. Also machte ich mit der Rechten meine Hose auf. Das war mit einer Hand schwierig, denn der Stoff war vom Salzwasser aufgequollen. Dann holte ich den Schniedel heraus und bepisste den linken Arm von oben bis unten. Es dampfte regelrecht und brannte teuflisch. Ich schrie vor Schmerzen. Mehrere Delphinköpfe reckten sich aus dem Wasser. Viele antworteten auf mein Geschrei. Ob sie wohl glaubten, dass es ihnen galt? Und sie mir antworten müssten? Mit mir im Chor singen vielleicht? Ich hörte doch schon oft, dass Delphingruppen laut zu kreischen beginnen, wenn einer von ihnen angefangen hatte. Dass sie miteinander spielten, wenn einer seine Lebensfreude zeigte, und wenn einer die bekannten Luftsprünge machte, es die anderen immer gleich nachahmten.

Ich hatte nichts, womit ich die Wunden verbinden könnte. Mein Hemd zerreißen und es herumwickeln? Keine gute Idee, dachte ich. Noch weniger Kleidung auf dem Körper, wo ich doch sowieso schon jedes Mal fror, wenn ich mich zum Schlafen niederlegte? Aber vielleicht wäre es sowieso besser, Luft an die Wunden zu lassen? Diese reine Seeluft war doch mit Sicherheit keimfrei. Wenn die Wunden trocken sein würden, könnte ich sie ja immer noch umwickeln und dann vor schmerzhaften Berührungen schützen. Na klar, ich hatte doch jetzt diesen Eisbärenpelz, der ganz sicher wärmender war, als jede Kleidung aus irgendwelchen Stoffen.

Also, erst einmal den schweren Körper weiter auf das Eis ziehen, damit er mir auch nicht bei schwerem Wetter, das bestimmt irgendwann kommen würde, verloren geht. Das war nicht einfach mit nur einem Arm und auf rutschigem Untergrund. Wo es für die Füße keinen Halt durch irgendwelche Unebenheiten im Eis gab, musste ich mit dem Messer Mulden hineinhacken. Dann zog ich mit aller Kraft. Mal an einer Vorderpranke ein paar Zentimeter weiter, dann an einer Hinterpranke. Das Tier war unglaublich schwer. Ich schätzte damals, dass es bestimmt vierhundert Kilo sein müssten. Es hat lange gedauert, bis ich ihn ganz hinten an der Steilwand hatte.

Ich zog vorsichtig meine Kleidung so weit wie möglich aus und legte sie über hochgestellte Bretter zum Trocknen. Die Reste der linken Ärmel von Jacke und Hemd musste ich aber mit dem Messer auftrennen, sonst wäre ich mit den Wunden in Konflikt geraten. Jede kleine Berührung des rohen Fleisches bereitete mir die Hölle. In dieser Zeit fühlte ich mich dermaßen wohl trotz der Schmerzen, dass ich fröhlich zu singen begann. Alles, was mir gerade so einfiel. Das Bewusstsein, wieder eine riesige Gefahr überstanden zu haben, war einfach ungeheuerlich. Nun war doch tatsächlich ohne menschliche Hilfe mehrmals mein Leben gerettet worden. Da wurde die Überzeugung immer größer, auch weitere Gefahren zu überstehen. Ich hatte ja Freunde in der Nähe, die über mich wachten. Dass die Delphingruppe wiedermal rechtzeitig aufgetaucht war, als die Gefahr offensichtlich wurde, zeigte doch deutlich, dass sie meine Nähe nie wirklich aufgegeben hatten. Die Gruppen, die ich immer wieder sah, mal weiter weg, dann wieder näher, war sicher immer nur dieselbe Gruppe. Und in ihr war diese Delphinmutter mit ihrem Kind. Bestimmt war sie es, die ein Abwandern der Gruppe verhindert hatte, weil sie meine Nähe nicht aufgeben wollte. Bestimmt aus Dankbarkeit, dass ich ihr Kind gerettet hatte, oder aus welchem Grund auch immer. Selbst die Gefahr, dass ich vielleicht von keinem Menschen auf irgendeinem Schiff jemals entdeckt werden könnte, schreckte mich nicht mehr. Und auch nicht das Bewusstsein, dass mir meine Insel irgendwann unter dem Hintern wegschmelzen würde."

Just in diesem Moment geht die Tür auf und eine Gruppe Touristen betritt den Gastraum. Männer und Frauen. Neugierig schauen sie sich um, bestaunen die Bilder und sonstigen Requisiten im Raum und besetzen lärmend mehrere Bänke. Gerade wollte Hein wieder seine Pfeife stopfen, doch der Wirt gibt ihm ein deutliches Zeichen: 'Jetzt nicht mehr!' Mit einem Seufzer steckt Hein den ledernen Tabaksbeutel wieder in seine Joppentasche. Der Wirt erhebt sich, greift den Stapel der Speisekarten und verteilt sie vor den neuen Gästen.

Ich spüre schon, dass jetzt auch Heins Erzählungen enden werden und als ich ihn fragend ansehe, schüttelt er auch schon seinen Kopf. "Heute nich mehr. Is ja schon spät. Draußen wird's schon dunkel. Wir sollten die Flasche noch richtig lenzen, denn einen Rest drinnen lassen, verärgert bestimmt die Buddelgeister. Morgen is ja auch noch'n Tag. Vormittags sind selten Gäste hier, da sitze ich meistens allein. Wenn Du willst, erzähle ich die Geschichte dann weiter."
"Ist sie noch lang"?, will ich wissen.
"Ziemlich. Lass Dich überraschen. Prost."

Eisdrift

Am nächsten Morgen bin ich vor lauter Ungeduld viel zu früh im Lokal. Der Wirt ist nur wenige Minuten vor mir da und muss erst einmal alles vorbereiten, bevor seine ersten Gäste kommen. Gleich nach mir kommt die Köchin und verschwindet nach kurzem Gruß hinter der Schwingtür. Dort beginnt es zu Klappern und zu Klirren.

"Du bist viel zu früh. Hein kommt immer erst gegen zehn."

"Nicht schlimm. Sag mal, Du hast die Geschichte doch schon mehrmals gehört. Stimmt's?"

"Stimmt."

"Und hältst Du sie wirklich für wahr?"

"Na klar. So was kann sich doch niemand ausdenken."

"Aber Manches klingt doch ziemlich fantastisch. Und so, wie es Hein erzählt, auch sehr schön ausgeschmückt."

"Na ja, Du darfst nicht vergessen, dass es schon viele Jahre zurückliegt. Sein Kopf beschäftigt sich doch bestimmt mit nichts anderem mehr. Wenn er jeden Tag hier an seinem Platz sitzt und zum Fenster rausguckt und vor sich hin träumt. Ich bin sicher, dass er zumindest Teile seiner Erlebnisse immer wieder neu durchlebt. Übrigens stand ja damals viel über ihn und seine Geschichte in der Zeitung. Die schreiben doch bestimmt nichts, was unwahr oder erfunden ist, oder?"

"Ha-ha-ha. Die leben doch von interessanten Geschichten. Ob sie wahr sind oder nicht. Wichtig ist für sie in erster Linie, dass es ihre Leserschaft beeindruckt."

"Na ja, wahrscheinlich hast Du recht. Aber das ist doch sowieso egal. Wie langweilig wäre wohl das Leben der Menschen, wenn es nichts gäbe, was sie beeindruckt? Ihre Fantasie anregt? Sie zum Träumen bringt? Stell Dir vor, wir Menschen lebten wie ein Ameisenvolk. Immer nur in geordneten Bahnen in zwei Richtungen laufen und irgendwelche Materialien schleppen. Vom Beginn des Lebens bis zu seinem Ende."

"Ja, ja, Du hast ja recht. Ob das nun wirklich alles stimmt, was Hein erzählt, oder nicht, ist wirklich völlig gleichgültig. Ich bin jedenfalls sehr beeindruckt und brenne regelrecht darauf zu erfahren, wie es weiter geht."

"Ja, ich kann es auch nicht oft genug hören. Beinah wünschte ich mir, dass heute keine Gäste kommen, damit wir sie in Ruhe weiter hören können. Es ist viel zu selten, dass er davon spricht. Hast Du schon gefrühstückt?"

"Nein. Kannst Du mir Rühreier mit Krabben machen lassen?"

"Klar." Dann ruft er zur Küche hinein: "Zweimal Rühreier mit Speck und tüchtig Krabben drauf. Nein, mach's dreimal. Hein kommt auch gerade."

Hein Buddelkiek schreitet hochaufgerichtet durch den Gang zwischen dem Tresen und der Reihe von Tischen und Bänken. Er steuert direkt auf mich zu, lächelt mich milde an und sagt: "Moin!" Dann setzt er sich auf seinen Stammplatz und grinst: "Na, gut geschlafen?"

Ich grinse zurück. "Hast Du jemals erfahren, dass nach dieser Geschichte jemand gut schlafen konnte?"

"Na ja, wahrscheinlich ist es so. Aber warum soll es Euch besser gehen als mir? Ich schlafe ja seitdem auch nur noch tröpfchenweise."

Das Frühstück kommt, es duftet von drei Tellern. Frisches Brot dazu - köstlich. Alle drei essen wir mit großem Appetit, der vom gestrigen Alkoholgenuss bei keinem von uns auch nur ein bisschen beeinträchtigt zu sein scheint.

"Hein, hat Dich dieses Abenteuer eigentlich verändert?", will ich wissen.

"Ja, ja. Als ich endlich wieder zu Hause war, bemerkte ich selber und wahrscheinlich auch meine Bekannten, dass ich nicht mehr derselbe Hein war wie früher. Was ich nie für möglich gehalten hatte, war die Tatsache, dass ich kaum noch Lust hatte, ein Schiff zu betreten. Es war keine Angst, es war nur, als müsste ich vorsichtiger sein. So, als befürchtete mein Inneres, dass wieder etwas passieren könnte. Das hatte es früher nie gegeben. Immer war in mir ein Gefühl gewesen, als

70

seien Schiffe mein wirkliches Zuhause und absolut sicher. Ja, und vor Eis habe ich einen regelrechten Horror seitdem. Sogar um Eiscreme aus diesen italienischen Eisdielen mache ich einen großen Bogen. Lieber sitze ich jeden Tag hier und lass all die Erlebnisse immer wieder durch meinen Kopf wandern."

"Lebst Du denn allein?"

"Ja. Familie habe ich schon lange nicht mehr. Ein paar Jahre nach der Rückkehr war da eine Frau, die zwei ganze Jahre bei mir blieb. Heiraten wollte sie nicht und das war gut so. Als sie nämlich merkte, dass ein Mann mit einer so interessanten Geschichte im Alltag auch nur ein Mann wie jeder andere ist, wurde sie immer aufsässiger. Da bleibe ich lieber allein, genieße den Rest meines Lebens und träume vor mich hin. Hungern muss ich nicht und zum Trinken habe ich diesen Freund hier, der wohl nichts gegen einen stillen Gast hat. Nur das Rauchen verbietet er mir und das tut weh."

"Du weißt, dass ich es Dir hier drinnen verbieten muss. Eigentlich sogar, wenn nicht mal andere Gäste hier sind. Also schimpf nicht mit mir. Nachher mach ich die Fenster wieder auf und solange wir alleine sind, kannst Du wieder paffen."

"Danke mein Freund, das rechne ich Dir hoch an."

"Nach dem Frühstück schon ein Bier? Oder einen Köm?"

"Nee, nee. Wart mal noch damit. Könnte sein, dass es heute wieder länger wird. Wegen der Geschichte eben. Du weißt. Unser neuer Freund will ja bestimmt alles hören, stimmt's?"

"Na klar. Jede Einzelheit."

"Also gut. Mach mal die Fenster auf, damit ich endlich eine smoken kann. Muss mich damit beeilen. Könnte ja immer sein, dass sich viel zu früh ein Fremder hierher verirrt und dann ist es wieder Schluss mit der menschlichen Freiheit und Selbstbestimmung."

Während er seine Pfeife stopft und sie sich vom Wirt anzünden lässt, scheint Hein in seltsame Abwesenheit geraten zu sein. Seine Augen wandern über unsere Köpfe hinweg in eine nicht vorhandene Ferne. Dabei fällt mir auf, dass beide Pupillen in unterschiedliche Richtungen zeigen. Völlig getrennt voneinander, als beobachte er an einem imaginären Horizont zwei Schiffe gleichzeitig, die weit voneinander entfernt am Horizont sind. Und endlich setzt seine Erzählung wieder ein:

"Nachdem nun die Gefahr durch den Eisbären nicht mehr vorhanden war, fühlte ich mich sehr erleichtert und sicher. Ich war zwar als Mensch allein, aber nicht einsam. Immer wieder tauchten irgendwo in der Nähe der beiden Eiszwillinge die Finnen meiner Freunde auf. Oft konnte ich beobachten, dass sie miteinander spielten. Und zwar nicht nur die Jungtiere, sondern auch die deutlich älteren. An der Größe ihrer Rückenflossen konnte ich es erkennen. Und langsam begann ich auch, sie voneinander zu unterscheiden. Manche waren heller, andere wieder dunkler. Auch die Trennlinie zwischen dem Dunkel der Oberseite und der hellen Unterseite war bei allen irgendwie unterschiedlich. Mal höher zum Rücken hin, mal weiter unten. Mal schnurgerade, dann wieder leicht wellig. Sogar die Kopfformen begann ich zu unterscheiden und selbst, wenn nur die Finnen zu sehen waren, erkannte ich deutliche Unterschiede. Es gab kaum eine Finne, die nicht Kerben von irgendeiner Verletzung aufwies. So wusste ich endlich, dass es tatsächlich immer nur diese eine Gruppe war, die in meiner Nähe blieb. Aber warum? Was war es, dass sie veranlasste, mich nicht allein zu lassen? Kann es tatsächlich sein, dass wir Menschen in unserer eingebildeten Allwissenheit und unvergleichlichen Klugheit, noch lange nicht über Allem stehen? Ich machte mir viele Gedanken über uns und unsere Erdmitbewohner und dem Verhältnis untereinander. Dafür hatte ich ja endlich Zeit genug. Und natürlich auch zum Beobachten meiner Freunde. Dabei fiel mir auf, dass sie immer nur zum Spielen miteinander aufgelegt waren, wenn sie in meiner Nähe waren und erkannten, dass ich sie beobachtete. Konnte es vielleicht sein, dass sie mich zum Lachen bringen wollten mit ihren zirkusreifen Luftsprüngen? Wollten sie verhindern, dass ich in Traurigkeit verfalle angesichts meiner Situation? Wollten sie mir sagen, dass ich ja nicht wirklich allein sei? Und nicht den Mut verlieren soll? Dass sie mich aufgenommen hatten in ihre Gruppe? Nun zu ihnen gehörte, obwohl ich nicht mit ihnen durch die Meere ziehen konnte? Oder wussten sie vielleicht längst, dass es irgendwann eine Rettung geben würde? Hatten sie ein Zukunftsgespür, das uns Menschen völlig fremd ist?

Ich gebe zu, dass manche meiner Gedanken ziemlich kurios waren. Jetzt hier an Land und seit Langem in Sicherheit, schmunzele ich oft über meine damaligen Empfindungen und Überlegungen. Nie zuvor hatte ich an Übersinnlichkeit oder Spiritualität geglaubt. Doch in dieser Situation verfällt man wohl automatisch auch in diese Richtung. Was wissen wir Menschen denn schon wirklich? Wir streben danach, das Weltall zu erforschen, vielleicht sogar andere Himmelskörper zu betreten, zu bewohnen, zu unterwerfen. Dabei wissen wir doch noch lange nicht, was alles auf unserem eigenen Planeten geschieht. Zum Beispiel ist uns durchaus bewusst, dass Gedanken energetische Spannungen sind. Aber ist denn wirklich bewiesen, dass diese Energien ausschließlich innerhalb unseres Schädels verbleiben? Kann es nicht sein, dass sie auch außerhalb unserer Körper erkennbar sind? Dass besonders feinfühlige Wesen sie spüren können? Vielleicht sogar entschlüsseln? Zum Beispiel diese Delphine, die in ihrem Leben niemals mit gefühlsvernichtenden und bewusstseinstrübenden Drogen wie Nikotin, Alkohol und noch schlimmeren Stoffen in Berührung kamen? Deren Gefühls- und Empfindungspotential vom Beginn bis zum Ende ihres Lebens natürlich und unverfälscht bleibt? Sich ungestört fortentwickeln kann? Ähnlich der längst bewiesenen Gabe der Telepathie bei australischen Ureinwohnern, die miteinander tonlos kommunizieren, obwohl sie weit voneinander unterwegs sind und sich überhaupt nicht sehen können? Ich hörte mal von einem Pferdeliebhaber, der mit seinen Tieren ein besonders enges Verhältnis pflegte. Er behauptete, dass er sich wort- und tonlos mit ihnen verständigen kann. Ja sogar, dass seine Pferde auf unausgesprochene Befehle reagierten, als könnten sie seine Gedanken spüren. Er wies meinen Einwand zurück, dass er vielleicht unbewusst irgendeine Bewegung mache, auf die das Pferd reagiere. Tausendmal habe er es immer wieder ausprobiert, sagte er, und genau auf seine kleinsten Muskelbewegungen geachtet und sogar vermieden, in jene Richtung zu sehen, in die er sein Pferd lenken wollte. Er war fest davon überzeugt, dass sie seine Gedanken lesen könnten.

Kann es also sein, dass diese Delphine alles spürten, was ich empfand? Selbst in größerer Entfernung zu mir? Und dass sie sich durch meine Hilfe zur Rettung eines ihrer Kinder verpflichtet fühlten, sich um mich und mein Wohl zu kümmern? Aber selbst wenn es so sein sollte, bleibt immer noch die Frage offen, warum mich dieses Muttertier rettete, als ich hilflos im eiskalten Wasser trieb. Hatte sie vielleicht ganz scharf und logisch kalkuliert? Damit gerechnet, dass ich ihr helfen würde, wenn sie mich rettete? Darauf vertraut, dass sie mit diesem Menschen zufällig einen aus seiner tödlichen Lage befreite, der auch in der Lage und bereit sein würde, ihr zu helfen?

Na, wie auch immer. Tatsache ist jedenfalls, dass sie in meiner Nähe blieben. Tagelang, wochenlang. Natürlich beobachtete ich sie mit großer Genugtuung und Sympathie während meiner weiteren Arbeiten. Im Fischeschlachten und Filetieren war ich ja geübt. Das hatte ich längst an tausenden

Kabeljaus getan. Aber einen Warmblüter wie diesen Eisbären auszuweiden, zu enthäuten und zu zerlegen, das war neu für mich. Und sein Fell ein Segen. Es war riesig. Wenn ich es flach auf das Eis legte, dann staunte ich über diese gewaltige Fläche. Ich freute mich auf eine Schutzhaut gegen jedes Wetter. Aber erst musste ich mal die Fettschicht abkratzen. Mit meinem Messer natürlich. Quadratzentimeter für Quadratzentimeter. Eine langwierige, mühselige Tortur, wenn man nur eine Hand zur Verfügung hat. Die Wunden an meiner Linken waren zwar Dank meiner Pisse nicht entzündet und die Schmerzen ließen bald nach, doch ich musste darauf achten, dass die Wunden nicht durch irgendwelche unbedachten Bewegungen oder Berührungen erneut aufbrachen. Und weil ich sie aus demselben Grund nicht verbinden oder mit irgendwas bedecken konnte, fror ich am gesamten linken Arm, sobald ich mich zur Ruhe legte. Damit war es erst vorbei, als alle Fellteile endlich fertig zum Gebrauch waren. Die Vorder- und Hinterbeine hatte ich abgeschnitten und nicht aufgeschlitzt, sondern einfach umgestülpt. Dann ebenfalls rundum sauber gekratzt. Natürlich waren die Tatzen mit ihren scharfen und schweren Krallen ebenfalls abgeschnitten und so hatte ich wunderbar weiche Überzieher für Arme und Beine. Ich trug sie wie zuvor der Bär, allerdings mit der Haarseite nach innen. Mit aufgeknotetem Netzgarn verband ich sie miteinander, so blieben sie immer in der gewünschten Position am Körper und rutschten mir nicht von den Extremitäten. Das riesige Körperfell benutzte ich nur des Nachts zum Schlafen. Ich konnte mich in diesen prächtigen Mantel einwickeln, bis nur noch die Nasenspitze herausguckte. So ausgestattet, brauchte ich auch keine Wetterkapriolen mehr fürchten.

Es ging mir richtig gut. Auch dank der endlich etwas abwechslungsreicheren Ernährung. Jetzt gab es nicht nur rohes Kabeljaufleisch mit Kabeljauleber, jede zweite Mahlzeit war jetzt Eisbärenfleisch. Leider auch das nur roh. Ihr könnt Euch nicht vorstellen, wie ich mich nach Gebratenem oder Gekochtem, aber auch nach Obst und Gemüse sehnte, oder einem Stück Brot. Immer wieder musste ich meine Gedanken in diese Richtungen gewaltsam unterdrücken. Das gelang aber nur in meinen Wachzuständen. Kaum war ich eingeschlafen, begann ich davon zu träumen. Und Ihr werdet es kaum glauben, aber wenn ich im Traum wiedermal in einen Pfirsich biss, dann schmeckte ich seine Süße, spürte sein Aroma, roch sogar seinen Duft.

Nach vielen Tagen herrlichstem Wetter bei erträglichen Temperaturen änderte sich meine Lage auf unangenehme Weise. Seit einigen Tagen schon war die Sonne von lockeren Wolken verdeckt. Und plötzlich begann es zu Blasen. Der Wind wurde immer stärker, die Wellen liefen von Norden her genau auf mein eisiges Lager zu. Manche schwappten schon über die Eiskante herauf. Es war zu befürchten, dass sie bei weiterer Zunahme des Sturmes mein Lager erreichen würden. Dann könnte es passieren, dass meine kostbaren Besitztümer fortgespült würden. Die Bretter, das Netz, das Seil, und natürlich auch meine Nahrung. So begann ich wie ein Verrückter zu arbeiten. Gerade noch rechtzeitig war mein linker Arm wieder einigermaßen einsatzbereit. Das weiche Haar auf der Innenseite des Bärenärmels verursachte keine Berührungsschmerzen mehr, die Wunden waren allesamt trocken und es bildete sich bereits eine dünne Haut.
Mit dem Messer hackte ich zwei tiefe Löcher in das Eis der Felswand hinter meinem Lager. In ungefähr zwei Metern Höhe schräg nach unten in den Eisfelsen hinein. Ein Bretterstapel diente mir als Gerüst für diese Arbeit. In die tiefen Löcher steckte ich je eines der Bretter und schlug es so hinein, dass es sich im Loch verkeilte. Dann verstaute ich alles im Netz und spannte das Seil um mein Lager herum, zog es dabei durch den Boden der noch unfertigen Hütte und die

Ränder des Netzes, und verknotete es anschließend an den verkeilten Brettern. So hoffte ich, nichts zu verlieren, wie schwer das Wetter auch immer werden sollte.

Ich gönnte mir keine Pausen mehr, denn immer noch war die Hütte nicht fertig. Also bohrte und knotete ich weiter ohne Unterlass. Langsam wuchs die Hütte, hatte zum Schluss sogar ein Dach. Für den Zugang ließ ich auf der westlichen Seite eine nicht zu große Öffnung, durch die ich kriechen konnte. Und damit dort bei Sturm nicht zu viel Wasser eindringen sollte, war diese Öffnung mit fünf Brettern verschließbar. Alles zusammen aber steckte in diesem Netz und ich hatte ziemliche Mühe, hinein- oder herauszukrabbeln.

Als wäre ich nicht nur durch eine Delphingruppe beschützt, sondern zudem noch von meinen Schutzengeln, begann ein beängstigender Sturm gerade in dem Moment, in dem ich den letzten Knoten band. Er rüttelte an meiner primitiven Hüttenkonstruktion so gewaltig, dass ich befürchtete, mitsamt meiner Reichtümer fortgeblasen zu werden. Ob die darüber im Eis verkeilten Bretter diesem Druck und stetigen Gerüttel standhalten würden, konnte ich ja nicht wissen und meine Zweifel ließen nicht nach. Und ich glaube, wenn es damals von Osten oder Westen her geblasen hätte, wäre bestimmt nichts auf dem Eis geblieben. Weil dieser Sturm aber von Norden kam, drückte er mich und meine gesamte Habe gegen die Felswand. Mit einer so gewaltigen Macht, dass ich manchmal glaubte, die Knoten meiner Konstruktion könnten sich unter dem Druck lösen oder das Netzgarn könnte reißen. Und dann kamen die richtigen Wellen, aufgepeitscht von diesem Sturm. Zunächst leckten sie nur am Fußboden meiner Hütte. Die Fugen zwischen den einzelnen Brettern waren ja nicht wasserdicht. Durch manche konnte ich sogar hindurchsehen. Wie fest ich das Garn auch immer angezogen hatte, selten war es mir gelungen, sichtbare Fugen zu verhindern. Nun spritzte immer öfter Salzwasser in die Hütte hinein. Ich wickelte mich in das Fell und zitterte. Nicht vor Kälte. Denn immer öfter spürte ich deutlich, dass ich mitsamt dieser Hütte im Netz angehoben wurde. Wasser drang von allen Seiten herein und lief wieder ab. Bei jeder großen Welle, die nach sechs etwas kleineren kam. Kaventsmänner hatten wir sie genannt und uns auf dem Schiff schnell irgendwo festgehalten. Jetzt blieb mir nur, mit den Händen die Wände meiner Hütte zu stützen, weil ich befürchtete, sie könnte zusammengedrückt werden.

Dieser Sturm, nach meinen Erfahrungen musste er eine Stärke von mindestens zehn gehabt haben, in Böen bestimmt zwölf, ebbte erst nach ungefähr drei Tagen ab. Er hatte meine Überlebensmoral total zermürbt. Nicht nur einmal spielte ich mit dem Gedanken, mir mein Messer endlich in die Brust zu rammen, damit ich Ruhe haben würde vor dieser feindlichen Umwelt. Aber jedes Mal kam mir dann der Gedanke an die Delphine. Was sollten sie empfinden, wenn ich mich durch einen Selbstmord aus ihrer Gruppe verabschiedete? Wäre ich nicht undankbar ihnen gegenüber, wenn ich dadurch all ihre Mühen mit mir verraten würde? Nein, das wollte ich ihnen nicht antun. Deshalb hielt ich durch, wenn es auch manchmal furchtbar schwer war. Und dafür wurde ich schließlich nach drei Tagen belohnt. Der Sturm ließ nach, die anrollenden Wellen wurden immer kleiner. Die Sonne kam endlich wieder hervor und trocknete zusammen mit einem lauen Wind mich, meine Klamotten, und sogar nach und nach die Hütte. Sie war zwar wackelig geworden, doch sie hatte standgehalten. Nun war ich stolz auf meine handwerklichen Fähigkeiten ohne wirkliches Handwerkzeug. Die Verankerung der Hütte ließ ich weiterhin bestehen, sie hatte sich bewährt. Es war zwar umständlich, jedes Mal in die Hütte hinein zu klettern oder heraus zu kriechen, weil sie ja quasi in einem Einkaufsnetz steckte, doch ich dachte natürlich auch an eventuelle weitere Stürme.

Aber dann wurde es warm und wärmer. Alles, was nicht direkt mit dem Eis in Kontakt war, fühlte sich an wie der leibhaftige Frühling. Der sanfte Nordwind umspielte meinen Körper und manchmal konnte ich unbekleidete Körperflächen in die warme Sonne recken. Da staunte ich, wie ausgemergelt mein Körper geworden war. Ich war fürchterlich mager. Nahrung hatte ich zwar genug. Doch immer nur dasselbe, rohes Fisch- oder Bärenfleisch zu essen, tötet bald jeden Appetit. Deshalb aß ich immer nur so viel, bis das Hungergefühl nachließ. Zum Speckansetzen war es immer zu wenig. Und trotz der ununterbrochenen Kühlung in dieser Eismulde, schmeckte es bald nicht mehr frisch. Ihr könnt Euch nicht vorstellen, wie groß die Sehnsucht nach einem guten Essen werden kann. Gekocht, gebraten oder geröstet. Manchmal kamen mir die Tränen, wenn ich nach einem Traum erwachte, der mir unseren Smutje gezeigt hatte, wie er mit dampfenden Töpfen und Schüsseln in die Messe gekommen war. Nun war auch er auf dem Meeresboden, wahrscheinlich längst als Skelett. Wie unendlich schade. Ausgerechnet der Smutje, der beste und am meisten umworbene Freund aller Seeleute.

Ein Eisberg lernt segeln

Aber ich war nicht nur abgemagert. Meine Haut war weiß und schrumpelig wie nie zuvor. Die ständige Feuchtigkeit muss sie wohl so gemacht haben. Deshalb hielt ich es für wichtig, ihr jetzt endlich frische Luft und Sonnenschein zu gönnen. Und weil ich ja keine Arbeiten mehr vor mir hatte - die waren ja wegen des Sturmes in Eile erledigt - begann ich zu wandern. Nur herumsitzen, konnte nicht gesund sein. Also lief ich auf meiner Eisfläche hin und her. Von der Hütte im Netz nach Westen bis zum Ende der Fläche, dann zurück, an der Hütte vorbei nach Osten und um den Felsen herum, so weit es eben ging. Natürlich schweiften meine Blicke dabei ständig in die Ferne. In alle Richtungen. Irgendein Schiff am Horizont würde mir so nie entgehen können. Aber nirgendwo zeigte sich eines. In keiner Richtung. Tagelang, wochenlang, wartete ich vergeblich. Dabei war mir klar, dass ein Schiff schon ziemlich nah vorbeifahren müsste, wenn ich entdeckt werden sollte. Auf diesem Eisriesen wäre ich ja nur ein winziger Punkt. Wie eine Mücke auf der kahlen Wand eines großen Hauses.

Dann wurde eine neue Gefahr deutlich. Die Sonne, die mir so gut tat, nagte an meiner Insel. Dünne Rinnsale aus Süßwasser wurden sichtbar, kleine Pfützen bildeten sich auf der ebenen Fläche. Ich erkannte es mit Sorgen. Zwar war es ja längst klar, dass es irgendwann so kommen musste, doch wenn es plötzlich so deutlich wird, fährt einem doch der Schreck in die Glieder. Und zwar ständig, immer wieder. Nachts schläft man nicht mehr ruhig. Alpträume ließen mich immer wieder aufschrecken. Klatschte mal wieder eine etwas größere Welle gegen die Kante, sprang ich sofort auf, weil ich befürchtete, jetzt unterzugehen. Ich versuchte ja immer, rational zu bleiben. Bei diesem Schmelztempo könnten sicher noch viele Wochen vergehen, bis es wirklich gefährlich werden würde. Und bis dahin müsste doch endlich irgendwo ein Schiff auftauchen. Wir drifteten schließlich nach Süden, angetrieben vom Rücklauf des Golfstromes im Westatlantik und von diesem stetigen Nordwind. Die vielbefahrenen Schifffahrtsrouten konnten doch nicht mehr weit sein. Oder hatten wir die nicht längst gekreuzt?

Und wieder wanderte mein Blick nach oben, zu diesen beiden Gipfeln meiner Insel. Wurden sie schon kleiner? Schmolzen sie schon sichtbar? Wie die Ohren einer Katze streckten sich die Spitzen in den Himmel. Etwas nach außen gerichtet, eine nach West, die andere nach Ost. Dazwischen wölbte sich sanft eine nach Nord und Süd abgerundete, schmale Senke. Wie der Blitz kam mir da eine Idee. Wenn dieser Zwischenraum zwischen den Katzenohren mit irgendwas ausgefüllt werden könnte, dann vergrößerte sich doch die Angriffsfläche für den Wind. Dort oben wehte er bestimmt noch viel stärker als hier unten nah über dem Wasser. Eine Art Segel müsste dort hinauf. Mit ihm würde sich die Driftgeschwindigkeit bestimmt erhöhen und meine Chance, in Sichtweite eines Schiffes noch vor dem endgültigen Zerschmelzen zu gelangen, wäre vielleicht größer. Ich musste schneller zu Schifffahrtsrouten kommen, als meine Insel schmelzen konnte. Dass große Eisberge bis vor die Küste Afrikas gedriftet waren, vorbei an Madeira oder den Azoren, hatte ich ja schon gehört.

Es gab für mich nur eine einzige Möglichkeit, diese Idee zu verwirklichen. Ich konnte ja nicht zu einem Schiffsausrüster gehen und mir Seile und Leinwandbahnen kaufen. Aber ich hatte ein langes Seil und dieses halbe Schleppnetz. Dass es möglich war, dieses Seil an den beiden Katzenohren zu befestigen, hatte ich ja schon weiter unten bei der Sicherung für die Hütte ausprobiert. Wenn ich also dort oben wieder auf jeder Seite ein Brett verkeilte, könnte ich das Seil dazwischen spannen. Das Netz müsste vom Seil nach unten hängen. Und wenn im Netz viele Bretter flach befestigt wären, böten sie doch gewiss zusammen eine große Angriffsfläche für den Wind. Der Wind dürfte dann allerdings immer nur aus nördlichen Richtungen wehen. Aber das tat er ja sowieso schon, seit ich hier war. Schon seit Wochen. Jetzt kam mir der Wind wie ein guter Freund vor. Hoffentlich würde er mir treu bleiben. Sollte er aber irgendwann doch in eine ungünstige Richtung drehen, müsste ich eben das Segel loswerfen.

Unverzüglich machte ich mich an die Arbeit. Um an diesen bestimmt dreißig Meter hohen und glatten Wänden hinaufzukommen, brauchte ich auf beiden Seiten eine Art

Treppe. Also meißelte ich mit dem Messer Stufe um Stufe heraus. Zusätzlich immer auch eine Griffmulde für eine Hand zum Festhalten. Das war nicht ungefährlich. Die Wände waren steil. Allein meine wunderbaren Eisbärenstrümpfe waren meine Lebensversicherung. Ich stülpte sie um, sodass die zotteligen Haare außen waren und band sie mit Lederstreifen sackartig unten zu. Jetzt rutschte ich kein bisschen mehr, wie glatt es auch immer war und ich hatte genügend Halt in den Stufenmulden. Das ging sehr gut, war aber auf Grund der Vielzahl der Stufen eine langwierige und mühselige Arbeit. Es dauerte viele Tage, bis ich auf beiden Seiten hoch genug hinauf kam, und endlich die Haltebretter verkeilt hatte.

Als nächstes befreite ich das Netz von seiner bisherigen Aufgabe und breitete es flach aus. Dann zog ich das Seil an seiner langen Oberkante hindurch. Immer hin und her durch die Netzmaschen. Am Ende musste ein Knoten das Zusammenrutschen verhindern. Schweren Herzens zerlegte ich die mühsam errichtete Hütte wieder. Nur den Fußboden und ringsum ein Brett ließ ich übrig. So blieb nur eine flache Kiste übrig. Schlafen musste ich nun wieder unter freiem Himmel. Hoffentlich würde kein neuer Sturm aufkommen. Er könnte mich leicht aus dieser Kiste heraus spülen oder mich mit ihr in die offene See treiben. Wie ein Boot auf dem Wasser würde mich diese Kiste wahrscheinlich nicht tragen, dazu war sie viel zu klein und durchlässig. Ich konnte also nur auf die Zuverlässigkeit meiner Schutzengel hoffen. Bisher waren sie mir ja treu.

Die ausgelösten Bretter fädelte ich dann so dicht wie möglich in die Netzmaschen ein. Es wurde eine beachtliche Fläche. Endlich kletterte ich mit einem Ende des Seiles zum ersten Haltebrett und knotete es fest. Beim Abstieg passierte es. Wahrscheinlich fühlte ich mich inzwischen zu sicher. Nicht ein einziges Mal war ich bisher abgerutscht. Das hatte mich nachlässig gemacht. Ich rutschte ein wenig seitlich in der

Trittmulde, kam mit der Hand zu spät zur Griffmulde und stürzte rücklings. Allerdings gegen das herabhängende Netz und regelrecht in letzter Sekunde erwischte meine rechte Hand eine freie Netzmasche. Es war ein schmerzhaftes Abfangen des Sturzes. Mehrere Risswunden bluteten in der Handfläche und das rechte Schultergelenk war wohl beinahe ausgekugelt, es schmerzte tagelang teuflisch.

Aber ich war nicht auf dem Eis aufgeschlagen. Diese Blessuren waren nur eine Warnung. Allerdings war das Aufsteigen zum anderen Ohr erst einmal unmöglich. Eine Pause war nötig. Und wie ich da so untätig in meiner flachen Schlaf- und Wohnkiste liege, von Schmerzen gepeinigt, aber bequem auf einem dicken, schneeweißen Eisbärenfell, lässt mich eine neue Idee aufschrecken. Wäre es nicht gut zu wissen, ob das künftige Segel auch einen messbaren Erfolg bringen würde? Doch wie sollte ich das messen können? Ein Schlepplog hatte ich ja nicht. Eigentlich könnte es doch nur mit dieser uralten Seemannsmethode geschehen, bei der man während der Fahrt einen Schwimmkörper am Bug des Schiffes ins Wasser wirft und sein Achterauswandern beobachtet und misst. Wenn ich aber einen Vergleich zwischen ohne und mit Segel haben wollte, müsste ich vor dem Segelsetzen eine Messung machen. Also jetzt.

Sofort machte ich mich ans Werk. Ein Holzspan war leicht abgetrennt. Trotz blutender Wunden und erheblicher Schmerzen. Mit ihm ging ich an mein Ostufer, warf den Span ins Wasser und beobachtete ihn. Das Ergebnis war so, wie ich es eigentlich hatte erwarten müssen. Dass wir nach Süden vorankamen, war unbestritten. Jetzt aber wurde deutlich, dass der Wind kaum messbar dazu beitrug. Der Holzspan wanderte kaum nach Norden weg. In einer Stunde waren es gerade mal zehn Zentimeter. Der Wind trug also bisher kaum zur Fahrt nach Süden bei. Und die Strömung konnte ich ja nicht messen, sie wanderte auch im Oberflächenwasser mit. Ob vielleicht die zweite Messung mit gesetztem Segel einen deutlichen Unterschied aufzeigen würde?

Erst am übernächsten Tag raffte ich mich auf, es mit dem Segelsetzen erneut zu versuchen. Diesmal mit Angstschweiß auf der Stirn. Der Absturz saß mir nicht nur in den Knochen, sondern auch im Gemüt. So vorsichtig hatte ich mich wohl noch nie bewegt. Es dauerte fast eine Ewigkeit, bis ich oben war, das Seil um das zweite Keilbrett geknotet hatte und erleichtert wieder unten angekommen war. Die inzwischen nicht mehr blutenden Handwunden waren erneut aufgebrochen und schmerzten, aber das musste ich ignorieren. Allerdings war das Heraufziehen des Netzes über dieses schräg eingelassene Keilbrett ein gewaltiger Kraftakt. Es war ja kein Flaschenzug da, noch nicht mal eine Rolle. Mit den eingewebten Brettern war das Netz unglaublich schwer und es gelang wirklich nur millimeterweise. Immer wieder musste ich Pausen einlegen. Der Druck des Windes erschwerte diese Arbeit zusätzlich. Dort oben wehte es also tatsächlich erheblich stärker als hier unten. Während dieses Segel zwischen die Eisbergspitzen nach oben wanderte, begann es sich immer stärker zu blähen und ich musste die zwei unteren Ecken zum Schluss an jenen Keilbrettern sichern, an die zuvor die Hütte gebunden war.

Völlig erschöpft bewunderte ich endlich das Werk. Ob dieses kuriose Segel meine Insel wirklich nach Süden trieb, wollte ich nun messen. Nichts deutete sichtbar auf ein verstärktes Vorankommen hin. Keine auch noch so kleinen Wasserwirbel im nördlichen Sogbereich waren zu erkennen. Aber das musste ja noch lange nichts bedeuten. Gab es eine Bugwelle auf der anderen Seite vielleicht? Nein, leider auch nicht. Dafür war diese gewaltige Masse einfach viel zu träge, zu schwer und mit viel zu viel Widerstand im Unterwasserbereich. Dennoch war ich davon überzeugt, dass dieses Segel mindestens einen kleinen Teil dazu beitragen musste, dass wir nun schneller vorankamen und eine erneute

Messung mit dem Treiblog bestätigte es. Jetzt waren es schon hundertdreißig Zentimeter innerhalb einer Stunde. Also hundertzwanzig Zentimeter mehr als ohne Segel. Hundertzwanzig Zentimeter sind in vierundzwanzig Stunden achtundzwanzig Meter und achtzig Zentimeter. Zugegeben, das ist ein kläglicher Erfolg. Aber er förderte meine Durchhaltemoral.

Die Sonne stieg mittags immer höher, verschwand nachts immer länger hinterm Horizont und die Luft wurde immer milder. Deutlich kamen wir also nach Süden voran, mit welchem Antrieb auch immer.

Und dann tauchten auch endlich die ersten Schiffe auf. Ihre winzigen Silhouetten bewegten sich weit im Süden von uns, scheinbar langsamer als Schnecken, von Ost nach West und umgekehrt. Dort war also die langersehnte Route des Überseeverkehrs. Ich atmete erleichtert auf und war voller Hoffnung. Ich war so fest davon überzeugt, bald nicht mehr unentdeckt bleiben zu können, dass jeder neue Tag voller Hoffnung war. Und meine Delphine freuten sich mit mir. Öfter als sonst kamen sie ganz nah heran und trieben ihre Spielchen. Höher als sonst sprangen sie und schlugen ihre kuriosesten Salti. So kam es mir jedenfalls vor. Als spürten sie meine frohe Stimmung. Und ich bildete mir ein, dass sie selbst meine nicht mehr zu vermeidende Rettung erkannt hatten.

Jetzt konnte ich erst recht kaum noch schlafen. Tagsüber saß ich nur noch auf der Südseite und starrte zum Horizont, während hoch über mir der Wind sein ständiges Spiel mit diesem Segel trieb. Er zerrte daran, blähte es gewaltig auf, ließ es manchmal wieder klappernd zusammenfallen. Immer wieder sah ich dort hinauf. Hoffentlich würde durch diese ständigen Bewegungen und ruckartigen Belastungen das Seil nicht durchgescheuert. Auch wenn uns dieses Segel nur wenig schneller voranbrachte, es war doch immerhin ein weit sichtbares Kuriosum. Das musste doch Irgendjemandem irgendwann einmal auffallen. Selbst wenn niemand diese zwei Eisberge gezielt bewundern wollte, ein zufälliger Blick herüber sollte doch jeden stutzig werden lassen, dessen Blick zufällig vorbeischweift. Davon war ich fest überzeugt. Und weiter voller Hoffnung. Ich schreckte nachts immer wieder auf, lief zur Südseite hinüber und glotzte in die Finsternis. Manchmal glaubte ich sogar, winzige Lichter in der Ferne zu erkennen. Wurde es dann endlich hell, wurde ich erneut enttäuscht. Mir schien beinah, als kämen wir dieser Schifffahrtsroute überhaupt nicht näher.

Orkan

Aber ganz unvermittelt, als hätte es einen Zeitsprung gegeben, tauchten zwei Schiffe gleichzeitig auf. Ziemlich nah müssten sie diesmal herankommen, wenn sie ihren Kurs beibehielten. Entfernungen auf dem Wasser sind schwer einzuschätzen, doch ich war sicher, dass ihr Kurs nicht mehr als fünfzig Meilen südlich von uns vorbeiführen würde. Sie liefen aufeinander zu. Ein großer Frachter von Osten und ein kleinerer von Westen. So deutlich, wie ich sie sah, mussten sie bestimmt auch die beiden Eisberge bemerken. Und natürlich diese seltsam ausgefüllte Lücke zwischen den beiden Spitzen auf dem einen. Ich winkte wie ein Verrückter hinüber, stundenlang. Ich schrie fast ununterbrochen, obwohl mir klar war, dass die Entfernung viel zu groß war. Ich tat es trotzdem, bis meine Stimme heiser wurde und mein Hals ganz kratzig. Aber die Schiffe kreuzten sich immer noch weit entfernt, und beachteten weder mich noch die Eisberge. Mein Segel der Hoffnung wurde wahrscheinlich überhaupt nicht bemerkt.

Na gut, dachte ich. Die nächsten Schiffe werden sicher noch näher vorbeikreuzen, irgendwann muss ich bemerkt werden. Doch dann blieb jede weitere Begegnung vollständig aus. Und bald wurde mir klar, warum. Ein Sturm kam auf.

Noch bei klarem Himmel begann es heftig zu blasen. Erst in kurzen Stößen. Diese Böen wurden immer länger. Glücklicherweise immer von Norden. Also würde ich wenigstens nicht zurück oder in irgendeine seitliche Richtung getrieben.

Ich wusste von früher, dass Schiffe ihre Routen ändern, wenn schwere Unwetter ihren geplanten Weg gefährlich machen. Hier war es wohl so, dass sie nach Süden auswichen. Und wenn sie das tun, würde es nicht nur ein wirklich schwerer Sturm sein, sondern zudem noch ein lang anhaltender, also großflächiger. Wie lange aber würde meine Segelkonstruktion dort oben standhalten? Einen Orkan könnte sie niemals überstehen, da war ich sicher. Was sollte ich also tun? Es stehen lassen, bis es fortgerissen wurde? Ein schwerer Verlust wäre das, weil es mich nicht nur täglich etwa fünfzig Meter weniger nach Süden treiben würde, sondern ich auch diese so kostbaren Materialien abschreiben müsste. Außerdem war ich jetzt diesem erneuten Sturm schutzlos ausgeliefert. Die Absicherung meiner gesamten Habe durch Seil und Netz hing dort oben. Schon kamen die ersten Brecher zu mir herauf und rissen mich immer wieder von den Beinen. Manche waren schon jetzt so gewaltig, dass meine Fellstiefel nicht mehr halfen. Ich musste auf die andere Seite hinüber. Und zwar so schnell wie möglich. Dort war ich wenigstens vor den anrollenden Brechern sicher. Noch war meine Schlafkiste nicht weggespült, sondern mit jeder überschwappenden Welle nur ein wenig angehoben und mal nach rechts, dann wieder nach links gerückt. Auf sie wollte ich nicht verzichten. Also zerrte ich sie mitsamt des Bärenfells immer ein Stück weiter, bis der nächste Brecher eine kurze Pause forderte.

Tatsächlich gelang die Rettung der Kiste und des Fells. Auf der anderen Seite hatte ich zwar weniger freie Fläche, doch kam hier kein Seewasser bis an die eisige Steilwand und der weiter ansteigende Sturm wehte an mir vorbei. Jetzt schützte mich diese starke Eismasse im Rücken vor der anrollenden See. An der südlichen Eiskante aber schäumte das Wasser, das Meer begann zu kochen, der Sturm legte weiter zu. Ob ich versuchen sollte, das Seil des Segels zu lösen, damit es wenigstens herabhängen und auf dem Berg bleiben könnte? Aber drüben tobte inzwischen das Wasser fast bis zur Segelunterkante hinauf. Jetzt dorthin zu kommen, würde lebensgefährlich sein. Ich schlich vorsichtig zur Bergflanke, versuchte meinen Kopf vorbeizuschieben, um zu sehen, was mich dort erwarten würde. Sofort wurde ich von den Füßen gerissen. Eine schäumende Böe hatte mich am Kopf getroffen. Gerade noch rechtzeitig fanden meine Hände Halt, bevor ich in die See gespült werden konnte. Erschrocken kroch ich auf allen Vieren zurück. Das Segel drüben zu lösen, war nicht mehr möglich. Und auch nicht nötig, denn plötzlich krachte es gewaltig über mir und die Konstruktion, auf die ich so stolz war, klatschte mit heftigem Geklapper zu mir herunter und hätte mich fast getroffen.

Als ich erschrocken nach oben blickte, sah ich erleichtert, dass nur die zweite der oberen Aufhängungen gebrochen war. Alles hing jetzt nur noch an der zuerst geknüpften. Das war gut so, denn jetzt konnte der Sturm wahrscheinlich nichts Schlimmes mehr ausrichten. Er hatte am Segel kaum noch Angriffsfläche. Es flappte nur noch als dickes Bündel schlaff herab. Und das lange Seil, mit dem ich es mühsam nach oben gehievt hatte, war ebenfalls auf die Südseite geweht worden. Wenn also die zweite obere Halterung nicht brach, hätte ich sogar eine Sicherung für meinen Bettkasten für den Fall, dass ich auch noch von Süden bedroht würde. Also setzte ich zwei weitere Keilbretter etwas abseits des Punktes, an dem bei eventuellem Abriss das herabhängende Segel aufschlagen könnte. Dort positionierte ich den Bettkasten und sicherte ihn mit dem Ende des Seiles. Jetzt blieb mir nur noch, das Abwandern des Orkans abzuwarten. Aber das konnte dauern. Nach allen Anzeichen war sein Ausmaß gewaltig. Er legte immer noch zu. Auf der nördlichen Seite des Berges dröhnten gewaltige Brecher gegen den Berg und manchmal hatte ich das Gefühl, dass er erzitterte. Zusammengekauert saß ich in der Kiste und wartete auf eine Katastrophe. Ein erneutes Auseinanderbrechen wäre genauso mein Ende wie ein Kippen meiner Insel.

Ich beobachtete auch den Nachbarberg, der tatsächlich in den letzten Tagen einige hundert Meter zurückgeblieben war. An seinem Standort wurde besonders deutlich, dass mein Segel wirklich einen Vortrieb erzeugt hatte. Der Nachbar war ja ursprünglich mal die Spitze des gesamten und deshalb erheblich kleiner. Diese gewaltige See schäumte an ihm schon fast bis zu seinem Gipfel hinauf, und deutlich begann er zu schwanken. Wenn der Sturm weiter zulegte, würde er bestimmt bald überspült. Gespannt und neugierig wartete ich auf diesen Moment, während inzwischen bereits Gischtfontänen auf mich herabregneten. Sie wurden zwischen die Katzenohren hindurchgepresst. Und dann fuhr mir ein neuer Schreck in die Glieder. Ich hatte völlig vergessen, meine Nahrungsvorräte zu sichern. Fischfleisch und Bärenfleisch hatte ich in zwei getrennten Eismulden gelagert. Drüben auf der anderen Seite. Bestimmt waren die Mulden nun längst leer. Leergespült und reingewaschen. Nachsehen konnte ich sowieso nicht mehr. Nun musste ich hungern. Aber wie lange? Na ja, vielleicht gar nicht lange, wenn mich mein Schicksal nun doch noch ereilt."

Lange hatte Hein diesmal beinah ohne Unterbrechung erzählt. Während der Wirt still lächelnd neben mir ist, sitze ich angespannt und mit ernstem Gesicht diesem alten Seebären direkt gegenüber. Natürlich mache ich mir Gedanken darüber, wie lange Hein auf das Ende des Sturmes warten musste. Irgendwie muss er ihn ja überstanden haben. Sicher frierend und durchnässt. Tagelang wahrscheinlich. Und hungernd.

Ohne dieses Bärenfell hätte er es bestimmt nicht lange überlebt. Schon erstaunlich, wie viele Hilfen einem Menschen in Not manchmal zuteil werden. Während anderen weniger Glück zur Verfügung steht. Wie oft kommt es schließlich vor, dass ganze Familien unvermittelt ausgelöscht werden, ohne auch nur die geringste Chance zu bekommen. Und dieser Hein wurde so oft an das Ende seines Lebens herangeführt, um im letzten Moment zurückgeholt zu werden. Staunend schüttele ich meinen Kopf.

Hein bemerkt es, während er seine Pfeife stopft und grinst belustigt. "Ganz schön aufregend, nich?"

Der Wirt entzündet schon ein Streichholz, als die Tür geöffnet wird. Ein junges Paar betritt Hand in Hand den Gastraum. Sofort schüttelt er die Flamme wieder aus und Hein legt enttäuscht die Pfeife zur Seite und verdreht die Augen. Der junge Mann hat es bemerkt. "Rauchen sie nur. Uns stört es nicht. Wir sind selbst Raucher".

"Wenn Sie meinen", antwortet der Wirt und erhebt sich, während er die Streichholzschachtel auf den Tisch legt.

Jetzt grinst Hein erleichtert und ich reiche ihm das Feuer. Dann warten wir still auf den Wirt, der die Bestellung des Paares entgegennimmt und Gläser füllt. "Euch auch endlich was?", fragt er herüber. "Heins Kehle ist schon ganz trockengelaufen".

"Na gut", antwortet Hein. "Bring mal das Übliche, bevor das Bier in der Leitung schal wird. Und vergiss den Köm nicht, damit mein Gedächtnis wieder flüssiger läuft, ha-ha-ha".

Das Pärchen am letzten Tisch tuschelt leise miteinander. Sie sind ganz verliebt. Was um sie herum geschieht, nehmen sie überhaupt nicht wahr. 'Gut so', denke ich. 'Dann gibt es auch keinen Grund, Heins Erzählung für heute zu beenden.' Und der denkt auch keinen Moment daran. Kaum hat der Wirt die jungen Gäste bedient und auch für uns Drei ein Bier bereitgestellt und die Kömgläser gefüllt, erzählt

"Ich weiß nicht, wie lange der Sturm andauerte. Nach
zwei Tagen und Nächten hatte mich die Lethargie gepackt. Ich
lag nur noch in meiner Kiste, eingewickelt in das Fell. Sogar
über die Ohren hatte ich es gezogen, wollte das grässliche
Brausen des Sturmes und das Toben des Wassers nicht mehr
hören. Wenn der Sturm den Eisberg drehen würde und ich
dadurch auf die Wetterseite käme, wollte ich mich auch nicht
mehr wehren. Es war mir egal. Ich wollte nur endlich meine
Ruhe haben und erlöst werden.

Aber meine Stunde war wohl noch nicht gekommen.
Irgendwann war der Sturm vorbei und die See beruhigte sich
langsam. Die Sonne begann schnell, alles zu trocknen und sie
gab mir neuen Mut. Das Segel hing immer noch an einem
Strang und meine Kiste hatte den Sturm auch überlebt. Kaum
hatten die Wasserbewegungen wieder Normalmaß angenom-
men, tauchte die Delphingruppe auf. Sie waren sehr aufgeregt,
wie mir schien. Wahrscheinlich hatten sie mich vergeblich auf
der Nordseite gesucht und nun schien es mir, dass sie
erleichtert waren, mich immer noch auf dem Eis zu sehen. Auf
der Südseite jetzt allerdings. Und dort wollte ich ab jetzt auch
bleiben weil ich glaubte, dort die größten Chancen auf eine
Entdeckung zu haben.

Trotzdem schaute ich auch um die Ecke zur Nordseite
herum, schließlich konnte uns der Sturm inzwischen ja so weit
nach Süden getrieben haben, dass die Hauptschifffahrtsroute
nun hinter uns lag. Tatsächlich stand die Sonne plötzlich
erstaunlich hoch am Himmel. Beinah fast über uns. Und als ich
so um die Ecke herum guckte, blieb mir doch der Mund vor
Staunen offen stehen. Der zweite Eisberg war weg. Von ihm
schwammen, weit hinter uns, nur noch ein paar Brocken. Der
Sturm hatte ihn wohl zum Bersten gebracht und dann vielleicht

einzelne Teile gegeneinander geworfen, sodass es jetzt nur noch große Trümmer waren, die dort schwammen. Wäre das auch mit diesem hier passiert, lebte ich jetzt mit Sicherheit nicht mehr.

In den nächsten Tagen sah ich mehrmals verschiedene Schiffe am Horizont. In sämtlichen Richtungen. Alle waren viel zu weit entfernt. Aber deutlich wurde ein beschleunigtes Abschmelzen meiner Insel. Wie lange würde sie noch durchhalten? Da krachte auch schon das ganze Segel herunter. Die letzte Aufhängung war heraus geschmolzen. Jeden Tag sah ich deutliche Zeichen immer schnelleren Schrumpfens. Die Brocken der zweiten Insel verschwanden bereits nach und nach.

Und ich bekam Hunger. Nagenden Hunger. Manchmal glaubte ich, mein Magen könnte beginnen, sich selbst zu verdauen, denn er begann zu schmerzen. Wenn ich doch nur ein paar Happen von diesem Bärenfleisch hätte. Oder ein Stückchen Kabeljau. Ich glaube, dass ich es selbst dann gegessen hätte, wenn es schon halb verfault wäre. Doch Not macht erfinderisch. Hatte ich nicht in der Jugendzeit davon gelesen, dass Menschen Tierhäute kauten, wenn sie nichts anderes mehr hatten? Schuhleder sogar? Mein Messer war immer noch da. Das hatte ich selbst während der Lethargie wie einen kostbaren Schatz gehütet. Und ein kostbarer Schatz war es ja auch. Jetzt sogar erneut überlebenswichtig. Es war immer noch scharf genug, dass ich Streifen vom Fell schneiden konnte und die Fellhaare abschaben. Dann kaute ich die Streifen so lange, bis sich kleine Brocken ablösten und ich sie schlucken konnte. Es schmeckte so fürchterlich, dass ich zunächst würgen musste und manchmal sogar erbärmlich kotzte. Aber immer öfter blieben Stücke in mir und wurden wohl auch verdaut. Hinten heraus kam allerdings sehr lange Zeit nichts mehr. Kein Wunder natürlich, schließlich war mein Gedärm so leer, wie wahrscheinlich nie zuvor in meinem Leben, noch nicht einmal direkt nach der Geburt.

Trotz dieser zweifelhaften Nahrung wurde ich immer dürrer. Ich konnte es sehen und fühlen. Eigentlich war ich nur noch aus Haut und Knochen. Ich wünschte mir so sehr, dass meine Delphine diese Not erkennen und mir vielleicht ein paar Fische herauf werfen würden. Aber sie besuchten mich immer nur, beobachteten mich, schnatterten fröhlich und spielten in der Nähe. An der Eiskante kniend, versuchte ich durch verschiedene Zeichen, durch Hand- und Mundbewegungen, auf meine Not aufmerksam zu machen. Doch das verstanden sie nicht. Bestimmt glaubten sie, dass ich immer noch genug Vorräte haben müsste von den vielen Kabeljaus, die sie mir vor Wochen herauf geworfen hatten. Dann begann ich von einer Angel zu träumen und von dicken, riesengroßen Fischen, die ich damit aus dem Wasser zog.

Und plötzlich änderte sich die Windrichtung. Er drehte auf Ost. Warm und gleichmäßig. Das musste der Passat sein, jener stetige Wind in Äquatornähe. Er musste zusammen mit der Warmwasserströmung den Schmelzprozess erheblich beschleunigen. Tatsächlich liefen jetzt ganze Ströme von Schmelzwasser zu mir herab und der flache Teil des Berges, auf dem ich wohnte, wurde immer kleiner. Wenn die iberische oder vielleicht schon die afrikanische Küste nahe war und der Passat mich nun zur Karibik trieb, musste ich zwangsläufig noch vor dem Erreichen irgendeiner karibischen Insel untergehen. Das war ganz sicher. Nur die Begegnung mit einem Schiff, dessen Besatzung mich bemerken würde, könnte mich jetzt noch retten. Doch wie oft hatte ich schon gehört und gelesen, dass Schiffe ganz nah an Schiffbrüchigen vorbeifuhren, ohne dass der obligatorische Ausguck auf der Brücke irgendetwas bemerkte.

Schwarze Fischer

Wieder lag ich lethargisch in meiner Kiste. Die ausgelaugte Haut vertrug so viel Sonne nicht. Große Teile von ihr waren verbrannt und schälten sich schon. Meine Oberkleidung aus derbem Stoff, die längst begonnen hatte, sich aufzulösen, hatte ich viel zu spät übergezogen. Das Gesicht kühlte ich immer wieder mit süßem Schmelzwasser, dann lag ich wieder in der Kiste. Tag und Nacht. Nur ab und zu noch stand ich auf, um den Horizont nach einem Schiff abzusuchen.

Deutlich schrumpfte jetzt stündlich mein Eisberg. Ich sah es und hatte bald keine Angst mehr vor dem Untergang. Wie würde das sein? Würde ich noch ein paar Stunden schwimmen können? Oder würde ich das gar nicht mehr wollen? Mich einfach hinab sinken lassen und unterwegs zum Meeresgrund den Fischen zuwinken? Würden die Delphine wenigstens Abschied nehmen? Dass sie mich erneut irgendwohin bugsieren könnten, glaubte ich nicht. Hier gab es weit und breit kein Land und keine Insel. Nur Wasser ringsum, soweit das Auge reichte.

Welch ein kurioser Gedanke: im Nordatlantik schiffbrüchig geworden und tausende Meilen weiter südlich, fast schon am Äquator, ertrunken. Bei diesem Gedanken musste ich laut lachen. Lange und immer wieder von Neuem. Ich konnte mich gar nicht beruhigen. War ich jetzt irre geworden? Ich sprang sogar aus meiner Kiste, warf die Kleidung von mir und hüpfte lachend wie von Sinnen umher. Dabei flatterte ich mit den Armen wie ein Vogel und hüpfte und lachte. Es war wohl ein Sonnenstich. Als wollten die Delphine dieses lustige Spiel mit mir teilen, waren sie auf einmal alle da. Erst noch ziemlich weit entfernt. Sie sprangen aus jeder Welle parallel zueinander hoch aus dem Wasser heraus. Höher als sonst und sie stießen ihre erregten Rufe aus.

Immer wieder und sie kamen immer näher. Die ganze Herde musste es sein. Große und kleine durcheinander. In breiter Front jagten sie auf mich zu und riefen und riefen. Ich stand nur noch da und staunte. Vor allem, als ich ein Boot hinter ihnen entdeckte. Manchmal hoch oben auf dem Wellenkamm, dann wieder fast vollständig im Wellental verschwunden. Es war viel langsamer als die Delphine und es war aus Holz und bunt bemalt. Sehr gebrechlich sah es aus. Ein Motor tuckerte und wurde langsam lauter. Mehrere Männer standen aufrecht in ihm und sie sahen zu mir herüber. Alle hatten sie schwarze Gesichter, ihre Körper und Köpfe waren in schmutzig-weiße Tücher gewickelt. Nur die Gesichter und die Hände waren frei. Rabenschwarz. Halluzinierte ich? War das eine Fata Morgana?

Da war dieses gebrechliche Boot, mit dem ich selbst niemals auf das offene Meer hinausgefahren wäre, angetrieben von einem uralten Außenborder, der hustend knatterte und fürchterlich qualmte. Sieben Männer standen aufrecht in ihm und glichen mit federleichten Bewegungen die Schwankungen des Bootes aus. Wenn das Boot in einem Wellental zu verschwinden drohte, reckten sie ihre Hälse, um mich besser sehen zu können. Als sie nah herangekommen waren, begannen sie aufgeregt zu schwatzen. Sie gestikulierten wild durcheinander. Bald konnte ich Einzelheiten in ihren Gesichtern erkennen. Ihre großen, staunenden Augen und ihre blitzenden, schneeweißen Zähne. Sie riefen mir etwas zu. Alle aufgeregt durcheinander und gleichzeitig. Ihre Stimmen kamen mir wie Engelsgesang vor, verstehen konnte ich nichts. Aber ihre Gesten waren eindeutig. Ich solle mich niedersetzen, meinten sie wohl. Also setzte ich mich auf das dahinschmelzende Eis.

Endlich war das Boot hautnah an meiner schon beängstigend kleiner gewordenen Insel. Zwei der Männer lehnten sich weit über die Bordwand des Bootes und hielten es auf Abstand zum Eis. Die Bewegungen des Wassers waren so nah am Eisberg nicht sehr groß, aber immer noch gefährlich für dieses zerbrechliche Boot. Drei der Männer kletterten geschickt zu mir herüber. Sie nahmen meine Hände und schüttelten sie vorsichtig mit lachenden Gesichtern. Dann tasteten sie meinen Körper ab, berührten mein wild zerzaustes Kopfhaar und den Bart. Beides war inzwischen beträchtlich gewachsen und verfilzt, zudem von der Sonne ausgebleicht und deshalb beinah hellblond. Sie lachten und schwatzten vergnügt. Sie halfen mir auf die Beine und führten mich ganz vorsichtig zu ihrem Boot. Rücklings übergaben sie mich den darin Wartenden, ich bekam noch nicht mal einen einzigen Salzwasserspritzer ab. Die Mitte des Bootes war mit Fischen unterschiedlicher Art und Größe zur Hälfte gefüllt und mit einem grobmaschigen Netz abgedeckt. Mehrere Bretter als Sitzduchten verbanden die Bordwände miteinander. Auf die mittlere wurde ich vorsichtig und fürsorglich niedergesetzt.

Ich konnte beobachten, wie die Männer auf dem Eis mein Lager untersuchten. Als sie das Eisbärenfell entdeckten, brachen sie in staunende Rufe aus. Zwei reckten das riesige Fell in die Höhe und nun durften es auch die anderen bestaunen. Ich hatte das Gefühl, sie wussten sofort, dass dieses Fell nicht irgendwo in einem Laden gekauft war, sondern von mir in hartem Kampf erbeutet wurde. Ihren Gesten konnte ich entnehmen, dass sie mich dafür sehr bewunderten. Unter vielen Verneigungen schwatzten sie mit großen Augen auf mich ein und klopften mir immer wieder vorsichtig auf die dürren Schultern.

Dann wurden das Fell, meine Schlafkiste und sogar das komplette Segel mit Seil, Netz und Schottbrettern in das Boot geladen. Mir war klar, dass dies alles Dinge von großem Wert für sie sein mussten. Aber das war immer noch nicht alles, was sie in ihr Boot holten. Langstielige Äxte wurden ihnen auf den Eisberg hinübergereicht und viele Säcke aus Pflanzenfasern. Sofort begannen die drei Männer, Eisbrocken loszuschlagen und in die Säcke zu füllen. Bald waren die Berge von Fischen mit diesem natürlichen Kühlmittel bedeckt und die Drei stiegen wieder in das Boot.

Dass sie nicht zum ersten Mal einen Eisberg auf diese Weise nutzten, war eindeutig. Mindestens die Äxte waren gezielt für diese Arbeit mitgenommen worden. Und sicher auch die Säcke, denn für die Fische benutzten sie diese nicht.

Immer noch war die ganze Horde der Delphine in unserer Nähe. Sie hatten die Arbeit der Männer beobachtet und offensichtlich auf etwas gewartet. Ob sie wohl meine Rettung erleben wollten? Hatten sie vielleicht diese schwarzen Fischer hierher gelotst, damit sie mich in ihr Boot nehmen konnten? Aber wie sollten die Fischer erkennen, was diese Delphine mit ihren Rufen und vielleicht sogar fordernden Bewegungen meinten? Diese Theorie bezweifelte ich. Als das Boot aber wieder abgelegt hatte, die Fischer sich vor den wartenden Delphinen mit vielen Verbeugungen bedankten und sie schließlich mit Fischen ihres Fanges belohnten, wurde es mir klar. Diese Delphingruppe und diese Fischer kannten sich. Sie begegneten sich nicht zum ersten Mal und ihre Begegnung war nicht zufällig. Die Delphine wussten, dass sie belohnt würden, wenn sie die Fischer zu einem Eisberg bringen würden. Sie müssen es schon öfter getan haben. Sicher waren sie bestimmt nicht auf diese Fischgeschenke angewiesen, sie konnten sich überall reichlich Nahrung selbst beschaffen. Hier musste es also um viel mehr gehen. Sowohl für die Menschen, als auch für die Delphine. Gegenseitige Zuneigung vielleicht? Ich bin sicher, dass es so sein muss und vielleicht noch viel mehr. Vielleicht sogar das Verstehen der notwendigen, gegenseitigen Hilfe auf einer immer enger werdenden Erde...

Sicher hat diese Delphingruppe nicht nur diesen Eisberg an die Küste Afrikas begleitet, um hier ein paar Fischern eine Freude zu machen. Aus welchem Grunde auch immer, hielten sie sich zufällig dort im Norden auf, wo gerade ein Unglück auf hoher See geschah. Vielleicht begleiteten sie diesen Eisberg dann eben, weil sie Menschen mochten, von denen sie vielleicht schon oft Zuneigung erfuhren, und bewachten deshalb mein Leben. Vielleicht verbanden sie irgendwann dann die Idee, dabei auch gleich den ihnen bekannten Fischern etwas Gutes zu tun. Jedenfalls verdankte ich ihnen mein Leben. Und so erhob ich mich ebenfalls von meiner Sitzbank, winkte den Delphinen mit Tränen in den Augen zu und verbeugte mich mit vor der Brust gekreuzten Armen vor ihnen. Mindestens die meisten von ihnen sahen es und schnatterten wild und erregt durcheinander. Am heftigsten meine persönliche Freundin an der Seite ihres Kindes. Dann tauchten sie ab und verschwanden. Alle. Auf immer. Ich war furchtbar traurig, fühlte mich zwar erleichtert angesichts meiner Rettung, andererseits aber alleingelassen und einsam. In einem Strom von Tränen und heftigen Schluchzern verbarg ich schließlich mein Gesicht in den Händen. Ich würde sie nie wieder sehen...

Meine schwarzen Retter hatten mich genau beobachtet. Sie sahen meine Zuneigung zu den Tieren, die auch ihre Freunde waren und sie sahen meine Dankesbekundungen für sie. Und natürlich auch meinen Trennungsschmerz. Ich konnte sehen, dass es sie anrührte. Mehrere von ihnen bekamen ebenfalls feuchte Augen und ihr Anführer, ein großer, bulliger Kerl, stolperte zu mir über den Fischberg, legte mir beide Hände auf die Schultern und sprach viele Worte. Ich konnte keines verstehen. Ihrem sanften Klang und seinem mitleidigen Blick aber entnahm ich tiefe Anteilnahme."

Mit den letzten Worten wendet Hein sein Gesicht zum Fenster. Seine Stimme war zum Schluss brüchig geworden und jetzt kann ich sehen, dass er sich mit zitternder Hand über die Augen streicht. Die Erinnerung an diesen Abschnitt seines Lebens, geprägt von einer Rettung vor dem nahenden Untergang und einem ungeheuren Trennungsschmerz bewegen ihn noch heute, so viele Jahre danach. Das lässt auch mich nicht kalt und selbst der Wirt, der diese Geschichte doch schon kennt, starrt ungewöhnlich lange vor sich auf den Tisch und lässt einen tiefen, beinah gequälten Seufzer hören. Dann erhebt er sich abrupt und wendet sich zu seinem Tresen.

"Ich lass uns mal was zum Essen machen. Einverstanden? Labskaus vielleicht? Den macht sie besonders gut."

Hein hat sein Gesicht noch immer abgewendet und nickt nur zustimmend. Ich sage: "Ja, gern".

So also geschah die Rettung. Welch eine Dramatik! Was manche Menschen doch imstande sind, auszuhalten. Ich grübele darüber nach, ob ich selbst wohl so viel Durchhaltevermögen aufgebracht hätte. Oder mich vielleicht vorher aus dem Staub gemacht? All den Qualen ein Ende bereitet? Er hatte ja auch mit diesem Gedanken gespielt, wie er sagte. Das Endergebnis aber hatte bewiesen: wer bereit ist, Qualen zu ertragen und seinem eigenen Überlebenswillen zu folgen, wird irgendwann belohnt. Immerhin sitzt Hein Buddelkiek jetzt hier in Ruhe und Frieden und genießt den Rest seines Lebens. Er muss nicht mehr hungern oder frieren und kein Sturm bedroht ihn.

Trotzdem scheint er eine stille Wehmut in sich zu tragen. Sehnt er sich etwa nach diesem Abenteuer zurück? Aber nein. Bestimmt ist es seine tiefe Liebe zu diesen Delphinen, die ihn so lange begleiteten und ihn umsorgten. Und die er nun vermisst. Erstaunlich, welch tiefe Zuneigung zwischen Lebewesen so unterschiedlicher Art entstehen kann. Wenn ich daran denke, dass es Menschen gibt, die Jagd auf Delphine machen, sie töten und verspeisen, steigt Zorn in mir auf. Und dennoch: ist es nicht unter allen Lebewesen so, dass sie andere manchmal sehr grausam aus dem Leben reißen, um selbst überleben zu können? Auch solche, die ihnen treu und brav viele Jahre gedient hatten wie Hunde oder Pferde zum Beispiel? Viel schlimmer ist doch das ungewollte Fangen von Delphinen in riesigen Stellnetzen, in denen sie qualvoll ersticken. Anschließend einfach weggeworfen wie lästiger Müll.

"Hein, gehst Du manchmal in einen Zoo, in dem es Delphine gibt?", frage ich.

"Nein, nie. Es sind ja nicht meine Delphine von damals und außerdem würde mich ihr Anblick nur aufwühlen. Das Erzählen dieser Erlebnisse ist schon schwer genug. Außerdem könnte ich nicht ertragen, Delphine in Unfreiheit zu sehen. Sie gehören ins Meer, müssen selber entscheiden dürfen, wohin sie schwimmen und mit wem sie sich wo paaren. Für uns Menschen wünschen wir das ja auch."

"Hat es noch lange gedauert, bis Du endlich wieder nach Hause kamst?"

"Ja, sehr lange. Diese Lebensprüfung war noch lange nicht zu Ende."

"Oh", sage ich erstaunt. "Deine Erzählung geht also noch weiter?"

"Ja, noch viel weiter. Aber lass uns erst einmal was essen. Dann erfährst Du mehr."

Das Labskaus ist wirklich gut, wir essen es schweigend. Das junge Pärchen ist gegangen. So, wie sie sich gegenseitig anstrahlten, verliebt bis in die Haarspitzen, werden sie bestimmt den Rest des Tages in der Koje verbringen. Ich muss lächeln. Hier die dramatische Geschichte eines Seemannes, der haarscharf an einem viel zu frühen Ende seines Lebens vorbeischrammte, und dort zwei junge Menschen, die vielleicht kurz vor der Vermehrung ihrer Population stehen. So ist das Leben...

Die Mittagszeit ist vorüber und kein neuer Gast war gekommen. Die Köchin hat heute wenig zu tun gehabt und geht nach Hause. "Zum Abend kommt sie wieder. Da kommen immer Gäste, die was essen wollen. Mittags lohnt es sich eigentlich nur in den Sommermonaten, wenn viele Touristen in der Stadt sind. Das ist ganz gut so. So kann Hein weiter erzählen", grinst der Wirt und räumt die Teller weg.

Kaum dampft die Pfeife des Seemannes wieder wie der Schlot eines Frachters aus alter Zeit, da fließen bedächtig wie die Wasser eines breiten Stromes, weitere Worte aus seinem faltigen Mund.

Landgang

"Dieses Schaukeln war ich gar nicht mehr gewöhnt. Obwohl der Wind nicht besonders stark blies, kam da eine alte Dünung aus Ost, uns frontal entgegen. Denn nach Osten mussten wir ja, an die afrikanische Westküste. Ob es Marokko sein würde oder Mauretanien? Eigentlich nicht möglich, diese Gesichter waren allesamt deutlich negroid, auf keinen Fall nordafrikanisch-arabisch. Sicher also noch weiter südlich musste unser Ziel sein. Ich konnte es nicht erfahren, nur erraten. Diese Männer mit ihren schwarzen, freundlichen Gesichtern, kannten offensichtlich keine andere als ihre eigene Volkssprache. Kein Brocken Englisch und auch nicht Französisch. Selbst, wenn ich die mir bekannten Ländernamen der afrikanischen Westküste aufzählte, die in meiner Erinnerung waren, und sie versuchte unterschiedlich auszusprechen, sahen sie mich nur ratlos an und hoben bedauernd ihre Schultern. Ihre eigene Sprache aber klang so fremd für mich, dass ich nichts aus ihr deuten konnte.

Langsam beruhigte sich meine Seele, während wir über die Wellen schaukelten. Der tuckernde Motor arbeitete mit voller Kraft. So schossen wir manchmal ziemlich gewagt über die anrollenden Wellenkämme. Ich machte mir Sorgen um die Stabilität des Bootes. Es musste schon sehr alt sein und hatte deutliche Blessuren ringsum an den längslaufenden Planken. Das Holz aber sah gesund aus und obwohl natürlich Seewasser durch die Nähte der Beplankung eindrang, und Gischtwolken immer wieder alles benetzten, hielt sich der Anstieg des Wasserspiegels in der schmalen Bilge über dem Kiel in Grenzen. Nur ab und zu griff einer der Männer nach einer abgeschnittenen Plastikflasche und schöpfte sie wieder leer.

Ich sah die vielen Fische zu meinen Füßen. Da machte sich sofort der Hunger bemerkbar. Deshalb rief ich den Anführer an: 'Hey, hey!', und machte ihm Zeichen, dass ich gern einen der Fische essen würde. Er verstand sofort und war auf einmal ganz aufgeregt. Er wehrte aber energisch ab und verbot mir also, einen Fisch zu nehmen. Aber als ich ein enttäuschtes Gesicht machte, kam er zu mir und setzte sich wieder neben mich. Er legte einen Arm um meine Schultern und rief einem seiner Männer etwas in einem deutlichen Befehlston zu. Er schien ärgerlich zu sein. Der Angerufene aber stürzte wie von einer Tarantel gestochen zu einer großen Kiste, öffnete sie und schöpfte etwas in eine verbeulte, blecherne Schüssel. Mit weit aufgerissenen Augen und vielen Verbeugungen kam er herbei gestolpert, kniete schließlich vor mir und reichte mir die Schüssel. Einen Löffel gab es nicht. So musste ich mit den Fingern essen, was in der Schüssel war. Als müsste ich befürchten, dass man mir etwas wegnehmen könnte, schaufelte ich mit der rechten Hand alles in meinen Mund, was in der Schüssel war. Die letzten Bröckelchen schabte ich heraus. Kalter Hirsebrei mit ein wenig gedämpftem Gemüse und gekochten Fischstücken darin. Wie lange hatte ich nicht mehr so gut gegessen.

Nun war mir auch klar, warum der Anführer geschimpft hatte, und warum alle anderen so erschrocken reagierten. Sie hatten doch sicher erkannt, wie abgemagert ich war und also halb verhungert sein müsste. Aber niemand hatte daran gedacht, mir etwas zu essen zu geben. Diese Aufregung über meine überraschende Entdeckung war wohl Schuld daran. Jetzt aber, wie ich so gierig den Inhalt der Schüssel mit den Fingern in meinen Mund schaufelte, machten alle wieder freundliche Gesichter und auch der Anführer lachte zufrieden. Als die Schüssel leer war, sollte sie erneut gefüllt werden. Aber ich lehnte ab und strich mir zum Zeichen der vollständigen Sättigung grunzend den Bauch. Mehr ging einfach nicht hinein. Das Volumen meines Magens war bestimmt schon gewaltig geschrumpft. Ein Rülpser folgte und alle lachten erleichtert.

Dann reichte man mir einen kleinen Ledersack, in dem es deutlich gluckste. Der Anführer zeigte, was ich tun sollte. Er öffnete einen Klemmverschluss aus zurechtgebogenem Draht, hob den Sack hoch über sein Gesicht und drückte eine milchige Flüssigkeit heraus, die er in hohem Bogen geschickt in seinen weit geöffneten Mund spritzte. Kein einziger Tropfen ging daneben. Dann reichte er mir den Sack. Ich versuchte, es ihm gleichzutun. Alle starrten mich mit grinsenden Gesichtern erwartungsvoll an. Ich drückte den Sack, doch der Strahl traf erst meinen Mund, als schon das ganze Gesicht bespritzt war. Da lachten sie und konnten sich gar nicht beruhigen. Darauf hatten sie gewartet. Sie klatschten sich auf die Schenkel und manche brüllten vor Vergnügen.

Alle diese kleinen und großen Gesten, die seit unserer ersten Begegnung erfolgten, brachten mir ein Gefühl der Geborgenheit. Kein einziges Mal kam mir der Gedanke, dass ich vielleicht Menschen in die Hände gefallen sein könnte, die nicht nur Gutes mit mir vorhaben würden. Ich fühlte mich von Anfang an unter Freunden. Das konnten niemals Piraten oder Räuber sein, schon gar keine hinterhältigen Killer.

Dann spürte ich langsam eine angenehme Entspannung meines Körpers und meines Geistes. Dieses seltsame Getränk mit dem herb-süßlichen Geschmack wirkte berauschend. Besonders auf mich natürlich, auf meinen ausgemergelten Körper, der ja seit Monaten nichts als Schmelzwasser, rohes Fleisch und rohen Fisch bekommen hatte. Die sieben Männer beobachteten mich, wie ich bald bemerkte. Sie forschten in meinen Augen. Ich erwiderte ihre Blicke mit entspanntem Lächeln, das gefiel ihnen. Ohne ein gegenseitig verstandenes Wort hatte sich sehr schnell ein Vertrauensverhältnis entwickelt, das mich tief beeindruckte. In wenigen Stunden auf dem Weg zu einem schneeweißen Strand.

Er zeigte sich zunächst als eine dünne Linie am Horizont. Langsam wurde diese Linie dicker, weitete sich vor uns in beide Richtungen nach Nord und Süd. Dann erhoben sich langsam wellige Dünen darüber, die mit trockenen Gräsern bewachsen waren. Der Mann an der Pinne des Außenborders erhob sich und peilte angestrengt nach vorn, suchte dabei unser Ziel und steuerte das Boot schließlich etwas südlicher. Und dort tauchten bald Hütten auf, die als weitläufige Anlage immer zahlreicher wurden. Vor den Hütten am Strand lagen viele buntbemalte Boote auf dem Trockenen. Ein Fischerdorf musste das also sein.

Die Dünung wurde immer schwächer. Noch weit vor dem Ufer hörte sie ganz auf. Jetzt war das Wasser spiegelglatt und strahlte in einem beinah überirdischen Blau. Viele Menschen kamen zum Strand gelaufen. Männer, Frauen und Kinder. Die Kinder hüpften und winkten und liefen fröhlich rufend hin und her. Erst, als sie einen Fremden im Boot bemerkten, erstarrten alle in staunendem Verharren. Hunderte Augen waren nur noch auf mich gerichtet. Was sie wohl gedacht haben mögen? Ein spindeldürrer Mann in zerlumpter Kleidung, mit weißem Gesicht und verfilztem Kopf- und Barthaar? So hell, wie die meisten von ihnen es wahrscheinlich noch niemals gesehen hatten?

Es war still geworden am Strand, niemand bewegte sich mehr, nicht mal die Kinder. Der Motor wurde abgestellt, die Schraube ragte still aus dem Wasser. In sanft ausklingender Fahrt schob sich das Boot knirschend in den Sand. Zwei Männer sprangen aus dem Boot in das knietiefe Wasser und zogen es an kurzen Stricken weiter hinauf. Dann verließen auch die anderen das Boot und zwei von ihnen warteten auf ihren Anführer, der fürsorglich meine Hüfte umfasste und mich zur Bordwand führte. Obwohl ich eigentlich selbst laufen könnte und es vielleicht sogar mit eigener Kraft geschafft hätte, die letzten Schritte auf so lang ersehntes, festes Land zu tun, konnte ich mich der Hilfe dieser Männer nicht entziehen. Unter seiner luftigen Kleidung verbarg der bullige Anführer gewaltige Kräfte. Federleicht nahm er mich auf seine Arme und übergab mich den beiden Wartenden. Sie trugen mich den Strand hinauf und setzten mich weit oben in den weichen, warmen Sand. Selig bohrte ich meine Hände hinein. Wie lange hatte ich nicht mehr solche Wärme unter meinem Hintern gespürt.

Da saß ich nun, umringt von bestimmt mehr als hundert schwarzen Menschen jeder Größe, die mich still bestaunten. Dann kam der Anführer, bahnte sich einen Weg durch die Menge und stellte sich an meine Seite. Mit seiner tiefen, wohlklingenden Stimme erklärte er dem Volk, wie er und seine Männer mich fanden. Töne der Überraschung wurden ringsum immer lauter und plötzlich begannen sie zu singen. Ein Chor aus den unterschiedlichsten Stimmlagen sang ein Lied, das ich nie mehr vergessen kann. Es klang so freundlich und wohl, dass es mir die Tränen in die Augen trieb. Es wurde immer rhythmischer und plötzlich begannen sie zu hüpfen und mit gleichmäßigen Bewegungen den Boden um mich herum zu stampfen. Und alle Gesichter strahlten mich dabei lachend an. Der Anführer fasste mich unter den Achseln und zog mich hoch. Da stand ich nun inmitten der singenden und tanzenden Menge und konnte gar nicht anders, als meine Beine ebenfalls in Bewegung zu setzen. Dieser Rhythmus tat es ohne mein Zutun. Natürlich konnte ich nicht hüpfen, dafür war ich viel zu schwach. Aber stampfen konnte ich diesen weißen, warmen Sand, aus dem ich eine neue Kraft schöpfte.

Wie auf ein unhörbares Kommando verharrten aber plötzlich alle abrupt in absoluter Stille. Niemand sang mehr, keiner hüpfte mehr. Die Menge teilte sich in Richtung der nahen Hütten. Von dort schritt ein Mann in würdevollem Gang den seichten Abhang herunter. Zwei wahre Riesen flankierten ihn und sie waren bewaffnet. Jeder hatte eine alte Flinte in einer Hand und in der anderen ein riesiges Haumesser. Ich erschrak, denn alle drei machten ganz finstere Gesichter. Fünf Schritte vor mir blieben sie stehen und die Augen des Dorfältesten bohrten sich in die meinen. Er war sicher sehr alt. Das krause Haar auf seinem runden, schwarzen Schädel war schneeweiß. Der Anführer des Bootes näherte sich ihm ehrfürchtig und erklärte ihm die Situation.

Nach der offensichtlichen Prüfung meiner Seele über das intensive Forschen in meinen Augen, wanderten seine Blicke über mein übriges Äußeres. Es dauerte mehrere Minuten, mir kam es wie eine Ewigkeit vor. Endlich sprach er mit knarrender Stimme ein paar Worte im Befehlston, machte mit seinem rechten Arm eine weitausholende, fordernde Bewegung und wandte sich um. Immer noch flankiert von seinen zwei Leibwächtern, schritt er durch den Sand zu den Hütten. Wieder griff der Bootsführer meinen Arm und wir folgten dem Ältesten. Die Menge der Zuschauer wurde immer größer.

Als wir vor der Hütte des Häuptlings angekommen waren, muss es die gesamte Dorfbevölkerung gewesen sein, die uns wie ein Schwarm summender Bienen umringte. Eine hölzerne Bank mit einer Rückenlehne aus dicken Knüppeln stand vor der Hütte aus gelb-braunen Lehmwänden. Ein Leopardenfell war über die Bank gelegt. Hier nahm der Alte Platz und stützte seine Rechte auf einen Holzstock mit fein geschnitzten Figuren und Zeichen. Stolz und würdevoll war sein Blick, als er ihn über seine Untertanen schweifen ließ. Jeder, den der Blick traf, senkte sofort den Kopf. Das fiel mir besonders auf. Doch als er mich traf, vergaß ich, dasselbe zu tun. Unverzüglich spürte ich den Stoß des Ellenbogens des Mannes neben mir. Erschrocken folgte ich also der unmissverständlichen Aufforderung und fügte eine Entschuldigung an, indem ich mit gekreuzten Armen vor der Brust eine unterwürfige Verbeugung machte. Das gefiel dem Alten wohl, denn nun lächelte er milde und winkte mich und den Bootsführer zu sich. Zu seinen Füßen setzten wir uns in den Staub. Ein riesiger Baum mit gewaltigem Blätterdach spendete uns einen angenehmen Schatten. Der heiße Luftzug aus dem Hinterland war dadurch erträglich.

Mit einer Handbewegung kam die Aufforderung an den Bootsführer, die ganze Geschichte zu erzählen. Natürlich verstand ich selbst immer noch kein Wort. Aber in den Gesten und den Gesichtsbewegungen konnte ich Vieles lesen. Die Erzählung begann mit dem Einholen des Netzes. Ein großer Fang musste es gewesen sein, die vielen eindeutigen Armbewegungen und das strahlende Gesicht ließen es erkennen. Diese Menschen waren Meister der Mimik. Da strahlten die Augen, wurden weit aufgerissen und wieder zusammen gekniffen. Die Gesichter änderten ihre Ausstrahlung während der Gespräche ständig, drückten Überraschung aus, Freude oder Wehmut, Mitgefühl oder Zorn. Vielleicht hatten sie nicht so viele Worte in ihrer Sprache und glichen es damit aus? Mir war es jedenfalls sehr sympathisch, denn so würde ich sie bestimmt bald auch wenigstens ein wenig verstehen können, ohne ihre Sprache lernen zu müssen.

Dann sprach der Bootsführer von ihrer Begegnung mit den Delphinen. Mit seinen Armen ahmte er ihre Sprünge nach, mit den Händen vor seinem Mund ihre Schreie, welche wohl als Aufforderungen zum Nachfolgen des Bootes verstanden wurden. Also folgten sie ihnen. Wieder wurde mir bewusst, dass es solche Situationen schon öfter gegeben haben musste. Sie folgten ihnen also in Erwartung einer Eisernte. Jetzt sprang der Bootsführer auf. Er zeigte seine Überraschung beim Anblick eines weißen Mannes in erbärmlichem Zustand auf dem Eis. Mit wilden Bewegungen seiner Arme und aller Gesichtsmuskeln zeigte er, welches Entsetzen und welches Mitleid die Bootsbesatzung bei meinem Anblick empfand.

Dann setzte er sich wieder und entschuldigte sich bei dem Ältesten mit aneinander gelegten Händen und einer tiefen Verbeugung für sein ungebührliches Verhalten. Der aber schien es nicht krumm genommen zu haben. Viel zu ungewöhnlich und aufregend war die Erzählung. Sein Blick blieb sanftmütig und freundlich. Dann lächelte er sogar strahlend und erhob sich. Stehend sprach er zu seinem Volk. Es war eine lange Ansprache.

Als er geendet hatte, liefen viele Männer zum Strand hinunter. Ich konnte sehen, dass sie nun endlich die Fische und die Eissäcke aus dem Boot holten. Alles wurde in eine größere, fensterlose Hütte getragen. Dann brachten mehrere Männer meine kläglichen Habseligkeiten herauf. Sie wurden vor dem Ältesten ausgebreitet. Das kuriose Segel aus Schleppnetzteilen und Brettern und dem langen Seil. Dann meine Schlafkiste mit dem Eisbärenfell, den Fellstiefeln und Ärmlingen.

Beim Anblick der Fellteile erhob sich der Häuptling. Er schien sehr überrascht zu sein. Ganz nah trat er an die Kiste heran und beugte sich hinab, um das Fell zu berühren. Ehrfurcht zeigte sich in seinem Gesicht. Er blickte mich mit weit geöffneten Augen an und sprach zu mir. Ich verstand nichts, aber ich glaubte zu erahnen, dass er mehr über die Herkunft des Felles wissen wollte. Da zeigte ich ihm meinen linken Unterarm, der damals zwar komplett verheilt, aber noch blau-rot gestreift und tief zerfurcht war. Anschließend deutete ich zu dem Messer an meinem Gürtel. Jetzt waren seine Augen noch größer, er nahm sogar meine Hände in die seinen und schüttelte sie heftig. Dabei stieß er laute Rufe aus und plötzlich klatschten alle ringsum in die Hände.

Ich aber bückte mich, hob das Fell vom Boden und überreichte es dem Ältesten mit einer tiefen Verbeugung. Ich brauchte es ja nun nicht mehr und seinem Gesicht und seinen Überraschungsrufen konnte ich entnehmen, dass er sehr erfreut war. Ich weiß bis heute nicht, ob es dieses Geschenk war, oder der reichliche Fang oder vielleicht auch die gelungene Rettung eines völlig fremden, weißen Mannes, wahrscheinlich aber alles zusammen, das den Dorfältesten veranlasste, ein Fest zu befehlen. Als er mit großzügiger Armbewegung und wenigen Worten diese Bekanntmachung in sein Volk streute, begann ein lautstarker Jubel im ganzen Dorf. Alles hüpfte und sang fröhlich durcheinander. Viele Hände griffen nach mir und führten mich zu einer Hütte, die wohl eine Art Gemeinschaftshaus war.

In der Hütte wurde ich mehreren Frauen übergeben, die mir lachend meine Kleidung vom Körper schälten und auf einen Haufen in der hintersten Ecke warfen. Ich war fürchterlich erschrocken, denn schnell stand ich, ohne dass ich es verhindern konnte, splitternackt vor den Frauen. Sie drängten mich lachend und schwatzend auf einen hölzernen Lattenrost, übergossen mich mit großen Wassermengen, rieben meinen gesamten Körper mit dicken Seifenklumpen und ihren bloßen Händen ein. Dabei ließen sie keine einzige Stelle aus. Auch nicht jene in der Mitte meines Körpers, die mir besonders peinlich waren. Sowohl im vorderen, wie auch im hinteren Bereich. Ringsum an den Fensterlöchern der Hütte drängten sich schwarze Gesichter und da war keines darunter, aus dem nicht ein hämisches Gelächter erklang.

Endlich hatte ich diese Prozedur hinter mir, doch noch lange nicht den peinlichen Auftritt. Denn nun wurde ich abgetrocknet. Wieder von mehreren Frauen gleichzeitig. Ringsum von allen Seiten. Um zwischen meine Beine zu kommen, zogen sie mir das linke einfach zur Seite in die Höhe und andere stützten mich, damit ich nicht umfallen konnte. Bis hinein in den tiefsten Spalt fuhren ihre Hände mit den trocknenden Tüchern. Und alle spaßten und lachten, wahrscheinlich wegen meiner Schamhaftigkeit und des Erschreckens in meinem Gesicht. Mir schien, dass es für diese Frauen verschiedenen Alters, von denen ich nicht mal wusste, ob sie ledig oder verheiratet waren, eine Selbstverständlichkeit war, Männer wie Wäschestücke zu reinigen und zu pflegen. Ja, zu pflegen! Denn kaum war ich trocken, da griffen sie zu Flaschen mit duftendem Öl darin. Sie bestrichen mich nicht einfach nur damit, sie massierten es in meine Haut hinein.

Wieder in jeden Quadratzentimeter, in jeden Winkel. Das Entsetzen hatte mich längst gepackt und sicher war ich schamrot im Gesicht. Und das schien sie alle sehr zu belustigen. Sie lachten mich an - oder aus? Lachend streichelten sie mein Gesicht, klatschten mir zaghaft und frech auf den dürren Hintern und hatten offensichtlich viel Spaß mit diesem aufs Äußerste verschreckten Mann.

Dann kamen zwei mit einer schneeweißen Stoffbahn, in die ich kunstvoll eingewickelt und eingebunden wurde. Unterwäsche gab es nicht. Dafür wurde ein Ende der großen Bahn zwischen den Beinen nach hinten hindurchgeführt und anschließend als Gürtel um die Hüfte geschlungen. So war auch alles beim Sitzen oder Hocken verdeckt, was nicht jeder sehen musste. Nur die Füße, die Hände und der Kopf blieben frei. Ein langer Schal aus ebensolchem Gewebe wurde um meinen Kopf gewickelt und so festgesteckt, dass er dort wie ein Turban thronte. Was sich locker und luftig um meinen Körper schlang, fühlte sich angenehm kühl an. Und Schuhe brauchte man hier nicht. Alle liefen barfuß durch den weichen Sand. Jetzt auch ich.

Endlich führte man mich nach draußen, dort wartete ein hölzerner Hocker auf mich. Auf ihn musste ich mich setzen. Ich wurde einfach darauf gedrückt. Der Turban wurde wieder abgenommen. Eine der Frauen kam mit Kamm und Schere, eine andere mit Seife und einem uralten Rasiermesser. Ich ließ nur noch alles mit mir geschehen. Was sollte ich auch tun? Wegrennen vielleicht? Oder die Frauen wegstoßen? Das würde sie bestimmt kränken. Und sie taten es ja auf Anordnung des Ältesten. Außerdem war es ja durchaus angenehm. Nie zuvor wurde ich bei der Pflege meines Körpers so sehr verwöhnt. Dass nun die ganze Dorfbevölkerung, Männer, Frauen und Kinder, jeden Teil meines Körpers kannten, ja sogar meinen Schniedel, daran wollte ich gar nicht denken. Jetzt war es mir egal und hoffentlich bald würde ich ja sowieso den Weg in meine Heimat finden.

Als ich endlich aus den Händen der Frauen entlassen war und ziemlich erleichtert, kam eine zu mir und überreichte mir meinen Gürtel mit dem Messer daran. Die alte, zerschlissene und sicherlich stinkende Kleidung sah ich nie wieder. Dass mir aber mein kostbares Messer gelassen wurde, obwohl es längst viele interessierte Blicke auf sich gezogen hatte, unterstrich die Ehrlichkeit dieser Leute. Ab jetzt waren sie noch einmal gewaltig in meiner Bewunderung gestiegen. Weil ich unter ihnen nicht mit einem offen getragenen Messer herumstolzieren wollte, verbarg ich es aber tief unter meiner neuen Kleidung. So luftig, wie die in vielen Falten um meinen Körper flatterte, war es nicht schwer, diverse Dinge darin zu verbergen.

Dann machte ich mich daran, einen Spaziergang durch das Dorf zu wagen. Die Erwachsenen hatten sich in und um ihre Hütten zurückgezogen, um wahrscheinlich das Fest vorzubereiten. Andere waren an den Booten beschäftigt, oder in dieser Hütte mit dem neuesten Fang. Sicherlich würden sie dort Fische schlachten und ausnehmen, bestimmt auch auf Eis legen. Vor mehreren Hütten dampften große Kessel über Holzfeuern. Auf altertümlichen Holzkarren, gezogen von überraschend wohlgenährten Eseln, wurden Wasserfässer in das Dorf gebracht. Hinter den Dünen musste es wohl irgendwo einen Brunnen geben. Das wollte ich sehen und stapfte durch den Sand zur ersten Düne hinauf. Eine Schar von Kindern verschiedenen Alters umringte und begleitete mich. Sie waren nicht aufdringlich, blieben auf höflichem Abstand. Aber sie ließen mich nie aus den Augen.

Schon hinter der ersten Düne tat sich zu meiner Überraschung ein riesiges, oasenartiges Tal auf. Viele Ziegen und Schafe in unterschiedlichen Gruppen waren grasend unterwegs oder stillten ihren Durst an den Tränken mehrerer

Brunnen. Auch ein paar Esel waren unter ihnen. Und kleine Gemüsegärten, zum Schutz vor den Tieren durch Knüppelzäune abgesichert. Woher aber das Holz für diese Zäune, die Hüttendächer und die Feuer kam, blieb mir zunächst ein Rätsel. Sicher musste es von weither kommen, denn soweit ich auch vom Kamm der Düne in alle Richtungen sah, nirgendwo waren Bäume oder gar Wälder zu entdecken. Nur gelbbraunes Steppenland. Jetzt war also Trockenzeit, denn außer in den kleinen Gärten, gab es nirgendwo Grün. Dafür aber für die Tiere ungeheure Flächen trockenen Grases. Sicher wird mit der nächsten Regenzeit neues Gras nachwachsen.

Ein kleiner Junge kam mutig zu mir und ergriff meine Hand. Ich sah ihn erstaunt an. Er sprach etwas und zupfte vorsichtig an meiner Hand, während mich seine großen, kugelrunden Augen anstrahlten. Ich verstand schnell, was er wollte. Ich müsse nun in das Dorf zurückkehren, bedeutete seine Aufforderung. Auf dem Weg dorthin ließ er meine Hand nicht los. Er war stolz wegen seines Mutes, diesen seltsamen Fremden aus einer anderen Welt berührt zu haben und nun sein Führer zu sein. Sein Siegerlächeln forderte von allen Bewunderung. Meine hatte er auch.

Bis vor die Hütte des Ältesten führte er mich, die Schar der anderen Kinder war uns tuschelnd gefolgt. Der Grund für diese Aufforderung war schnell klar. Das Fest sollte beginnen. Das Dorfoberhaupt saß bereits auf seinem Thron. Statt des Leopardenfelles zierte den Thron aber jetzt ein langhaariges Eisbärenfell. Noch aufrechter als zuvor, saß er da mit steifem Rücken. Als er mich sah, überzog ein gnädiges Lächeln sein Gesicht. Dann winkte er mich zu sich und deutete auf einen großen Holzklotz neben seinem Thron. Auf ihm lag das Leopardenfell und darauf sollte ich mich setzen. Aus dem Augenwinkel beobachtete er mein Gesicht. Mir schien, als wollte er, dass nun auch ich ein hochmütiges Gesicht machen möge und ich tat es. Sofort belohnte er mich mit einem zufriedenen Lächeln.

Rechts und links von uns ließen sich die Leibwächter nieder, ihre Karabiner stolz neben sich aufgestützt. Diese beiden sah ich nie lächeln. Bestimmt durften sie das nicht, sondern mussten immer drohend aussehen. Einen wirklichen Grund erkannte ich nie, denn irgendwelche Bedrohungen für ihren Herrn gab es nicht. Jedenfalls nicht hier in diesem Dorf. Bestimmt war ihre Anwesenheit symbolisch zu verstehen, um die Macht ihres Herrn auszudrücken.

Nach und nach kamen schon die Männer des Dorfes herbei und setzten sich rundum auf den staubigen Boden. Ihnen folgten die Frauen mit großen, dampfenden Kesseln aus hellem Blech und Trinkgefäßen aus getrockneten Kürbishüllen. Diese wurden zuerst gefüllt. Aus mehreren Ziegenhautsäcken floss dieses milchige Getränk in die Kalebassen. Woraus diese trübe Brühe bestand, erfuhr ich nie. Aber ich glaubte, einen leichten Hirsegeschmack zu erkennen. Sicher war es eine Art Bier mit irgendwelchen Zutaten. Der Geschmack war zunächst befremdlich für mich, doch nicht unangenehm. Erst recht nicht, als sich ziemlich schnell ein leichter Rausch bemerkbar machte. Sofort stoppte ich die weitere Zufuhr, denn einen richtigen Rausch fürchtete ich. Zur Belustigung der Dorfbewohner hatte ich längst genug beigetragen. Und als Würdenträger an der Seite des Ältesten musste ich Würde zeigen und durfte mich auf keinen Fall blamieren, dachte ich. Schließlich war mein Körper noch viel zu schwach. Und zum Gelächter der freundlichen Leute zu werden, hatte ich überhaupt keine Lust. Also musste erst einmal der Magen gefüllt werden. Seit der ersten Mahlzeit auf dem Boot waren bereits mehrere Stunden vergangen. Wann immer aus der Runde der Männer die Trinkgefäße auffordernd gehoben wurden, setzte ich das meine nur noch an die Lippen und deutete genüssliches Trinken an.

Inzwischen hatten die Frauen mehrere der Kessel, aus denen es dampfte und duftete, zwischen die Männer auf den Boden gestellt. Sofort hockten die sich rund um die Kessel und begannen, mit ihren Händen den Hirsebrei mit Fisch und Gemüse, und diesmal zusätzlich mit gekochtem Ziegenfleisch zu schöpfen und in ihre Münder zu stopfen.

Dem Häuptling, seinen versteinerten Beschützern und mir, wurden kleine und bereits gefüllte Schüsseln gereicht, die wir auf unseren Thronen sitzend, leeren sollten.

Erst, als alle Männer versorgt waren, wurden ganz nah zu uns weitere Kessel aufgestellt, um die sich die Frauen und Kinder setzten und endlich auch zum Essen kamen. Ab jetzt mussten die Männer ihre Kalebassen selbst füllen und ich staunte, als ich sah, dass auch die Frauen dieses Hirsebier tranken. Immerhin schienen sie in allen Dingen den Männern weit untergeordnet zu sein. Darunter leiden sah ich sie nicht. Kaum aßen und tranken sie, da wurden sie ausgelassen und fröhlich und manchmal ziemlich laut.

Immer wieder trafen mich viele Blicke der Frauen. Sie beobachteten mich. Na ja, ich war schließlich ein Exot unter diesen Menschen, dachte ich erst. Sie steckten die Köpfe zusammen, flüsterten und kicherten. Es war deutlich, dass sie sich über mich unterhielten und wahrscheinlich auch lustig machten. War vielleicht meine Nacktheit der Grund ihrer Belustigung? Immerhin schien es mir nicht so, dass sie sich in verächtlicher Weise belustigten, denn traf einer ihrer neugierigen Blicke meine Augen, dann strahlten sie mich in ziemlich unverschämter Weise an. Manchmal fürchtete ich, das könnte den Männern nicht gefallen. Vor allem der Häuptling neben mir, der mich auch ständig aus dem Augenwinkel beobachtete, und dem diese Blicke mehrmals aufgefallen sein mussten. Doch wenn ich ihn ansah, um herauszufinden, wie er darauf reagieren würde, lächelte er nur aufmunternd und hob seine Kalebasse mit einer erneuten Aufforderung zum Trinken.

Dieses Hirsebier stieg schnell zu Kopf. Jedenfalls bei mir. Deshalb war ich froh, den Magen endlich mit fester Nahrung füllen zu können. Das tat gut. Ich stopfte so viel in mich hinein, wie nur irgend möglich war. Doch jene Mengen, die der Dorfälteste und alle seine Untertanen vertilgen konnten, schaffte ich beim besten Willen nicht. Sie stopften und stopften, und spülten nach und stopften wieder. Und sie wurden immer fröhlicher. Dann erhoben sich die ersten und begannen zu tanzen. Schnell wurden es immer mehr und schließlich stampften alle Männer hüpfend den Boden und begannen einen monotonen Gesang, der wie ein fernes Grollen klang. Plötzlich waren auch Trommeln da, die zusammen mit dem Männergesang eine beinah überirdische Stimmung erzeugten. Die Luft begann, unter den rauen und lauten Männerstimmen zu fibrieren. Der Höhepunkt aber kam, als die Frauen einstimmten. Sie waren jetzt mit bunten Tüchern auf ihren Köpfen und um ihre Hüften geschmückt. In einem großen Ring, ganz eng aneinander mit den Armen verschlungen, tanzten sie in einer beeindruckenden, flinken Schrittfolge. Nicht wenige Minuten lang, mir kam es vor, als wäre es mehr als eine Stunde. Sie schienen nicht müde zu werden. Und sie sangen mit ihren hohen Stimmen, immer wieder unterbrochen von dem grollenden Chor der Männer. Ein Wechselgesang war es, wie ich ihn nie zuvor hörte. Er verstärkte meine gelöste Stimmung, unterstützte meinen leichten Rausch. Alles zusammen empfand ich als die große, überirdische Belohnung und Entschädigung für meine ertragenen Qualen. Das musste ein weiteres Geschenk meiner Schutzengel für mein Durchhaltevermögen sein. Bei diesem Gedanken wurde ich sehr demütig. Welche Qualen hatte ich ertragen müssen, welche Gefahren überstanden. Und nun hier diese Belohnung.

Die ganze Nacht hindurch hatte die Feier gedauert. Immer wieder war gegessen und getrunken worden, dann wieder getanzt und gesungen. Als es endlich hell wurde, torkelten die ersten Männer zu ihren Hütten, gefolgt von ihren kichernden Frauen. Als sich der Älteste erhob, stürzten gleich drei Frauen zu ihm. Zwei stützten ihn und führten ihn in die Hütte. Die dritte nahm das Bärenfell und trug es hinterher. Aber gleich kam sie wieder zurück und griff nach meinem Arm. Ich sah sie überrascht an. Sie grinste breit und frech, zeigte ihre makellos weißen Zähne zwischen auffallend fülligen Lippen. Dann führte sie mich in die Hütte des Alten. Dieser alte Mann, sicher der Häuptling seiner Sippe, hatte also drei Frauen, die allesamt viel jünger waren als er selbst und ziemlich rundlich. Eine von ihnen hatte aber wohl den Befehl bekommen, mich zu versorgen. Sie drängte mich in einen kleinen Raum der Hütte und ich erkannte im diffusen Morgenlicht, dass es zwei weitere Räume geben musste. Die Türöffnungen waren nur durch Vorhänge aus grobem Stoff verschlossen. So hörte man alle Geräusche aus jedem Zimmer. Aus jenem des Alten klang Gekicher und Gelächter. Dort ging es schon heiß her. 'Ein alter Mann und zwei junge Frauen, die eindeutigen Spaß miteinander haben. Donnerwetter!', dachte ich anerkennend.

In meinem Zimmer gab es nur eine Matratze, die nach Tierhaaren roch und ziemlich festgelegen war. Dennoch war sie natürlich viel weicher, als mein Bettkasten auf dem Eisberg. Die Frau entkleidete mich sehr flink und als sie mein Erschrecken sah, lachte sie glucksend. Da stand ich schon wieder völlig nackt vor einer fremden Frau, die mit nur zwei Handbewegungen ihre gesamte Bekleidung ebenfalls zu Boden sinken ließ. Dann drückte sie mich auf die Matratze. Ich gebe zu, dass ich beachtliche Hemmungen hatte, ihre eindeutigen Berührungen widerstandslos hinzunehmen. Und wo sie mich überall berührte! Mit zarten Händen, die genau wussten, was sie taten, begleitet von gurrendem, leisem Lachen. Ich hatte ja seit vielen Monaten keine ähnliche Begegnung. Und diese Frau mit ihren umfangreichen, schwarzen Brüsten und den erstaunlichen, samtenen Polstern überall an ihrem nackten Körper, war sehr geschickt und sie tat es ja auf Anordnung ihres Herrn und Gebieters. Durfte ich sie da denn überhaupt zurückweisen? Das wäre sicherlich nicht nur eine Kränkung für sie, sondern auch für meinen allmächtigen Gönner. Ich musste also ihrer Gunst gerecht werden, ob ich wollte oder nicht. Und nachdem ich endlich die Scheu überwunden hatte, genoss ich, fast wie ein Ertrinkender, was mein Körper längst gefordert hatte..."

Jetzt glänzten Heins Augen und ein seliges Lächeln des Erinnerns umspielte seinen faltigen Mund. Deutlich ist seine sehnsüchtige Erinnerung zu erkennen. Wie lange er wohl diese Art der Gastfreundschaft genießen durfte? Und als hätte Hein meine Gedanken erraten, fährt er fort:

"Fünf Tage war ich Gast in dieser Lehmhütte mit vollständiger Betreuung. Ich durfte ruhen, so viel ich wollte, essen, was immer es gab und trinken, so viel ich vertrug. Manchmal machte ich Spaziergänge, die immer ausgedehnter wurden und immer begleiteten mich sämtliche Kinder des Dorfes. Der kleine Mutige ließ es sich nie nehmen, sofort nach meiner Hand zu greifen und an meiner Seite zu gehen. Wollten andere ihm dieses Vorrecht streitig machen, wurde er sofort böse und trieb sie vehement zurück. Selbst größere Jungen fürchteten seinen Zorn. Ich begann, seine Durchsetzungs-fähigkeit zu bewundern. Sicher würde er irgendwann mindestens ein Sippenführer sein, vielleicht sogar Häuptling.

An Landschaften gab es nirgendwo Aufregendes zu sehen. Da war der scheinbar endlose, weiße Strand. Sowohl nach Norden, wie nach Süden. Ins Wasser zu gehen, um zu schwimmen und sich zu erfrischen, war überall möglich und ich tat es täglich. Immer inmitten einer Horde lärmender und fröhlich tobender Kinder. Sie waren allesamt Wasserratten. Angesichts ihrer Zukunft als Fischer war das nur natürlich.

Hundert Meter abseits der Wasserlinie erhob sich die große Düne parallel zum Saum des Meeres. Sie schien nicht zu wandern, denn sie war mit groben Gräsern bewachsen. Und hinter dieser Düne erstreckte sich diese riesige Ebene, soweit ich sehen konnte. Ein anderes Dorf sah ich in keiner Richtung.

Tag für Tag wurde ich kräftiger und immer häufiger machte ich mir Gedanken über Möglichkeiten, nach Hause zu kommen. Mir ging es hier wirklich gut, doch das konnte ja keine Dauerlösung sein. Mich ohne Gegenleistung durchfüttern zu lassen, lag mir nicht. Langsam plagte mich mein Gewissen. Aber wie sollte ich diesen Menschen hier klarmachen, dass ich endlich zurück in meine Heimat müsse?

Am sechsten Tag hörte ich ein Motorfahrzeug herantuckern. Ich hatte gerade meinen Mittagsschlaf an der Seite meiner schwarzen Blume hinter mir und stürzte neugierig zur Hütte hinaus. Da rollte doch tatsächlich ein alter, klapperiger Lastwagen heran und stoppte schließlich vor der Fischhütte. Auf seiner Ladefläche türmte sich ein großer Stapel von Baumholz in Meterstücken. Zwei Männer sprangen aus dem Führerhaus. Sie hatten andere Gesichter als die Menschen dieses Dorfes. Schmal und weniger dunkel. Eher nordafrikanisch, dachte ich. Araber vielleicht? Sie waren auch in weiß, aber anders gekleidet. Wie in bodenlange Hemden und ohne Kopfbedeckung. Dunkle Augen, schwarzes Kopfhaar und schwarze Bärte. Ob sie vielleicht irgendeine europäische Sprache verstanden?

Während mehrere Männer des Dorfes das Holz von der Ladefläche warfen, begaben sich die beiden Fahrer in den Schatten des Baumes. Als der Häuptling in der Tür seiner Hütte erschien, verneigten sie sich ehrfürchtig vor ihm. Dann blieben ihre Augen voller Überraschung an mir hängen. Ich stand neben dem Häuptling mit abschätzendem Blick. Sie sprachen mit dem alten Mann, während ihre Augen aber immer wieder voller Interesse in meine Richtung abgelenkt wurden. Der Alte erklärte ihnen wohl, wie ich hierher kam und sie waren sichtlich überrascht. Mir schien, dass diese Männer gewiefte Geschäftemacher waren. Ihre Mimik und Gestik war überschwänglich und sicherlich handelten sie schon lange mit den Bewohnern dieses Dorfes und bestimmt auch einer Menge anderer Dörfer. Sie lieferten Holz und nahmen als Bezahlung Fisch. Vielleicht würden sie die in irgendeine Stadt bringen? Eine mit einer europäischen Behördenvertretung sogar? Und mit einem Flughafen? Gedanken der Hoffnung breiteten sich blitzschnell in meinem Kopf aus.

Endlich schien es mir, als wären die Geschäftsverhandlungen abgeschlossen. Die beiden Fahrer wandten sich ab und besprachen etwas. Ich konnte nichts davon verstehen und mir schien, dass ihr Gespräch auch heimlicher Natur war. Dann wandten sie sich erneut um und kamen zu mir. Sie sprachen mich an. Erst auf Arabisch, glaubte ich zu erkennen. Davon verstand ich gar nichts. Dann auf Französisch, dass erkannte ich sofort, aber Französisch hatte ich nie gelernt und hob erneut die Schultern. Jener, der bisher nicht gesprochen hatte, versuchte es auf Englisch. Sein Englisch war nicht besser als meines. Trotzdem konnten wir uns gut verständigen. Er wollte wissen, ob ich nicht mit in die Stadt wolle. Heimlich jubelte ich: 'Endlich!', versuchte aber, ein gleichgültiges Gesicht zu machen. Schließlich hatte ich nichts, um sie zu bezahlen und ohne Bezahlung würden diese Zwei bestimmt nichts tun.

Deshalb sagte ich: 'In welche Stadt fahrt Ihr?'

Er antwortete: 'Nach Dakar'.

'Dakar?', dachte ich. 'Das ist doch die Hauptstadt vom Senegal'. In Erdkunde war ich schon immer gut. Also befand ich mich im Senegal?

'In die Hauptstadt also?', frug ich scheinheilig.

'Ja, ja. In die Hauptstadt', antwortete er grinsend.

Irgendwie waren mir die Zwei unsympathisch. Sie hatten Heimlichkeiten, verständigten sich mit hinterhältigen Blicken. Ich erinnerte mich an viele Erzählungen von Seekameraden während meiner Zeit bei der Handelsschifffahrt. Viele hatten böse Erfahrungen in armen Ländern gemacht. Auch in Nordafrika. Seeleute, die während ihrer Hafenliegezeiten die fremden Städte kennenlernen wollten, wurden überfallen und ausgeraubt. Manche waren für immer verschollen, sicher wegen ein paar Dollars ermordet und verscharrt. Anderen riss man brutal Uhren von den Handgelenken oder schnitt ihnen sogar Finger ab, um vermeintlich kostbare Ringe zu erbeuten. Aber hatte ich eine andere Wahl? Wie sonst sollte ich von hier wegkommen? Mittellos wie ich war? Aber vielleicht war ich ja viel zu misstrauisch. Und falls ich mich verteidigen müsste, hatte ich ja immer noch mein Messer, von dem sie nichts wissen konnten. Einigermaßen kräftig fühlte ich mich ja auch bereits. Hatte fast eine Woche lang gut gegessen und viel geruht.

'Ach, ich weiß nicht. Mir geht es hier gut. Warum sollte ich hier weg?'

'Aber hier können Sie doch nicht für immer bleiben. Und außer unseren komfortablen Transporter für Güter und Menschen gibt es hier nichts, womit sie in die nächste Stadt kommen könnten. Wir sind die einzigen, die eine Verbindung zwischen den Küstendörfern und der Stadt aufrecht halten. Auch Leute dieses Dorfes fuhren schon mit uns.'

'Ich habe nichts, um Euch zu bezahlen. Alles, was ich besaß, liegt irgendwo auf dem Meeresgrund.'

'Wir sind großzügige Kaufleute. Zurück müssen wir sowieso. Es würde Sie nichts kosten.' Ihre überschwängliche Freundlichkeit war mir verdächtig. Sie drängten sich regelrecht auf.

Inzwischen war die Ladefläche des Lastwagens leer. Für mich war längst klar, dass ich diese Gelegenheit nutzen musste. Aber ich durfte nicht zu viel Interesse zeigen. Also sagte ich mit gleichgültiger Miene: 'Wann fahrt Ihr denn los?'

'Bevor die Sonne untergeht, werden die Fische aufgeladen. Die Hitze des Tages ist nicht gut für sie. Deshalb fahren wir in der Nacht. Morgen früh sind wir auf dem großen Bazar von Dakar.'

'Ihr sprecht doch die Sprache dieser Leute hier. Ich bitte Euch, zu dolmetschen.'

'Natürlich können wir das. Und wir tun es gern. Was möchten Sie denn wissen?'

Ich dachte, dass es vielleicht nicht schlecht wäre, einen Warnschuss abzugeben. Vielleicht würde es mir gelingen, diese beiden zweifeln zu lassen, mit mir ein leichtes Spiel zu haben. Ich vertraute ihnen immer weniger, je länger ich nachdachte. Und da war dieses Gefühl, das mich zur Vorsicht zwang. Wenn sie also versuchen wollten, irgendeine Schweinerei zu veranstalten, sollten sie wissen, dass ich sie vielleicht durchschaut haben könnte. Also nahm ich den Arm dessen, der Englisch sprach mit bewusst hartem Griff und führte ihn zum Häuptling. Der saß noch immer auf seinem Thron.

'Hochverehrter Häuptling dieses Dorfes und seiner Bewohner, die meine Retter und Freunde wurden. Übersetze das!'

'Ja und was noch?', frug der Dolmetscher überrascht. Der andere war uns natürlich gefolgt und ich bemerkte einen Wechsel fragender, rätselnder Blicke zwischen den beiden.

'Übersetze erst diesen Satz', antwortete ich in scharfem Ton.

Er tat es und der Häuptling nickte kurz, sah mich aber mit freundlich fragendem Blick an.

'Ich möchte vom Häuptling wissen, ob er mir raten kann, mit Euch in die Stadt zu fahren', übersetze auch das, aber genau so, wie ich es gesagt habe'. Dabei sah ich ihm streng in die Augen und beobachtete gleichzeitig den anderen neben ihm. Tatsächlich schienen beide nicht nur überrascht, sondern verunsichert. Und weil ich sie so scharf beobachtete, vermieden sie sogar Blickkontakt zueinander. Dann folgte die Übersetzung. Ob sie korrekt war, konnte ich natürlich nicht wissen.

Aber der Häuptling zog seine Augenbrauen nach oben und begriff wohl, dass ich diesen Männern nicht traute. Er antwortete schließlich in ruhigem, aber drohendem Ton mit Blick auf die zwei Araber. Die waren erstaunlich blass geworden. Der Dolmetscher stotterte sogar, als er die Worte des Alten übersetzte: 'Der Häuptling sagte, dass es niemand wagen sollte, einen seiner besten Freunde zu hintergehen. Du stehst unter seinem Schutz und wer sich gegen Dich erhebt, den werde sein Fluch treffen. Er ist nämlich nicht nur der Häuptling dieses Dorfes, sondern auch Schamane. Er bedauert, dass Du fortgehen willst, aber Du hast sein Verständnis, in Deine Heimat zurück zu wollen. Sein Segen wird Dich begleiten.'

'Also gut, dann werde ich mit Euch fahren. Und wenn Ihr mich an die Botschaft meines Landes bringt, werdet Ihr auch eine Belohnung bekommen.'

Die Fahrer schienen erleichtert. Sie setzten sich an den Stamm des großen Baumes und begannen leise miteinander zu sprechen. Es folgte eine heftige Diskussion, ihre tiefe Verunsicherung war deutlich. Für mein Empfinden hatten sie gerade einen Plan aufgegeben, der mich ins Verderben führen sollte. Welcher Art ein solcher Plan gewesen sein könnte, war mir schleierhaft. Allerdings kannte ich nichts von dem, was an kriminellen Machenschaften in diesem Land möglich waren. Lösegelderpressung vielleicht? Schließlich wussten sie, dass ich aus einem wohlhabenden Land kam. Ich wollte weiterhin wachsam sein, doch glaubte ich nun, dass ich einigermaßen sicher sei.

Der Häuptling hatte mir noch einmal in kluger Weise geholfen. Und als ich abends Abschied von ihm und seinen drei Frauen nahm, umringt von der gesamten Dorfbevölkerung, überreichte er mir einen Talisman zu meinem Schutz. Der Dolmetscher sagte nach Aufforderung durch den Häuptling, dass mir kein Unheil geschehen werde, solange ich ihn trüge.

Es war der Zahn eines Löwen an einem dünnen Lederband. Meine schwarze Freundin band ihn mir mit feuchten Augen um den Hals. Und als ich in das Auto stieg, begannen alle zu singen und ihren seltsamen Tanz aufzuführen. Sicher mir zu Ehren. Ich war sehr gerührt. Die Seitenscheibe hatte ich herunter gedreht und mich weit hinausgelehnt. Ich winkte zurück, solange ich noch einen von ihnen sah und sie winkten ebenfalls. Alle - Männer, Frauen und Kinder. Ich gebe zu, dass mir schwer ums Herz war. Diese einfachen Menschen hatten sich menschlicher gezeigt, als es in irgendeiner sogenannten Zivilisation denkbar wäre. Und ich nahm mir vor, eines Tages zurückzukehren und sie zu belohnen. Womit, wusste ich nicht, aber da sollte mir schon was einfallen.

Erhoffte Heimkehr

Der Dolmetscher saß am Steuer. Erst sehr spät, als kaum noch etwas zu sehen war, schaltete er die Scheinwerfer ein. Es leuchtete aber nur einer, wie ich vor uns auf dem Sand sehen konnte und ich erkannte auch, dass der Scheinwerfer vielleicht bald abfallen würde, denn der Lichtkegel vor uns flatterte unentwegt. Wir waren das einzige Fahrzeug auf dieser Piste auf dem feinsandigen Strand im Senegal und fuhren jetzt nach Süden, rechts schimmerte schwach das Meer. Der sandige Boden war einigermaßen fest und eben. So konnte er mit Vollgas fahren. Jedenfalls so schnell, wie dieses alte, klapperige Gefährt es zuließ. Ich glaubte, dass es weniger als sechzig Kilometer pro Stunde gewesen sind. Ich saß rechts auf dem Beifahrersitz und vermied es, mich gegen die Tür zu lehnen. Ich befürchtete, dass sie aufspringen könnte.

Der zweite Mann saß in der Mitte und wurde schläfrig. Sein Kopf sank ihm immer wieder auf die Brust. Mir war gar nicht nach Schlaf zumute, ich war viel zu aufgeregt. Ich fühlte mich diesen Kerlen ausgeliefert. Mein Kopf suchte ständig nach irgendwelchen Hinweisen auf eine Gefahr. Ich traute diesen Männern kein bisschen. Ihr Verhalten in diesem Fischerdorf kam mir sehr merkwürdig vor. Ihre heimlichen Blicke, ihre abseits geführten Unterhaltungen im Flüsterton. Selbst ihre Freundlichkeiten kamen mir gespielt vor. Würden sie die Warnungen des Häuptlings überhaupt ernst nehmen? Für sie könnte es doch nicht schwer sein, bei ihrem nächsten Besuch im Dorf zu behaupten, mich wohlbehalten abgeliefert zu haben. Die Dorfbewohner könnten das doch überhaupt nicht überprüfen, selbst wenn sie einen Verdacht schöpften. Außerdem könnte es ihnen doch sowieso egal sein. Sie hatten ihr eigenes Leben und ihre eigenen Tagesabläufe. Dieser Fremde konnte doch für sie nur eine willkommene Abwechslung gewesen sein, die im Augenblick seiner Abreise der Vergangenheit angehörte. Wen könnte schon interessieren, wenn ich irgendwohin verschleppt würde oder gar verscharrt?

Weit nach Mitternacht verließen wir den Strand. Die Piste führte nach links in die Dünen hinein. Jetzt wurde es holperig und hier war der Sand lockerer, der Wagen hinterließ eine tiefe Spur. Plötzlich stoppte der Fahrer das Fahrzeug inmitten vieler Dünen. Vom Meer war hier weder etwas zu sehen, noch zu hören. Mond und Sterne verbreiteten ein schwaches Licht. Ich spannte mich und schob meine rechte Hand vorsichtig zu meinem verborgenen Messer und öffnete den Knopf der Sicherung. Aber der Fahrer stieg nur aus und sein Kollege rutschte auf den Fahrersitz. Der abgelöste Fahrer erleichterte seine Blase ungeniert neben dem Wagen, kam schließlich um das Führerhaus herum und öffnete die Beifahrertür. Mit Handzeichen forderte er mich auf, nach innen zu rücken, damit er einsteigen könne. Ich zögerte. Das war mir unangenehm. Direkt an der Tür zu sitzen, war ein Vorteil, den ich ungern aufgab. Bei Gefahr hätte ich vielleicht abspringen können. Aber er ließ nicht locker, drückte mich schließlich sogar ärgerlich auf den mittleren Sitz. Jetzt war meine Anspannung noch größer. Weiterhin wurde kein Wort gesprochen. Das Auto rollte wieder an und kurvte durch die hügeligen Dünen. Jetzt schlief der Mann rechts neben mir, mutig an die Tür gelehnt, die genauso klapperte wie das ganze Auto. 'Wenn die aufspringt, liegt er draußen', dachte ich, doch nichts geschah. Stunde um Stunde schaukelten wir weiter, immer noch nach Süden.

Im Morgengrauen tauchten die ersten Hütten einer Siedlung auf. Der Boden unter uns war wieder fester, aber unzählige Schlaglöcher verhinderten eine schnellere Fahrt. Das Tempo musste weiter gedrosselt werden. Die Siedlung war menschenleer, die Bewohner schliefen wohl noch. Das Auto klapperte erbärmlich auf dieser Straße zwischen den Hütten auf beiden Seiten. Als sich die Sonne im Osten über die dortigen Dünen erhob, erkannte ich, dass diese Siedlung der Vorort einer größeren Stadt sein musste. In der Ferne erhoben sich höhere Gebäude. Dakar vielleicht schon?

Endlich schien das Ziel der Männer erreicht zu sein. Wir rollten langsam auf einen großen Platz neben dieser Straße. Ein Chaos von Verkaufsständen breitete sich über eine große Fläche zwischen vielen Häusern ringsum aus. Dies musste der Bazar sein. Tatsächlich hielten wir vor einer großen Halle, die in der Mitte des Platzes stand. Rings um dieses flache Gebäude war ein Gewirr von Ständen armer Händler. Der Dolmetscher gebot mir, im Auto zu bleiben. Sie würden es jetzt entladen und mich anschließend in das Stadtzentrum zu meiner Botschaft bringen. Ich war erleichtert. Jetzt könnte mir doch keine Gefahr mehr drohen, wo es überall rundum Häuser und Hütten gab, und immer mehr Menschen auf den Straßen. Ich atmete auf und nahm meine Hand endlich vom Messergriff.

Es wimmelte inzwischen ringsum von Menschen mit schwarzen Gesichtern. Sie liefen zwischen den Ständen umher, blieben hier oder dort stehen und verhandelten um Gemüse oder andere Waren. Auch durch den breiten Eingang der Halle strömten kaufwillige Bazarbesucher in beide Richtungen. Manche kamen mit Beuteln heraus. Bestimmt waren in einigen auch Fische von meinen Freunden.

Endlich war die Ladefläche leer, alle Kisten in der Halle. Die Fahrer kehrten mit zufriedenen Gesichtern zurück. Sie hatten wohl ein gutes Geschäft gemacht. Während sie ganze Bündel von Geldnoten in den Taschen ihrer weiten Hemden verstauten, stiegen sie zurück ins Fahrerhaus. Wieder wurde ich rigoros in die Mitte gedrängt. Aber was könnte nun noch passieren? Die lange Strecke durch menschenleere Gegenden hatten wir ja hinter uns. Jetzt war es hell und wir fuhren durch eine belebte Stadt. Richtung Zentrum noch dazu, hin zu den großen Gebäuden.

Aber jetzt mussten wir noch langsamer fahren. Die Löcher auf der Straße wurden immer größer und tiefer. Es war ein fürchterliches Geschüttel trotz langsamster Fahrt. Noch weit vor den hohen Gebäuden in der Ferne rollten wir durch eine Siedlung aus ärmlichsten Hütten. Rechts und links der Straße gab es nur noch Blech- oder Pappwände und zwischen diesen Behelfshütten schmale, schulterbreite Gänge. Schmutz und Müll lag überall zuhauf, und in vielen Gräben und Pfützen glänzte eine stinkende Brühe in der Morgensonne. Ein Slum der schlimmsten Sorte. Hier wimmelte es nicht von Menschen. Nur wenige, fast nackte Kinder liefen zwischen den Hütten umher. Bei diesem Anblick schauerte es mich und ich empfand tiefes Mitleid mit diesen Kindern dort. Meine Blicke wanderten ständig von rechts nach links und wieder zurück.

Plötzlich stieß der Fahrer einen lauten Ruf aus und deutete mit der Hand nach links. Ich wandte meinen Kopf in jene Richtung und suchte mit den Augen irgendeine Auffälligkeit. Aber da war nichts außer dieser Blechhütten, genau wie auf der rechten Seite. 'Dort - dort!', rief er laut und ungeduldig, als ärgerte er sich, dass ich seinen Hinweis nicht erkannte. Ich reckte meinen Hals, sah aber immer noch nichts Auffälliges. Doch plötzlich spürte ich einen schmerzhaften Ruck an meinem Hals und gleich darauf einen heftigen Schlag gegen den Kopf. Dann war es dunkel um mich."

Dass es irgendein schlimmes Ereignis geben würde, hatte sich ja schon angedeutet. Wie Hein immer wieder von seinen Ängsten und Bedenken sprach, war es zu erwarten. Also hatte ihn sein Misstrauen nicht getäuscht. Diese zwei Araber waren nicht nur gewiefte Geschäftemacher, sondern auch skrupellose Verbrecher. Woher sie das Holz für die Fischer hatten, konnte man sich denken. Vielleicht war das irgendwo gestohlen, denn diese Zwei hatten sich bestimmt nicht die Mühe gemacht, es in irgendeinem fernen Wald zu schlagen oder zu kaufen. Gestohlenes Holz also gegen Fische eingetauscht, für die es bei den Bazarhändlern bestimmt eine Menge Geld gab. Und nun bot sich für diese geldgierigen Banausen sogar noch die Gelegenheit, einen Europäer zu kidnappen, um aus seiner Heimat eine größere Summe herauszupressen. Dass diese einfältigen Europäer auch nicht den Geringsten ihres Volkes im Stich lassen würden, war für sie klar. Armer Hein! Was sein Schicksal ihm so alles abverlangte!

Kidnapping

Heins Hände zittern stark, als er jetzt seine frisch entzündete Pfeife zum Mund führt. Er kann seine starke Erregung nicht verbergen. Sogar seine Augen zeigen deutlich aufsteigende Ängste. Oder was ist es sonst, das ihn so erregt? Jedenfalls müssen es extrem beängstigende Erlebnisse sein. Deshalb erwartete ich jetzt qualvolle Erinnerungen aus den nächsten Erzählungen. Mir war klar, dass Lösegeldverhandlungen aus diesem westafrikanischen Land heraus nach Europa langwierig sein mussten. Und schon machte ich mir Gedanken, wie lange Hein wohl in einem finsteren, stinkenden Loch, gefesselt an Händen und Füßen, ausharren musste. Wahrscheinlich wieder mit viel zu wenig und dazu noch miserabler Nahrung versorgt wurde. Vielleicht zeigt deshalb sein Körper noch heute die Folgen der Unterernährung während des Lebens auf dem Eisberg und in der Gefangenschaft. Seine drahtige Erscheinung dürfte vielleicht die Folge davon sein.

"Als mein Geist wieder in meinen Körper zurückkehrte, lag ich gefesselt auf der Ladefläche eines Lastwagens.

Bestimmt war es jener, in dem ich niedergeschlagen wurde. Das Motorgebrumm und das ständige Geklapper kamen mir sehr bekannt vor. Ich war mit jener Plane vollständig zugedeckt, die vorher die Fischkisten schützte. Ich roch es deutlich. Wie ein Stück erlegtes Wild hatten sie mich also auf den harten Bretterboden geworfen. Rühren konnte ich mich nicht. Die Hände waren an den Gelenken auf dem Rücken gefesselt und an die ebenfalls gefesselten und nach hinten gewinkelten Beine gebunden. So eng war ich verschnürt, dass ich mich noch nicht mal umdrehen konnte, um vielleicht mal auf der anderen Seite zu liegen. Der Kopf schmerzte und brummte gewaltig. Geknebelt war ich zwar nicht, doch um Hilfe zu schreien, wäre sowieso zwecklos. Dieser ständige Lärm würde jeden Ruf ersticken. Das war klar. Also blieb mir nur, abzuwarten. Sicher würden sie mich bald hier herunter holen, um mich irgendwo zu verstecken. Hoffentlich nicht in ein stinkiges, feuchtes Erdloch. Zu weit weg von der Stadt würde es wohl nicht sein dürfen, sonst hätten sie zu viel Mühe bei den Verhandlungen mit irgendwelchen Behörden, um mich vielleicht gegen Lösegeld einzutauschen. Bestimmt würden sie sich verdeckt an meine Botschaft wenden, dachte ich. Aber ob sie dort Erfolg haben würden, konnte wohl bezweifelt werden. Immerhin galt ich in der Heimat sicherlich als tot und nicht nur als vermisst. Und vielleicht würde ich ja auch eine Möglichkeit finden, mich zu befreien und zu fliehen? Bisher hatte mir ja das Glück oder was auch immer, zur Seite gestanden. Hoffentlich auch dieses Mal. Die Hoffnung wollte ich jedenfalls nicht aufgeben. Solange man lebt, darf man auch um sein Leben kämpfen.

Aber das Auto rollte und rollte immer weiter. Wie lange wir schon unterwegs waren, konnte ich nicht einschätzen. Ich wusste ja nicht, wie lange ich ohne Besinnung war. Manchmal war die Straße eben, dann gaben sie Gas. Wenn ein schlechter Straßenabschnitt kam, rüttelte und schüttelte es schrecklich und ich hatte Mühe, meinen Kopf vor weiteren Schlägen zu schützen. Das gelang aber nicht immer. Oft knallte er auf die harten Bretter des Bodens, genau wie der übrige Körper. Ich lag auf meiner linken Seite und die Qualen durch den häufigen Aufprall von Schulter und Hüftknochen wurden immer unerträglicher. Alles fühlte sich längst wund an und die Fahrt wollte kein Ende nehmen. Ich wünschte, so gut gepolstert zu sein, wie meine Freundin der vergangenen Tage, oder wenigstens eine dünne Matratze unter mir zu haben. Wenn sie doch endlich mal anhalten würden und mich halt doch in ein finsteres Erdloch stecken, wünschte ich immer öfter, damit diese Qualen endlich aufhören würden. Aber sie fuhren und fuhren. Irgendwann verlor ich erneut das Bewusstsein. Es war wohl so eine Art Notmaßnahme meines Körpers, um nicht jetzt schon mein Leben auszuhauchen.

Als ich irgendwann wieder zu mir kam, hatte das Auto angehalten. Wie lange wir jetzt schon wieder unterwegs gewesen sind, oder wie lange das Auto hier stand, konnte ich nicht wissen. Die Plane war nicht mehr über mir, aber ich lag immer noch gefesselt auf diesen harten Brettern. Außer mir befand sich nichts auf der Ladefläche, außer ein paar Rindenstücke der vorher transportierten Baumhölzer. Neben dem Auto hörte ich mehrere Männerstimmen. Es hörte sich an, als würde man über irgendetwas verhandeln. Manchmal wurde es laut und aggressiv. Wenn ich den Kopf unter heftigen Schmerzen ein wenig drehte, konnte ich über dem Rand der Bordwand neben mir grüne Baumwipfel sehen. Es mussten sehr hohe Bäume sein in einem Gewirr von Lianen. Es sah wie ein Urwald aus und ich hörte viele fremdartige Vogelstimmen. Sie klangen so friedlich und angenehm, völlig gegensätzlich zu den arabisch klingenden Worten der Männer. Den Schatten dieser Bäume empfand ich als sehr angenehm. Hier war es warm, aber nicht heiß.

Plötzlich wurde die Seitenwand heruntergeklappt. Da standen mehrere Männer mit schwarzen Bärten im Gesicht. Alle gleich gekleidet, alle mit arabischen Gesichtern. Die zwei Fahrer waren dabei. Sie starrten mich an und erkannten wohl, dass ich wieder bei Besinnung war. Da zerrten mich die Fahrer gemeinsam zum Rand der Ladefläche und zogen mich brutal herunter. Als ich auf dem kühlen Waldboden lag, schnitt einer die Stricke durch, die meine Beine fesselten. Mit meinem Messer, wie ich sehen konnte. Man hatte es also gefunden und mir abgenommen. Die Hände blieben gefesselt. Sie rissen mich hoch. Aber ich war so geschwächt, dass ich nicht stehen konnte und sackte sofort auf den Boden zurück. Eine neue Diskussion entstand. Einer der Fremden war besonders laut. Er trat vor den Fahrer mit dem Messer und forderte es. Der wurde sofort kleinlaut und gab es ihm. Mir schien, dass der neue Besitzer meines Messer hier der Wortführer für alle war. Er bückte sich zu mir herunter. Wollte er mich etwa abstechen? Jetzt war es mir schon egal, so wären wenigstens diese Qualen vorbei, mein Körper bestand aus einem einzigen Schmerz. Aber er schnitt nur die Handfesseln durch. Dann befahl er den beiden Fahrern, mich aufzurichten und in eine Hütte zu schleppen. Tatsächlich mussten sie mich mehr über den Boden ziehen als führen, meine Beine waren nicht fähig, selbst diesen leichten, ausgemergelten Körper zu tragen.

Während der wenigen Schritten zur Hütte bewunderte ich diesen Wald. Wann hatte ich zuletzt so viel Grün gesehen? Es war eine wahre Wohltat nicht nur für die Augen, sondern auch für die Seele. Dieses Dickicht zog sich rechts und links an sanften Hügeln aufwärts und ließ diesem Pfad, auf dem das Auto hierher kam, kaum genügend Platz. An manchen Stellen schien dieser Pfad fast zugewachsen. Sicher hatten tausende Zweige das Auto gestreift bei seiner Fahrt hierher. Schade, dass ich davon nichts gehört hatte.

Jetzt stand das Auto auf einem kleinen Platz vor der Hütte aus rohen Brettern. Sie war alt und windschief, die Wildnis streckte schon ihre Fühler nach ihr aus. Ranken zogen sich von beiden Seiten zum Dach hinauf. Irgendwann würde sich die Natur dieses Versteck bestimmt zurückholen und unbrauchbar machen.

Die Hütte hatte keine Fenster und der einzige Zugang war durch einen schweren Vorhang aus dickem Gewebe verhangen. Die zwei Fahrer zerrten mich zum Eingang. Einer drückte den Vorhang zur Seite. Drinnen war es ziemlich dunkel. Nur durch schmale Ritzen zwischen den Brettern drang ein wenig Licht herein. In der hintersten Ecke drängten sich mehrere Frauen ängstlich aneinander. Sie hatten schwarze Gesichter, waren also keine Araberinnen. Von der Küstenregion konnten sie auch nicht sein. Die Gesichter jener Volksgruppe sahen noch anders aus. Sie waren allesamt sehr jung, manche fast noch Kinder. Ihre Bekleidung bestand nur aus verschieden bunten Tüchern, die von der Hüfte bis zu den Knien reichten. Die Oberkörper waren völlig nackt. Auch an ihren Brüsten war zu erkennen, dass viele von ihnen noch nicht mal geschlechtsreif sein konnten. Ich zählte zwölf.

Wenn sie sich bewegten, klirrte es verdächtig. Als ich auf ihre nackten Füße blickte, konnte ich die Ursache erkennen. Sie waren mit Stahlmanschetten um die Fußgelenke und kurzen Ketten dazwischen, gefesselt. So konnten sie nur ganz kleine Schritte machen und bestimmt nicht fliehen. Ringsum an den Wänden gab es Liegeplätze aus Matratzen und Decken. Genau zehn Stück. Moskitonetze hingen über den Liegeplätzen von der Decke herab. Ich erschrak, denn mir wurde jetzt bewusst, dass ich mich unter Menschenräubern befand. Meine Fahrer und Entführer hatten es nicht auf Lösegeld abgesehen, sie waren auf Menschenfang. Unter dem Deckmantel ihrer Handelstätigkeit verbargen sie ihre Lauer auf Menschenbeute. Jetzt hatten sie sogar ein weißes Opfer erobert, dass auf irgendeinem Sklavenmarkt bestimmt viel Geld einbrachte. Jedenfalls mehr, als ihr Handel mit Holz und Fischen. Und ihre Kumpanen hatten wohl gerade irgendwo im Dschungel noch reichere Beute gemacht, die nun hier in Ketten auf einen Weitertransport warten musste. Dies hier war also das Versteck und der Sammelpunkt irgendeiner verbrecherischen Organisation.

Ich sollte also als Sklave irgendwohin verkauft werden? Weiße Sklaven waren bestimmt in manchen Gebieten Arabiens sehr gefragt. Frauen jeder Hautfarbe, vor allem sehr junge, jedenfalls zum Vergnügen der Männer. Und weiße Männer aufgrund ihrer Fähigkeiten als Handwerker oder was auch immer, für allerlei Arbeiten. Doch Weiße zu fangen, war sicherlich seltener möglich. Leichter musste es jedenfalls sein, Schwarze irgendwo im Dschungel zu überfallen. Wozu sie diese Mädchen versklavten, war zu erahnen. Mit ihnen konnte doch jeder skrupellose Macho machen, was ihm gefiel. Sowohl die Räuber als auch deren Abnehmer. Ob sie wollten oder nicht, sie mussten gefügig sein. Tags und nachts, solange sie für ihre Besitzer attraktiv genug waren. Ähnlich wie bei manchen Pferdebesitzern, die so lange freundlich zu ihren Tieren sind, wie sie ihre sportlichen Ambitionen befriedigen oder fähig sind, hart zu arbeiten. Taugen sie dazu nicht mehr und verbrauchen nur noch Futter, dann wandern sie bald zum Schlachter. Was aber würde diesen Mädchen geschehen, wenn sie unattraktiv oder zu alt geworden sind? Würde man sie vielleicht weiter verkaufen? Als billige Arbeitskräfte in die Minen der Gold- oder Diamantenschürfer?

Die zwei Männer warfen mich auf die letzte Matratze im hintersten Winkel des einzigen Raumes in dieser Hütte. Dann sprachen sie in barschem Ton zu den Mädchen. Völlig verängstigt klammerten die sich noch enger aneinander. Sie verstanden nicht, was zu ihnen gesprochen wurde. Ihre Augen waren weit aufgerissen und leuchteten weiß im Dämmerlicht. Also brüllten die Männer ihre Befehle und zeigten mit den Händen, was sie verlangten. Dieses aggressive Verhalten hatte zur Folge, dass die Mädchen heftig zu zittern und zu wimmern begannen. Und mit zitternden Händen taten sie schließlich, was von ihnen verlangt wurde. Sie sollten mich säubern und füttern. Der Anführer draußen hatte wohl befohlen, mich aufzupäppeln, damit ich auf dem Sklavenmarkt mehr Ertrag bringen würde. War er deshalb so aggressiv gegen meine brutalen Häscher gewesen? Hatte sie für meinen erbärmlichen Zustand verantwortlich gemacht und deshalb mit ihnen geschimpft? Aber warum hatten die mich überhaupt so miserabel behandelt und dadurch meinen Wert verringert? War es wegen meines misstrauischen Auftretens dort in diesem Fischerdorf? Oder die Folge der Angst vor den warnenden Prophezeiungen des alten Schamanen?

Zaghaft näherten sich mir die Mädchen, als die beiden Fahrer wieder nach draußen gegangen waren. Sie schlugen das Moskitonetz zur Seite und berührten mich ängstlich und ganz vorsichtig. Es gab kaum eine Stelle an meinem Körper, die nicht geschunden war und das erkannten sie. Schürfwunden und blaue Flecken bedeckten ihn vor allem an der linken Seite. Auch der Kopf war dort mit Beulen von den harten Schlägen bedeckt, manche sogar aufgeplatzt und mit Blut verkrustet. Sicher würden viele Tage vergehen, bis ich erneut transportiert werden könnte.

Ich wurde entkleidet. Wiedermal. Aber diesmal nicht fröhlich und unter Gelächter. Immer wieder hörte ich Laute des Erschreckens. Eines der Mädchen hatte ein Gefäß mit kaltem Wasser angeschleppt. Mehrere betupften mich mit nassen Lappen. Zu reiben, wagten sie nicht. Wenn ich stöhnte, schreckten sie sofort zurück. Die Älteste, ich schätzte sie auf vielleicht dreißig, wurde langsam mutiger und leitete die anderen an. Ihre Stimmen waren leise und klangen angenehm. Wie das Summen von Bienen empfand ich es. Als sie meinen Körper von allen Seiten betupft und gekühlt hatten, deckten sie mich mit einem dünnen, bunten Tuch vorsichtig zu. Nur mein Kopf blieb unbedeckt.

Die vordere Hälfte meines Halses hatten sie ebenfalls ganz vorsichtig gereinigt. Ein brennender Schmerz war dort. Ich tastete mit einer Hand und erfühlte eine lange, schmale Wunde, die fast rundum verlief. Gleich war mir klar, woher ich diese Wunde hatte. Dieser heftige Ruck, bevor mir der Schlag auf den Kopf das Bewusstsein nahm. Der Talisman des Häuptlings war weg. Der Mann rechts neben mir im Auto hatte erst den Talisman abgerissen, bevor er mir irgendetwas auf den Schädel schlug. Wahrscheinlich hoffte er, so der Rache des schamanischen Häuptlings zu entgehen. 'So lange Du diesen Zahn des Löwen trägst, wird Dir kein Unheil geschehen', hatte der gesagt. Also musste der Zahn weg, dann durfte er ja zuschlagen. 'Hoffentlich irrt er sich und hoffentlich verkehrt sich seine Hoffnung, der Gefahr einer Bestrafung durch das Entfernen des Talisman zu entgehen, in das Gegenteil. Schließlich könnte es doch sein, dass jemand, der diesen Talisman zu Unrecht trägt, der himmlischen Rache des Schamanen erliegt und ihn selbst ins Verderben führt?', dachte ich voller Zorn.

Ja, ich war rachsüchtig geworden. Dieses menschenverachtende Verhalten geldgieriger Verbrecher widerte mich zutiefst an. Weniger meinetwegen eigentlich. Mich erbarmte vor allem der Anblick dieser völlig eingeschüchterten Mädchen. Aus ihren Familien waren sie herausgerissen worden und verschleppt, um irgendwo sexwütigen Männern gefügig zu sein. In mir stieg ein Hass auf, wie ich ihn nie zuvor gekannt hatte. Und ich schwor mir, gnadenlose Rache zu üben, wenn es mir mein Schicksal erlauben würde. Solche Menschen wie diese Räuber hier und auch jene, die ihnen ihre 'Ware' abkauften, hatten in meinen Augen kein Recht auf ein Leben innerhalb einer menschlichen Gesellschaft.

Mein linker Arm schmerzte höllisch. Ich konnte ihn überhaupt nicht bewegen. Ob er vielleicht irgendwo gebrochen war? Auf der Ladefläche hatte vor allem er diese barbarischen Stöße abzufangen. Dem linken Hüftknochen ging es nicht besser. Ich war so froh, endlich auf dem Rücken liegen zu dürfen. Ohne Geschüttel und Gerüttel und diesen ständigen Lärm des Fahrzeugs.

Die Mädchen beobachteten mich. Sie standen wieder in ihrer Ecke, nicht weit von meinem Liegeplatz. Mir schien, dass sie Mitleid mit mir empfanden. Wenn mir ihre Blicke begegneten, versuchte ich zu lächeln. Manchmal erkannte ich ein zögerndes Erwidern. Sie waren ja selbst noch weit mehr als ich in einer Lage voller Qualen und Ängste. Meine Schmerzen würden irgendwann vergangen sein. Aber ihre standen ihnen bestimmt noch bevor.

Die Älteste kam mit einer kleinen Schüssel. Es war die untere Hälfte einer Kalebasse. Sie hockte sich neben meine Matratze und fütterte mich mit ihren Fingern behutsam mit Hirsebrei. Ohne Gemüse, ohne Fisch oder Fleisch, sogar ohne Fett. Nur gedämpfte Hirse. Davon würde ich bestimmt nicht wieder zu Kräften kommen und auf dem Sklavenmarkt nicht viel Gewinn bringen. Sicher bekamen die Mädchen selbst nichts anderes. Wie lange wohl schon? Als die Schüssel leer war, spürte ich die Hand der Älteren auf meinem Haar. Sie streichelte es und murmelte irgendwelche Worte. So, wie eine Mutter ihr Kind in den Schlaf streichelt. Viele Worte waren es und mir schien, als ob es eine Art Gebet war. Oder eine Beschwörung? Sie hatte offensichtlich Mitleid mit mir. Das erstaunte mich, denn sie waren doch selbst in einer hoffnungslosen Lage. Und sie streichelte und murmelte. Das tat mir so gut. Ihre Augen waren freundlich und zeigten ein leises Lächeln. Über diesen Blickkontakt strömte tatsächlich eine ungeahnte Wärme in meinen Körper und ich fiel in einen kurzen Erschöpfungsschlaf.

Als ich erwachte, hörte ich die Männer in die Hütte kommen. Sie sprachen laut und lärmten. Der Anführer kam zu meinem Lager und öffnete das Moskitonetz. Mein Anblick schien ihn zufrieden zu stellen. Mit wenigen Worten schloss er das Netz wieder und wandte sich zur Mitte der Hütte, wo sich die anderen schon im Schneidersitz niedergelassen hatten, auf den festgestampften Boden. Ich konnte sehen, dass auch die beiden Fahrer dort im Kreis saßen. Zusammen waren es neun Männer. Außer den Fahrern hatten alle lederne Gürtel um die Hüften, an denen Pistolen hingen. Aber das waren nicht die einzigen Schusswaffen. Jeder, der hereingekommen war, hatte einen Karabiner neben die Innenseite der Türöffnung gelehnt.

Die Mädchen litten deutlich unter dem Anblick ihrer Peiniger. Manche wimmerten leise. Auf einen Wink des Anführers schlichen sie leise klimpernd zu einer Kiste. Ihr entnahmen sie blecherne Schüsseln und füllten sie aus einem großen Kessel. Sie reichten den Verbrechern das Abendessen. Ob es auch nur gedämpfte Hirse war? Ich konnte es nicht sehen und nicht riechen.

Durch die Ritzen der Hütte erkannte ich, dass es draußen dunkel geworden war. Drinnen verbreitete jetzt eine Petroleumlampe ihr flackerndes Licht. Die Männer schwatzten entspannt, sie waren erstaunlich froh gestimmt. Wahrscheinlich freuten sie sich auf den bevorstehenden Ertrag ihrer 'heldenhaften' Untat. Endlich schabten sie mit den Fingern die Reste ihres Mahls aus den Schüsseln, schmatzten laut und rülpsten zum Abschluss. Dann rief der Anführer etwas und machte eine weit ausholende Armbewegung. Ein anderer sprang mit gierigem Lachen auf und öffnete das Schloss einer weiteren Kiste. Mit grinsendem Gesicht zog er eine Flasche heraus. Ein gläserner Klang verriet, dass es dort noch weitere Flaschen geben musste.

Durch das Moskitonetz hindurch konnte ich die Männer beobachten. Jetzt strahlten sie voller Vorfreude. Der Anführer öffnete die Flasche, nahm einen tiefen Zug daraus und schüttelte sich grunzend. Das musste irgendein Schnaps sein. Dann reichte er die Flasche weiter und sie begann zu kreisen. Diese Araber waren doch Muslime! Aber bestimmt keine Strenggläubigen. Ich hatte schon gesehen, dass meine Entführer auf dem Boden kniend, gebetet hatten. Allerdings deutlich nachlässig und keineswegs fünfmal am Tag zu ganz bestimmten Zeiten, wie es für sie Vorschrift war. Und jetzt trinken sie sogar Alkohol? Und bestimmt nicht zum ersten Mal, wie deutlich zu erkennen war. Wären sie reinen Glaubens, dann dürften sie sich nicht mit Alkohol berauschen und sich auch nicht als Menschenräuber und Sklavenhändler betätigen, soviel ich vom Islam gehört hatte. Aber eigene Süchte, auch die nach Reichtum, ließ sie bestimmt jegliche Religionstreue vergessen. Hoffentlich würde Allah ihnen irgendwann eine Rechnung präsentieren.

Ich hatte mal gelesen, dass Araber vor Jahrhunderten die ersten waren, die nach Schwarzafrika vordrangen, um Schwarzhäutige zu fangen und zu versklaven. Im Namen Allah's sollten die 'Wilden' zum 'wahren Glauben' bekehrt werden und damit sie nicht rückfällig werden konnten, wurden die für den Sklavenmarkt wertvollsten 'Exemplare' einfach mitgenommen. Wer sich zu heftig wehrte, wurde an Ort und Stelle getötet. Große und gut ausgerüstete Banden sollen es gewesen sein. Es gab damals viele Sklavenmärkte im arabischen Raum, auf denen sich auch Europäer bedienten. Bis Europäer und schließlich auch Amerikaner erkannten, dass es viel lukrativer sein würde, selbst auf Menschenfang zu gehen. Schwarzhäutige Menschen galten damals auch bei ihnen als

'Wilde', die kaum weiter entwickelt seien, als Affen. Doch heute? Im zwanzigsten Jahrhundert? Na ja, geldgierige Verbrecher gab es schon immer und wird es wohl immer geben. In allen Völkern und in allen Religionen und Glaubensrichtungen. Und wenn diese Männer hier Alkohol tranken, dann waren sie sowieso längst entartet und skrupellos geworden, also längst keine wirklich 'Gläubigen' mehr.

Die erste Flasche war geleert, es folgte die zweite und bald die dritte. Sie wurden immer lauter. Ihr lallender Wortschwall verriet, dass keiner von ihnen nüchtern auf seine Matratze sinken würde. Mir fiel auf, dass sie sich erstaunlich sicher fühlen mussten. Mehr als neun Männer hatte ich nicht gezählt, auch nicht draußen vor der Hütte. Hatten sie keine Wachen aufgestellt? Wahrscheinlich war dieser hier nicht ihr erster Raubzug und weil dieses Versteck nie entdeckt worden war, hielten sie es für unnötig, sich abzusichern. Dass sie aber gerade heute so ausgelassen feierten, könnte darauf hindeuten, dass sie morgen vielleicht aufbrechen wollten, um ihren Fang irgendwo in bare Münze umzuwandeln. Schon fürchtete ich einen erneuten Transport auf der Ladefläche des Lastwagens. Hoffentlich würden sie mir wenigstens diese Matratze gönnen.

Die Rache der Geschändeten

Die Nacht musste schon weit vorangeschritten sein, als sich der Anführer mühsam erhob. Er lallte laut einen Befehl und auch die anderen richteten sich auf. Manche mussten sich gegenseitig stützen. Dann wankten sie nacheinander zu den Mädchen. Die standen wieder ängstlich aneinandergedrängt in der hintersten Ecke, nicht weit von mir entfernt. Sie versuchten, sich hintereinander zu verbergen und wehrten sich heftig gegen die zupackenden Hände der Männer. Gaben sie ihren Widerstand nicht rechtzeitig auf, wurden sie erbarmungslos geschlagen. Jeder der Männer griff sich ein

Mädchen und zerrte es zu seiner Matratze. Es waren die Jüngsten, die es traf. Drei blieben übrig, die sich in der Ecke weinend aneinander klammerten. Dann hörte ich unterdrückte Schreie der Mädchen von den Matratzen und ihr Wimmern. Manche weinten herzzerreißend. Erstmalig in meinem Leben schämte ich mich, ein Mann zu sein...

Die Lampe wurde gelöscht, nun war es völlig dunkel. Wenn ich doch nur in der Lage wäre, mich zu erheben und an die Karabiner zu gelangen! Sicher würden sie mich mit Kugeln aus ihren Pistolen durchlöchern, aber einen oder zwei könnte ich doch wenigstens mit ins Jenseits nehmen! Doch wenn ich versuchte, meinen Körper auch nur zur Seite zu drehen, spürte ich sofort, dass es völlig unmöglich sein würde. Deshalb brüllte ich in meiner Verzweiflung so laut ich konnte:

'Ihr verdammten Schweine! Lasst Eure dreckigen Finger von den Mädchen! In der Hölle sollt Ihr schmoren für das, was Ihr dort tut. Wenn ich mich eines Tages wieder bewegen kann, erwürge ich Euch alle eigenhändig!'

In ohnmächtiger Wut bäumte sich mein Körper auf, aber sofort spürte ich wieder schmerzhaft meine Unfähigkeit, irgendetwas gegen diese Verbrecher tun zu können.

Mein wütender Ausbruch hätte mir leicht zum Verhängnis werden können. Dass er mir das Leben kosten könnte, war mir jetzt egal. Niemand verstand meine Worte, aber mehrere Männer lachten hämisch. Sie ahnten bestimmt ihre Bedeutung. Und weiter wüteten sie über den Mädchen und zwangen sie zu Dingen, die sie wahrscheinlich nie zuvor kennengelernt hatten. Die drei Mädchen aus der Ecke aber schlichen zu mir, hoben das Netz an und setzten sich auf meine Matratze. Ganz nah auf beide Seiten, als wollten sie mich beschützen. Fühlten sie meine Seelenqual, die ganz sicher erst recht ihre eigene war? Spürten sie meine Verzweiflung? Hatten sie Angst, dass diese Männer mich für diesen Ausbruch bestrafen könnten? Die Ältere strich wieder sanft über meinen

Kopf und murmelte leise irgendwelche Worte aus ihrer Sprache.

Plötzlich vernahm ich ein winziges Huschen am Eingang der Hütte, dann auch überall rundum im Inneren. Was war das? Ich hielt den Atem an, um irgendetwas Genaueres zu hören. Die geifernden Männer über den gequälten Mädchen hatten das bestimmt nicht vernommen, vielleicht aber die drei Mädchen an meiner Seite? Sie schienen ebenfalls den Atem anzuhalten und drängten sich plötzlich schützend an mich. Von den anderen Matratzen klangen ununterbrochen Geräusche herüber, die von der geilen Wildheit der Männer und der Verzweiflung der Mädchen zeugten. Alle Männer waren beschäftigt und gaben sich keine Mühe, dabei leise zu sein.

Dann ging alles blitzschnell. Winzige Schreie des Erschreckens waren von den Mädchen zu hören und gurgelnde Geräusche von den Männern. Endlich wurde die Lampe wieder angezündet. Die Älteste war aufgesprungen und hatte es getan. Ihren flammenden Blick werde ich nie vergessen. Vielleicht fühlte sie sich als ohnmächtige Beschützerin, die nicht in der Lage gewesen ist, ihre jüngeren Schwestern zu retten. Wie musste auch sie gelitten haben. Jetzt schaute sie befriedigt rundum von einer Matratze zur anderen. Die Mädchen waren panikartig in die hinterste Ecke gesprungen, standen jetzt splitternackt aneinandergeklammert und ihre Peiniger lagen in ihrem eigenen Blut. Alle - mit durchgeschnittenen Kehlen.

Schwarze Männer standen mit blutigen Messern über ihnen. Sie lauerten, ob sich einer noch erheben würde. Aber die lagen in ihren letzten Zuckungen. Alle diese Verbrecher hatten ihr verwerfliches Leben in einer einzigen Minute ausgehaucht. Nur ganz langsam entspannten sich die Körper der schwarzen Männer. Sie waren wie zuvor die Mädchen, nur mit knielangen Hüfttüchern bekleidet. Ihr schlanker, muskulöser Wuchs, ihre Größe, Kopf- und Gesichtsform, ließen darauf schließen, dass sie vom selben Volk stammten. Wahrscheinlich sogar vom selben Dorf und vielleicht waren sie ja Verwandte der Mädchen? Ihre Gesichter waren mit gelben Streifen bemalt. Alle gleich. Auf der Stirn zwei waagerecht, je zwei senkrechte über die Wangen und einer über die Nase, den Mund und das Kinn. Die gelben Streifen waren bestimmt eine Kriegsbemalung, also waren es Krieger. Wie sie da, leicht gebeugt und in höchster Anspannung, vor ihren Opfern standen und ihre weißen Zähne zeigten, könnte man sie für rachelüsterne Teufel halten. Und das waren sie jetzt ja auch. Ich gebe zu, dass ich angesichts ihrer Tat erleichtert war, aber gleichzeitig erschrocken und vor ihrem Anblick respektvolle Furcht empfand. Wie leicht könnten sie glauben, dass auch ich einer der Peiniger sei. Waren also die drei Mädchen zu mir gekommen, um ein solches Missverständnis zu verhindern?

Ich fühlte mich, als wäre ich einem bösen Traum entronnen. Es gelang mir sogar, meinen Oberkörper aufzurichten. Wahrscheinlich mit vor Staunen offenem Mund, starrte ich die Älteste an. Und sie erwiderte meinen Blick und lächelte. Ja, sie lächelte trotz dieser Ereignisse. Sie war mindestens so erleichtert wie ich. Doch schneller als bei mir, wich bei ihr die Zeit des Erschreckens. Oder hatte sie etwa damit gerechnet? War sie vielleicht vorher von dieser Aktion unterrichtet? Hatte sie gewusst, dass diese Krieger kommen würden?

Der schwere Vorhang an der Türöffnung wurde angehoben. Ein alter Mann kam herein. Auch er hatte diese gelbe Gesichtsbemalung, die mit dem Schwarz seines runden Gesichtes einen angsterregenden, wilden Kontrast bildete. Er trug über seinem Hüfttuch einen schweren Mantel aus buntem Gewebe. Ein Gürtel aus der Haut einer Schlange war um die Taille geschlungen und ließ in der Raffung des Mantels seinen Körper auffallend breit und kraftvoll erscheinen. Eine weitere Schlangenhaut zierte seinen Kopf rundum. Darüber wallte schneeweißes Kraushaar. An beiden Schlangenhäuten hingen viele spitze Zähne. Bestimmt waren es die Giftzähne von Schlangen. Das musste der Anführer sein, vielleicht sogar der Häuptling oder eher ein Schamane, oder beides? Er stützte sich auf einen blankpolierten Stock mit einem kunstvoll geschnitzten Schlangenkopf obendrauf. Befriedigt schaute er sich um. Dann blieb sein Blick an mir hängen. Seine Augenbrauen hoben sich. Das ältere Mädchen erklärte ihm etwas, dann trat er zu mir und legte seine Hand auf meinen Kopf.

Dieser Mann war gewohnt, Befehle zu geben und er war hochgeachtet. Alle Männer und Mädchen näherten sich ihm nur in großer Ehrfurcht. Er befahl mit wenigen Worten und deutlichen Handzeichen, dass die Getöteten entkleidet und nach draußen gebracht werden sollten. Als es geschehen war, ging er zu dem Häufchen von Kleidungsstücken und Pistolen und wühlte darin. Er schien etwas zu suchen. Die Gürtel mit den Pistolen interessierten ihn nicht, er räumte sie zur Seite. Aber er fand zwei Dinge, die er zu mir brachte und mir mit einer Verbeugung überreichte: mein Messer und meinen Talisman.

Das war eine ungeheure Überraschung. Niemand hatte ihm gesagt, was er in dem Berg von weißen Tüchern finden könnte - das dort etwas sein würde, was mir abgenommen worden war. Mir war, als hätte er gewusst, wonach er suchte. Aber wieso? Sollte er etwa als Schamane mit jenem vom Küstendorf in überirdischer Verbindung stehen? Hatte er über undefinierbare, himmlische Wege Kontakt mit ihm und den Hinweis auf diese Dinge erhalten? Erfüllten sich so die Voraussagen des Küstenschamanen, die als Warnungen an die Fahrer des Lastwagens ausgesprochen waren? Hatte ich es hier mit einem Voodoo-Zauber zu tun? Gehört hatte ich ja schon in meiner Kindheit, dass es schwarze Menschen im afrikanischen Dschungel geben sollte, die in der Lage waren, durch verschiedene Rituale aus der Ferne Menschen zu beeinflussen, ja sogar durch Beschwörungsformeln zu töten. Mir lief ein Schauer über den Rücken. Wie oft hatte ich in den letzten Monaten immer wieder erfahren, dass es Dinge gab, die ich einfach nicht begreifen konnte. Diese Hilfen durch die Delphine, die Rettung durch die Fischer, und jetzt das hier. Zwei Schamanen, die sich nicht kannten, sich wahrscheinlich nie begegneten und unterschiedlichen Volksgruppen entstammten? Deutlich auch nicht dieselbe Sprache hatten? Standen sie in irgendeiner spirituellen Verbindung miteinander?

Noch einmal ging der Schamane zu dem auf einem Haufen liegenden Kleidung und zog einen Schlüssel heraus. Den reichte er einem seiner Krieger und deutete zu der Gruppe der verängstigten Mädchen. Es war der Schlüssel für ihre Fußfesseln. Endlich wurden sie von ihnen befreit. Sie hatten durchweg blutende Schürfwunden von den stählernen Kanten der Manschetten. Jetzt konnten sie auch endlich wieder ihre Hüfttücher anlegen.

Als die Leichen irgendwo außerhalb der Hütte waren, wurde der Vorhang wieder heruntergelassen und alle Schwarzen versammelten sich um ihren alten Anführer. Der saß in der Mitte der Hütte und murmelte ununterbrochen mit verklärtem und zum Hüttendach gerichteten Blick. Ein sanfter Singsang, der vielleicht eine Art Gebet war, füllte viele Minuten lang den Raum. Oder ein Gespräch mit den Geistern, die er um Hilfe zur Befreiung der Mädchen angerufen hatte? War das nun eine Danksagung? Jedenfalls dauerte sie lange. Wieder fielen mir die Berichte über Voodoo-Zauber ein. Es sollte sich ja sogar um eine Religion handeln, also gab es in diesem Glauben bestimmt auch so etwas wie Gebete. Solche, die als Zwiegespräch von Schamanen zu irgendwelchen Geistern geführt wurden. War es hier so? War dieser alte Mann also tatsächlich ein Schamane mit so unglaublichen Fähigkeiten? Aber ich hatte doch auch gelesen, dass solche Schamanen sogar in der Lage waren, mithilfe einer Tötung zum Beispiel eines Huhnes zusammen mit dem entsprechenden Fluch, einem anderen Menschen den Tod zu bringen. So hätte er doch eigentlich diese Verbrecher auch töten können, ohne seinen Kral zu verlassen.

Aber nein, geht ja nicht, fiel mir ein. Dann wären zwar die Entführer tot, die Mädchen aber noch lange nicht gerettet. Ich saß nur still und staunend auf meiner Matratze und wurde auf einmal sehr müde. Vielleicht durch diesen monotonen Singsang, vielleicht auch nur wegen der heftigen Seelenlast der letzten Stunden und Tage, die endlich von mir abfiel. Ich fühlte mich sicher und beschützt. So sank ich auf mein Lager und schlief ungewöhnlich fest und traumlos. Es war ein Schlaf, der wie eine Ohnmacht über mich gekommen war.

Als ich erwachte, war es bereits hell geworden. Der Schamane saß noch immer inmitten seiner Leute. Jetzt waren aber alle Blicke zu Boden gerichtet. Niemand sprach ein Wort und niemand bewegte sich. Mir war, als schliefen sie sitzend.

Ich fühlte mich seltsam gestärkt durch meinen Schlaf und richtete mich auf. Das machte eigentlich überhaupt kein Geräusch. Doch im selben Moment wandten sich alle Köpfe zu mir. Als hätten sie auf diesen Augenblick gewartet. Was hatten diese Menschen für ein unglaubliches Gehör! Oder Feingefühl? Sicherlich unverdorben durch ein Leben in der Natur, ohne die ständigen Geräusche und den Lärm irgendeiner Zivilisation.

Neununddreißig schwarze Augenpaare blickten mich freundlich an. Hatten sie so, unbeweglich sitzend, auf mein Erwachen gewartet? Sich kein bisschen bewegt, um meinen Schlaf nicht zu stören? Jetzt erhoben sie sich und versammelten sich um mein Lager. Dann legten sie nacheinander ihre Hände auf meinen Kopf. Krieger und Mädchen. Als letzter der Schamane. Was hatte das nun wieder zu bedeuten? Nahmen sie mich mit dieser Geste vielleicht in ihre Gruppe auf? Irgendwann wollte ich es erfragen.

Ich versuchte, mich vom Lager zu erheben. Aber das gelang noch nicht ohne fremde Hilfe. Das ältere Mädchen kam und half mir. Sie raffte mir geschickt das bunte Tuch in der Größe eines Bettlakens als neues Kleidungsstück um meinen nackten Körper und führte mich nach draußen. Dort setzte sie mich so an die Hütte, dass ich alles sehen konnte, was nun geschah. Die neun Leichen lagen nebeneinander vor dem Lastwagen. Deutlich sah ich die klaffenden Wunden an ihren Hälsen. Das Blut daran war inzwischen geronnen. Die Gesichter wächsern bleich und weit aufgerissen ihre Augen, in denen man noch den Schreck und ein Erstaunen über das plötzliche Erscheinen dieser Krieger erkennen konnte. Starr und leblos waren sie in den wolkenlos strahlenden Himmel gerichtet.

Der Schamane gab mit harter Stimme eine Anweisung. Neun schwarze Männer schritten daraufhin mit stolzem Blick zu den Leichen und zückten ihre Messer. Jeder stellte sich neben eine der Leichen. Deren ermattete Geschlechtsteile waren weitgehend in dunklen Haarbüscheln verborgen. Wieder ein Wort des Schamanen, und plötzlich beugten sich alle neun Krieger gleichzeitig zu den Leichen hinab, griffen mit einer Hand die Genitalien und trennten sie mit einem Schnitt ab. Penis und Hodensack gemeinsam. Unter Triumphgeheul reckten sich neun Arme mit diesen grauenhaften Trophäen in den Himmel. Dann warfen sie diese Teile ins Gebüsch, als wollten sie allen Mädchenräubern und Vergewaltigern der Welt eine endgültige Botschaft senden. Bestimmt würden sie jetzt als Futter für irgendwelche wilden Tiere dienen. Die so völlig entehrten Leichen aber warfen sie auf die Ladefläche des Lastwagens, wo ich so fürchterliche Qualen erleiden musste. Das war nun Vergangenheit und ich durfte erleichtert aufatmen. Die Rache dieser Menschen war vielleicht grausam, aber ich empfand sie als gerecht und ich nickte zufrieden. Meine Beschützerin sah es und lächelte mir wieder verständnisvoll zu.

Der Schamane gab weitere Anweisungen. Zwei Männer schickte er in den Wald. Sie kamen schnell mit mehreren Stangen zurück. In erstaunlich kurzer Zeit wurde aus ihnen eine Trage gefertigt. Auf sie legten sie meine Matratze. Es war die einzige, die nicht mit Blut getränkt war. Das Älteste der Mädchen blieb an meiner Seite. Sie griff wieder vorsichtig nach meinem Arm und richtete mich auf. Dann führte sie mich zu der Trage und half mir, mich darauf zu legen.

Ich dachte, dass es gut wäre, ihren Namen zu wissen, damit ich sie ansprechen könnte. Irgendwie kam sie mir jetzt schon sehr vertraut vor. Schließlich kümmerte sie sich doch so rührend um mich. Deshalb deutete ich auf meine Brust und sagte: 'Hein. My name is Hein.'

Sie antwortete: 'You English-Man?'

Da war ich sehr überrascht. Sie sprach Englisch. Welch ein Glück! Und ich antwortete erfreut wieder auf Englisch: 'Nein, nein. Aber wenn Du Englisch sprichst, können wir uns verstehen.'

'Nicht sprechen Englisch. Nur wenig. Weißer Mann viele Jahre unsere Kral.'

'Wo ist Euer Kral?'

'Oh, weit, weit.'

'Und wie ist Dein Name?'

'Asali. My name is Asali.'

Ihr könnt Euch nicht vorstellen, wie sehr es mich freute, eine Verständigungsmöglichkeit zu haben. Denn jetzt war es klar, dass diese Leute mich mitnehmen wollten. Nicht als Gefangenen, so viel war sicher. Ganz im Gegenteil, sie behandelten mich wie ein gerettetes Mitglied ihrer

Gemeinschaft. Sie hatten genau erkannt, dass ich ein Leidensgenosse war. Mit einem ähnlichen Schicksal wie das der Mädchen. Jedenfalls musste Asali von mir erzählt haben, vielleicht dem Schamanen sogar von jenem Gebrüll, das ich in der Nacht voller Verzweiflung herausgeschrien hatte. Einen, der also eindeutig wie sie selbst fühlte, konnten sie nicht hier zurücklassen - zusammen mit neun nackten und verstümmelten Leichen. Sie waren also auf jeden Fall menschlicher als unsere gemeinsamen Peiniger es wohl je gewesen sind. Menschen, die in den Augen vieler überheblicher Weißer und Halbweißer als unzivilisierte Wilde galten. Nun griffen vier von ihnen die Stangen der Trage und hoben sie mit mir dürrem Gespenst obendrauf auf ihre Schultern.

Aber ich stoppte sie. Ich dachte, dass es besser wäre, die Waffen der Sklavenhändler mitzunehmen. Wenn sie erneut überfallen würden, könnten sie sich besser wehren. Also versuchte ich, es Asali zu sagen. Es dauerte ein wenig, bis sie es verstand. Ihr Englisch war wirklich sehr dürftig. Aber mit Unterstützung von Händen und Mimik gelang es. Was sie von meinen Worten verstand, übermittelte sie dem Schamanen und der stimmte zu.

Auch die Truhe sollte geöffnet werden. Vielleicht gab es dort ebenfalls Brauchbares? Oh ja. Viele Flaschen Hochprozentiges. Ich brauchte diesen Menschen nicht zu sagen, dass es besser wäre, das Gesöff nicht mitzunehmen. Sie erkannten durchaus, um was es sich handelte, verzogen angewidert ihre Gesichter und zerschlugen alle Flaschen. Die Munition für Pistolen und Karabiner aber nahmen sie mit, genau wie viele Säckchen mit Hirse und den großen Kessel.

Dann fiel mir ein, dass sich in den Kleidungsstücken der Getöteten Geld befinden müsse. Die Fahrer hatten sich doch nach dem Verkauf der Fischladung die Taschen gefüllt. Also rief ich:

'Stopp, stopp bitte. Geld ist in der Kleidung. Bitte nehmt das Geld mit!'

Heftig wehrte Asali ab und antwortete: 'Nein will Geld. Niemand will Geld. Geld ist schlecht.'

Aber ich dachte dabei nicht an mich. Ich dachte nur, dass diese Menschen es doch bestimmt gebrauchen könnten. Egal, wo oder wie sie wohnten. Selbst wenn sie außerhalb jeglicher Zivilisation irgendwo im finstersten Busch lebten, könnten sie doch besser Handel treiben, sich Stoffe für Kleidung oder solche Lebensmittel kaufen, die sie nicht selber produzieren konnten. Und vielleicht sogar Medikamente beschaffen, wenn jemand von ihnen krank würde. Ich dachte halt wie einer, der ein Leben in der Hochzivilisation gewöhnt war, der in einen Laden gehen kann, wenn er etwas kaufen will, und nicht wie ein in der Wildnis sich selbst versorgender Mensch.

Aber Asali lehnte es weiter ab. Sie behauptete, dass Geld schlecht für Menschen sei, denn jeder wisse, dass Menschen mit Geld gierig werden und immer mehr Geld haben wollten. Dass sie für Geld andere Menschen töteten. Geld vergifte die Seele der Menschen, sagte sie.

Auf meine Frage, wie sie denn an die Stoffe ihrer Kleider kämen oder an Mais, Hirse oder anderes Getreide, antwortete sie, dass sie schon immer nur ihre Tiere gegen diese Dinge tauschten. Ihre Ziegen, Schafe und Rinder seien ihr Geld. Und für ihre Gesundheit sorge die Natur um sie herum.

Na gut, dachte ich. Sie wollten ihre Gewohnheiten nicht gegen etwas tauschen, von dem sie glaubten, dass es ihrer Gemeinschaft schaden könnte. Trotzdem wollte ich nicht locker lassen. Immerhin würde dieses Versteck gefunden werden. Der Lastwagen, die Leichen, die Hütte. Und darin natürlich die Kleidungsstücke mit dem Geld. Vielleicht sogar von den Kumpanen der Getöteten. Die würden bestimmt auf Rache aus sein und hätten mit dem Geld dann leichteres Spiel, ihre Rachepläne zu verwirklichen. Oder weitere Raubzüge zu finanzieren, sich noch besser mit modernen Waffen auszurüsten. Deshalb bat ich erneut: 'Bitte, Asali. Lass uns das Geld mitnehmen. Es ist besser so, glaube mir.'

Diesmal lächelte Asali nicht, aber sie wandte sich an den Schamanen und sprach mit ihm. Der nickte schließlich nach langem Zögern zustimmend und mehrere Krieger durchwühlten die Kleidung. Es war ein ansehnlicher Haufen von Geldscheinen, die gefunden wurden. Sie brachten es zu mir, doch ich lehnte es ab und deutete auf den Schamanen. Der wollte es auch nicht, aber ich bestand darauf. Schließlich wurden alle Scheine in einen Beutel gestopft und auf meine Trage gelegt.

Dann trugen sie mich auf diesem zerfurchten, matschigen Pfad durch den Dschungel. Ganz vorn gingen vier junge Männer, die stolz ihren Karabiner und jeder eine Pistole trugen. Sie bildeten die Vorhut und lauschten aufmerksam ringsum auf irgendwelche Geräusche. In größerem Abstand folgte der Schamane, von zwei weiteren Burschen flankiert. Dieser alte Mann, ich schätzte ihn auf etwa siebzig Jahre, ging mit erstaunlich sicherem Schritt leichtfüßig dahin und schwang seinen Schlangenstock. Danach kamen die Träger mit dem geschundenen Weißen.

Asali ging neben mir. Sie wich keinen Augenblick von meiner Seite. Sie fühlte sich wahrscheinlich für mein Wohl verantwortlich und als Kommunikationsgehilfin war sie sowieso unentbehrlich. Eine Hand hatte sie immer an der Stange des Tragegestells. Hinter der Trage stolperten die übrigen Mädchen und als Nachhut die letzten Krieger. Mir fiel besonders auf, dass alle meine neuen Begleiter Zuversicht und Fröhlichkeit ausstrahlten. Na ja, das war wohl kein Wunder. Schließlich hatten sie einen riesigen Erfolg erkämpft. Ich nahm mir vor, von Asali zu erfragen, wie der Überfall ihres Krals vonstattenging und wie es den Kriegern gelang, das Versteck zu finden.

Es war ein mühseliger Weg und als wir nach vielen Stunden eine Pause einlegten, versuchte ich, mich zu erheben. Es war mir peinlich, mich tragen zu lassen. Obwohl diese zähen Burschen keinerlei Ermüdung zeigten. Sie hatten eine erstaunliche Kondition. Unter der rabenschwarzen Haut wölbten sich überall an den Oberkörpern gehörige Muskelpakete. Mancher weiße Fitnesscenter-Enthusiast würde bestimmt vor Neid erblassen. Ich bewunderte sie ebenfalls.

Als Asali sah, dass ich aufstehen wollte, griff sie sofort meinen Arm, um mich zu stützen. Eigentlich wollte ich ihre Hilfe ablehnen, doch ihr besorgter Blick hinderte mich. Und ihre Nähe tat mir gut. Sie war ziemlich hübsch. Die schwarze, samtene Haut überall glatt und fest, die Lippen sinnlich. Wenn sie den Mund zu einem Lächeln öffnete, zeigten sich zwei Reihen wohlgeformter, schneeweißer Zähne. Die großen, dunklen Augen verrieten Warmherzigkeit und manchmal sogar ihre Gedanken. Sie hatte sprechende Augen, in denen ich eine reine Seele erkennen konnte.

Aber ich hatte Skrupel, meine Blicke über ihren schönen Körper schweifen zu lassen. Große Scheu vor allem, ihre wohlgeformten Brüste mit meinen Blicken zu belästigen. Nur, wenn ich glaubte, dass es niemand bemerken würde, tat ich es ganz heimlich wie unter einem Zwang. Dabei erwischte sie mich und ich errötete verschämt. Sie aber ließ ein leises, glucksendes Lachen hören. Überrascht hob ich meinen Blick wieder und sah wirklich einen Schelm in ihren lachenden Augen. Da wurde mir klar, dass diese Naturmenschen keine solche Schamhaftigkeit kannten, wie wir Europäer sie hatten. Vielleicht wegen ihrer ständigen Nacktheit. Bestimmt hatten sie auch ein ganz anderes Verhältnis zur Sexualität. Und langsam lockerte sich endlich meine 'zivilisierte' Verklemmtheit. Ich glaube sogar, dass ab dieser wortlosen Belehrung meine Blicke über ihren Körper ziemlich unverschämt wurden. Sie quittierte es jedes Mal mit einem geheimnisvollen Lächeln.

Ich stand noch sehr wackelig auf meinen Beinen. Wenn ich einen Fuß vor den anderen setzte, drohten meine Kräfte zu versagen. Ich bestand immer noch beinah nur aus Haut und Knochen. Das bisschen Erholung an der Küste war bereits wieder aufgebraucht. Dagegen musste ich endlich etwas tun. Viel Bewegung und reichliche, energiereiche Nahrung konnten die Lösung sein. Doch wie, wenn jeder Knochen, jedes Gelenk, noch immer teuflisch schmerzte? Und wenn die Nahrung nur aus gedämpfter Hirse bestehen würde? An der Nahrung konnte ich vorläufig nichts ändern, musste mich mit dem begnügen, was man mir reichte. Aber für Bewegung könnte ich doch selbst sorgen. Wenn ich nur herumlag und mich tragen ließ, würden sich keine neuen Muskeln bilden. Also versuchte ich zu gehen, solange alle anderen auf dem Boden saßen. Sie aßen inzwischen etwas Undefinierbares aus ledernen Beuteln. Ein ziemlich fester Brei von gelber Farbe war es.

Als ich nach wenigen Metern mühseligen Gehens entkräftet zu Boden sank, immer noch rührselig gestützt von Asali, da eilte sie zu den Männern und erbat eine Portion von diesem Brei. Dann hockte sie sich vor mich und streckte mir ein Häufchen davon entgegen. Auf ein großes, grünes Blatt hatte sie es getan und um mir zu zeigen, dass man es essen könne, nahm sie selbst etwas mit den Fingern und steckte es in ihren Mund. Dabei lächelte sie auffordernd. Diese Masse roch ziemlich ranzig. Irgendein Getreidebrei musste es sein. Vielleicht zerstoßener und gekochter Mais mit ranziger Butter vermischt und irgendwelchen würzenden Kräutern vielleicht. Appetitlich sah es nicht aus. Ich nahm etwas vom Blatt und steckte es zögernd in den Mund. Da war ich überrascht, wie angenehm es schmeckte. Mir schien, dass es sich um eine Art

Kraftnahrung handelte. Reiseproviant vielleicht, der bei geringem Platzbedarf auch nicht schwer sein durfte. In den nächsten Tagen bemerkte ich, dass diese Nahrung langsam meine Kräfte zurückbrachte. Also musste etwas in dem Brei sein, das sehr energiereich war.

Jedesmal, wenn ich mich bewegen wollte und dabei ein Stöhnen wegen der sofort einsetzenden Schmerzen nicht verhindern konnte, machte Asali ein besorgtes Gesicht. Und plötzlich sprang sie auf und lief zum Wald. Bereits unter den ersten Büschen fand sie, was sie gesucht hatte: seltsam geformte und pelzige Blätter. Einen ganzen Stapel brachte sie herbei und zerrieb und zerknetete einige in ihren Händen. Ganz grün wurden ihre Hände davon. Es war ein grober Brei entstanden, den sie mir auf alle sichtbaren Wunden und Blutergüsse drückte, außerdem auf die Gelenke meiner Arme und Beine. So hatte ich lauter grüne Flecken an meinem Körper, aber ich spürte überall dort sofort ein angenehmes Kribbeln und konnte sehr schnell erkennen, dass die Schmerzen nachließen.

Die Pause war kurz, wir mussten weiter. Asali hatte gesagt, dass ihr Dorf weit weg sei. Wie weit, wusste sie wohl selbst nicht. Wie viele Tage und auf welchen Wegen sie hierher verschleppt wurden? Und warum gerade hierher? Meine Fahrer hatten diesen Platz gekannt. Vielleicht hatten sie schon öfter gekidnappte Menschen hierher gebracht. Jedenfalls hatten sie mit den anderen in Verbindung gestanden, gehörten sicherlich zusammen. Der Anführer der Gruppe war auch ihr Anführer. Und ob die insgesamt neun Männer die einzigen waren, die von hier aus auf Raubzüge gingen, durfte ebenfalls bezweifelt werden. Vielleicht war ja die Bande noch viel umfangreicher? Gab es eine weitere oder gar mehrere Untergruppen? In verschiedenen Gebieten unterwegs? Um irgendwann mit ihrer Beute zu diesem gemeinsamen

Treffpunkt zurückzukehren? Danach vielleicht irgendeinen Sklavenmarkt im Norden zu beliefern?

Wenn es so sein sollte, würden sie sich wohl sehr wundern, wenn sie die Leichen ihrer Kameraden fänden. Bei diesem Gedanken konnte ich mir ein hämisches Grinsen nicht verkneifen. Was das wohl in ihnen auslösen würde? Entsetzen? Rachegelüste? Würden sie vielleicht aus Angst vor einem ähnlichen Schicksal auf weitere Raubzüge verzichten? Das war schwer vorstellbar. Wahrscheinlicher war es wohl, dass sie künftig nur vorsichtiger zu Werke gehen würden. Und damit sie weder verfolgt werden konnten, noch einer Rache ausgeliefert sein würden, gleich die gesamte Sippe ausrotten.

Aber was würde geschehen, wenn so eine Gruppe uns hier auf diesem Dschungelpfad entgegen käme? Doch davor fürchtete ich mich eigentlich nicht. Unsere Vorhut war wachsam und auf eine solche Situation vorbereitet. Die Menschenräuber konnten nicht mit einer solchen Begegnung rechnen. Aufgrund ihrer bisherigen Erfahrungen und ihrer Bewaffnung würden sie sicherlich sorglos sein, genauso wie es unsere Peiniger waren. Sie würden bestimmt davon ausgehen, dass niemand außer ihnen den Pfad und das Versteck kannte. Für uns bliebe also jedenfalls ausreichend Zeit, uns im Dschungel zu verstecken, bis sie vorüber wären. Schade nur, dass unsere Krieger noch nicht mit den Schusswaffen umgehen konnten. Ich hätte es ihnen beibringen sollen. Dann könnten wir vielleicht sogar bei einer entsprechenden Begegnung weitere Leidensgenossen befreien. Ich schalt mich, nicht vorher daran gedacht zu haben und nahm mir vor, die nächste Gelegenheit dafür zu nutzen.

Aber es kam uns niemand entgegen und dieser Pfad endete sogar bald. Dieser Tag war noch nicht vergangen, da lag plötzlich ein Fluss vor uns. An seinem Ufer trafen wir auf eine Piste mit vereinzelten und durchweg älteren Fahrspuren. Hier waren also manchmal Fahrzeuge in beiden Richtungen unterwegs.

Unsere kleine Karawane wendete sich nach rechts. Nach wenigen Kilometern machte der Fluss eine Schleife und entfernte sich wieder von der Piste. Eine Art Halbinsel war dort. Wir marschierten auf diese Landzunge, die mit dichtem Gebüsch bewachsen war. Von der Piste war nicht zu erkennen, dass in dem Gebüsch zwei große Boote versteckt waren. Sie gehörten meinen Freunden, mit ihnen waren sie also hierher gekommen. Aber wie konnten sie wissen, wo diese Banditen mit ihren Mädchen waren? Wieder nahm ich mir vor, Asali danach zu fragen. Aber jetzt ging das nicht, der Schamane drängte seine Leute, keine Zeit zu verlieren. Er hatte es eilig. Was befürchtete er? Hatte er auch den Verdacht, dass es weitere Gruppen geben könnte? Oder wusste er es sogar? Dieser Schamane war mir ein Rätsel.

Flussfahrt

Die Boote ins Wasser zu schieben, ging schnell. Mitsamt der Trage wurde ich in jenes gehoben, in dem schon der Schamane saß. Auch jetzt blieb Asali bei mir. Und fünf weitere Mädchen. Zwölf Burschen nahmen ihre Positionen auf beiden Seiten des Bootes ein und griffen zu großen Stechpaddeln, die auf dem Boden gelegen hatten. Auch auf dem anderen Boot war es so. Nur wenige geflüsterte Worte wurden ausgetauscht, jeder kannte seine Aufgabe und ganz schnell entfernten sich die Boote vom Ufer. Der Fluss war nicht breit und meistens wohl auch nicht sehr tief. Ich lag endlich nicht mehr flach, sondern saß aufrecht. So kräftig war ich schon. Und hier auf dem Wasser gab es ja keine heftigen Bewegungen der Trage mehr. So konnte ich über die flachen Bordwände des hölzernen Bootes sehen. Die Ufer rechts und links zeigten dichte Bewaldung, hinter mehr oder weniger schmalen Uferstreifen. Der sich immer wieder entfernende und näherkommende Pfad am südlichen Ufer war deutlich zu erkennen. Wir glitten leise mit der Strömung nach Südosten, am Stand der Sonne war das zu erkennen.

Ich beobachtete den Schamanen. Er sah immer nur in eine Richtung, nämlich zum Pfad auf der rechten Seite. Seine Augen waren zusammengekniffen zu ganz schmalen Schlitzen, aus denen er ganz bestimmt nicht viel und schon gar nicht weit sehen konnte. Fast könnte man meinen, dass er ein wenig schlummerte wegen der Anstrengung des Marsches durch den Dschungel. Aber mir fiel auf, wie wach alle seine übrigen Sinne sein mussten. Noch zeigte er allerdings keine Erregung. Erwartete er dort auf dem Pfad irgendetwas? Vielleicht eine der von mir befürchteten Gruppen? Aber ich meinte, dass er dann nervöser sein müsste. Oder waren seine Sinne noch weiter voraus? Dort, wohin unsere Augen noch gar nicht reichten? Könnte er spüren, wenn sich dort irgendwo eine Gefahr für uns zusammenbrauen würde? Für mich ungläubigen Spiritualitätsmuffel taten sich immer neue Zweifel auf. Mir wurde dieser Mann immer unheimlicher. Der Schamane an der Küste hatte ja offensichtlich auch überirdische Sinneskräfte. Aber dieser hier war damit scheinbar noch reichlicher ausgestattet.

Asali beobachtete mich. Sie konnte wohl in meinem Gesicht lesen, denn sie lächelte schon wieder. Und plötzlich versuchte sie mir etwas zu sagen. Weil ihre englischen Worte nicht ausreichten, nahm sie ihre Hände zu Hilfe. Sie zupfte an meinem Umhang, wies auf den Schamanen und deutete mit beiden Händen von ihrem Kopf aus in den Himmel.

'Kibwana - Spirit - Skye', sagte sie mit ernstem Gesicht. Erst sah ich sie erstaunt und fragend an und sie wiederholte die Worte, dann verstand ich.

Kibwana war der Name des Schamanen und sein Geist schwebte im Himmel. Also war klar, dass er tatsächlich über das Sichtbare hinaus schauen konnte. Er sicherte uns damit ab.

Wie ein Leitwolf, der sich nicht allein auf seine Augen verlässt, sondern auch seinen Geruchssinn und sein Gehör einsetzt bei der Suche nach Beute, oder zum rechtzeitigen Erkennen einer Gefahr. Aber es zeigte sich keine Gefahr, niemand tauchte auf diesem Pfad auf. Deshalb also konnte er so ruhig und unaufgeregt sein. Hatten seine übersinnlichen Fähigkeiten dazu geführt, dass er dieses Versteck der Verbrecher finden konnte?

Die Burschen zogen mit gewaltigen Kräften im Gleichklang ihre Paddeln durch das Wasser. Die Boote jagten mit erstaunlicher Geschwindigkeit, unterstützt von einer sanften Strömung, nach Südosten.

Als die Sonne den hügeligen Horizont im Westen berührte, sah ich vor uns einen breiten Fluss, in den der unsere einmündete. Auf der rechten Landspitze bot sich ein kaum sichtbarer Landeplatz. Die Boote schrappten im flachen Uferwasser bis an eine grasbewachsene Böschung. Alle stiegen nacheinander an Land. Hier wollten wir also die Nacht verbringen. Verkohlte Reste eines Lagerfeuers waren da im Grün einer kleinen Wiese zu sehen. Ringsum verdeckt von dichten Büschen und Bäumen. Jene Piste, die wir aus den Booten heraus beobachtet hatten, war weit weg, sie machte eine Abkürzung zum Ufer des großen Flusses und folgte ihm jetzt gegen die Fließrichtung nach Westen. Von dieser Piste würden wir hier bestimmt nicht zu sehen sein. Auch nicht ein brennendes Lagerfeuer. Ein idealer Platz für die Nacht. Ich hatte den Eindruck, dass der Schamane und seine Leute diesen Platz kannten. Bestimmt hatten sie hier schon einmal übernachtet. Vielleicht stammten sogar die Reste der Feuerstelle von ihnen. Jetzt wurde das Feuer erneut entfacht und mit Flusswasser und der erbeuteten Hirse in dem großen Kessel ein reichliches, frisches Mahl für alle zubereitet. Der restliche Reiseproviant konnte in den Beuteln bleiben.

Mehrere Männer waren zum Wasser hinunter gegangen. Aus abgeschnittenen Zweigen hatten sie sich im Nu spitze Speere geschnitzt. Da standen sie unbeweglich wie Statuen im knietiefen Wasser und starrten in die Tiefe. Ab und zu stieß ein Arm blitzschnell nach unten. Ich staunte, wie rasch sie immer wieder zustechen konnten und wie oft sie Fische von mehreren Kilo Gewicht herauszogen. Diese Männer waren deutlich erfahren im Fangen von Fischen. Bestimmt lebten sie irgendwo am Ufer eines Flusses oder eines Sees. Ihre Boote und ihr geschickter Umgang mit ihnen deuteten ebenfalls darauf hin. Genauso das geschickte Schlachten, Ausnehmen und Säubern der Fische. So gab es diesmal nicht nur Hirsebrei, sondern auch reichlich über dem Feuer gebratenen Fisch.

Mich beeindruckte auch die absolute Harmonie unter diesen Menschen. Ihr behutsamer Umgang mit den noch vor Kurzem gequälten Mädchen, ihre Fürsorglichkeit. Als wüssten sie genau, wie sie deren seelische Wunden zu heilen hatten. Auch mir tat es gut, unter diesen Menschen zu sein nach den bösen Erfahrungen der letzten Zeit. Ähnlich wie in diesem Küstendorf fühlte ich mich willkommen. Und ich machte mir Gedanken darüber, wie ein so fürchterlich abgemagerter und verwilderter Mann wie ich es damals war, wohl irgendwo in der 'zivilisierten' Welt aufgenommen werden würde. Bestimmt bei den meisten, die ungern etwas von ihren erworbenen Besitztümern abgeben wollten, voller Misstrauen und vorsichtiger Zurückhaltung. Ich wusste es ja: je mehr sie besaßen, um so gieriger wurden sie nach noch mehr. Und je reicher sie waren, umso seltener waren sie bereit, etwas davon abzugeben. Asali hatte völlig recht mit ihrem Misstrauen gegenüber dem Geld, das den Charakter der Menschen verdarb. Hier war es ganz anders. Diese Menschen hatten keine Reichtümer. Eine Hütte vielleicht, ein Boot und ein paar Tiere. Und sie hatten ihre Familien und unterstützten sich gegenseitig. Einen weiteren Menschen mit durchzufüttern, der ihre Hilfe benötigte, war für sie offensichtlich selbstverständlich. Wenn es sogar ein Leidensgenosse war, brauchten sie bestimmt noch nicht mal darüber nachzudenken. Sie taten es einfach.

Die Sonne war untergegangen und erstaunlich schnell wurde es dunkel. Man ließ das Feuer weiter brennen, legte immer wieder neue Holzstücke nach. Davon gab es in der nahen Umgebung genug. Schwemmholz von häufigen Hochwassern, Windbruch, oder abgestorbene Bäume und Büsche. Das flackernde Licht des Feuers verbreitete eine ganz eigene Stimmung. Ringsum war das Quaken von Fröschen zu hören und aus den Bäumen die Geräusche verschiedener, nachtaktiver Tiere. Den Schwarzen waren diese Geräusche vertraut. In mir lösten sie eine seltsame Stimmung aus. Es war, als würde diese afrikanische Natur sich bemühen, mich zu umgarnen, mich in eine kraftvolle Sicherheit wiegen. Ich fühlte mich so entspannt und wohl, dass ich versuchen wollte, endlich all die Fragen beantwortet zu bekommen, die den ganzen Tag schon an mir genagt hatten. Und weil alle gemeinsam in weitem Rund um das Feuer saßen und sich murmelnd unterhielten, sprach ich Asali an:
'Asali, wo ist Euer Kral?'
'Oh, weit, weit.'
'Wie viele Tage?'
Sie wusste es wirklich nicht und wandte sich an Kibwana. Nach wenigen Worten kam die Antwort: 'Zwanzig Tage, vielleicht.'
'Ist Euer Kral an diesem Fluss?'
Wieder sprach sie mit Kibwana und antwortet: 'Nein, anderer. Kommt in diesen Fluss.'
Meine weiteren Fragen waren komplizierter und es dauerte länger, bis Asali sie verstand und manchmal brauchte es auch Zeit, bis ich ihre Antworten deuten konnte. Deshalb will ich hier zusammenfassen, was ich von ihr und über diesen

Umweg von Kibwana erfuhr. Mir wurde dabei deutlich, dass dieser Mann nicht nur ein guter Anführer seiner Sippe war, sondern auch kluge Vorfahren hatte:

Ursprünglich stammten sie viel weiter aus dem Osten Afrikas. Auch dort lebten sie an einem Fluss. Aber es wurde eng in jenem Gebiet. Große Städte in der weiteren Umgebung breiteten sich immer weiter aus. In den letzten Jahrzehnten wuchs die Bevölkerung dramatisch an. Und damit der Überlebenskampf. In den Städten nahm schon niemand mehr Rücksicht auf den anderen. Verheerende Dürreperioden kamen hinzu. Die Familien konnten sich nicht mehr selbst ernähren. Hilfslieferungen von Nahrungsmitteln kamen aus dem Ausland. Das veranlasste viele Menschen, sich nicht mehr selbst um die Versorgung zu kümmern. Sie verließen sich auf die Hilfslieferungen und wurden faul. Gleichzeitig breitete sich der Hass untereinander aus. Kämpfe und Massaker wurden immer häufiger. Das Bevölkerungswachstum einzudämmen, wäre dringend nötig gewesen. Aber das Gegenteil geschah. Solange kein Hunger herrschte wegen der Hilfslieferungen, vermehrten sich die Menschen wie die Wildtiere in den Steppen bei ausreichender Vegetation. Die Menschen verrohten immer mehr. Männer vergewaltigten Frauen, auch wenn sie einem anderen gehörten. Babys wurden geboren, die eigentlich nicht in die Familien gehörten. Viele wurden verstoßen. Mädchen wurden verkauft und gekauft, selbst wenn sie kaum geschlechtsreif waren. Und auch sie gebaren wieder Kinder. Das war eine Spirale des Hasses und der Untergang ganzer Volksgruppen konnte nicht mehr fern sein. Das Elend und die Gewaltbereitschaft breiteten sich immer weiter aus.

Da beschloss der Großvater Kibwanas, die Leute seiner Sippe zu befragen, ob sie bereit wären, weiter in den Westen zu ziehen, wo es weniger Besiedelung gäbe und wo sie hoffentlich wieder in Frieden leben würden. Dort, wo die großen Wälder seien, würden sie bestimmt einen guten Platz finden. Alle waren einverstanden, auch die Frauen. Die Sippe bestand aus hundertzwanzig Familien und jede Familie aus Vater, Mutter, deren Eltern und durchschnittlich fünf Kindern.

Als sie ihren Kral im Osten Afrikas verließen, hatten sie ungefähr dreihundert Rinder und viele Schafe und Ziegen, die sie in einer Herde mit sich trieben. Ochsen mussten die Karren ziehen, auf denen die Familien ihre Habe, die kleineren Kinder und gebrechlichen Alten mitführten. Ihre Boote, mit denen sie nach Bedarf auf Fischfang gegangen waren, ließen sie zurück, genau wie ihre Hütten. Sie zerstörten sie nicht. Vielleicht würden ja andere Menschen darin wohnen wollen, die nicht mehr in den schmutzigen Städten leben wollten.

Drei Monate waren sie in Richtung Westen unterwegs. Sie hatten keine Eile und nahmen lieber Rücksicht auf ihre Tiere und jene Sippenmitglieder, denen die weite Reise beschwerlich war. Kreuzten Flüsse ihren Weg, suchten sie flache Übergänge, durch die ihre Tiere waten konnten. Die Krieger sicherten die Karawane dabei vor Krokodilen, die manchmal lauerten. Dazu wurden Gazellen mit Speeren erjagt, die ihnen als Köder angeboten wurden. An Seilen zogen sie die toten Gazellen durch das Wasser, weit weg von der Furt, sodass die Überquerung sicher sein konnte. Nach drei Monaten erreichten sie einen Fluss, der breit und tief war. Sie folgten ihm nach Norden und fanden auch nach drei Tagen noch keine Furt. Da änderte der Fluss seine Richtung direkt nach Westen und nach zwei weiteren Tagen sahen sie in der Ferne riesige Waldgebiete. Die große Savanne lag fast hinter ihnen und weil sie seit vielen Tagen keinen Menschen mehr gesehen hatten, beschlossen sie, die weitere Umgebung auszukundschaften.

Gruppen von Kriegern wurden in alle Richtungen geschickt, auch in schnell gefertigten Booten auf dem Fluss. Als sie nach fünf Tagen zurückkehrten, brachten sie die Botschaft, dass nirgendwo eine Siedlung gefunden wurde und keine Spur von anderen Menschen. Dafür aber viele Fische im Fluss und reichlich gutes Steppenland für die Rinder, Ziegen und Schafe. Also beschlossen sie, sich hier am Ufer, in Sichtweite der großen Wälder, einen neuen Kral zu errichten. Es war eine gute Entscheidung, denn viele Jahrzehnte lebten sie bereits in Ruhe und Frieden auf diesem gesegneten Platz, den sie Niemandem streitig machen mussten.

Im Morgengrauen eines friedlichen Tages vor kurzer Zeit wurden sie allerdings alle grausam aus dem Schlaf gerissen. Mitten in ihrem Kral, zwischen den Hütten, krachten viele Schüsse. Als die ersten Männer aus ihren Hütten stürzten, wurden sie sofort von Kugeln getroffen und sanken zu Boden. Acht junge Männer starben zur Warnung für alle anderen. Niemand wagte sich nun, sich gegen die Aussonderung von zwölf Mädchen zu wehren. Sieben arabisch gekleidete Männer schossen immer wieder in die Luft, um zu verhindern, dass sie jemand angreifen könnte. Selbst den mutigsten Kriegern war klar, dass sie selbst keine Chance zur Gegenwehr hatten und eher das Leben der Mädchen gefährden würden. So mussten sie tatenlos zusehen, wie die Mädchen weggezerrt wurden. Hinaus aus der Umzäunung des Krals.

Natürlich verfolgten viele Krieger in sicherem Abstand die Entführer. Es ging am Fluss entlang bis unter die ersten Bäume des Waldes. Dort lag ein Boot im Schilf, in das die Mädchen gestoßen wurden. Die Entführer stiegen dazu und legten ab. Dann warfen sie einen Motor an. Es muss ein Außenborder gewesen sein, nach der Beschreibung Asalis. Die Verfolger hatten das Boot gesehen und auch die Fahrtrichtung. Das konnten sie Kibwana berichten.

Nach drei Tagen bogen die Entführer in diesen großen Fluss ein, der nun auch vor uns lag. Auf ihm fuhren sie noch einmal mehr als zwei Wochen bis zu diesem Versteck. Sie fuhren vom frühen Morgen, bis es fast dunkel wurde und gingen dann an Land. Nur die Männer. Die Mädchen waren auf dem Boot angekettet. Wenn sie sich erleichtern wollten, mussten sie sich auf die Bordwand setzen, um Urin und Exkremente ins Wasser plumpsen zu lassen. Zu essen bekamen sie nur diese Hirse, ohne irgendwelche Zutaten. Geschändet wurden sie unterwegs nicht, das hoben sich die Entführer als eigene Belohnung für die erste Nacht in dieser Hütte auf. Es war jene Nacht, die ich ebenfalls darin verbringen musste.

Kibwana hatte gleich nach der Entführung alle seine Krieger zusammengerufen. Sechsundzwanzig wählte er aus, die ihn begleiten sollten. Geeignete Boote hatten sie längst genug. Die zwei besten und größten wurden mit den Kriegern bestückt. Jeder nahm neben zwei Speeren auch sein großes Haumesser und ein Gürtelmesser mit, andere Waffen hatten sie nicht. Dann noch diese Kraftnahrung. Wasser war ständig genug um sie herum. Jeder noch eine raue Decke für kühle Nächte, mehr war nicht nötig.

So folgten sie dem Motorboot und waren offensichtlich kaum langsamer. Kibwana beobachtete genau die Ufer auf beiden Seiten des Flusses, um irgendwo das Boot der Verbrecher zu sehen. Wahrscheinlich hatte er auch alle Antennen zu seinen himmlischen Helfern eingeschaltet. Es war schon ziemlich dunkel, als sie nach drei Wochen ein Boot am Ufer entdeckten. Es war drüben an der Einfahrt des kleineren Flusses festgemacht, aus dem wir soeben kamen. Mehrere Krieger erkannten es sofort. Es hatte diesen Außenbordmotor. Aber es war leer. Um kein Risiko einzugehen, denn sie fürchteten die Schusswaffen, fuhren sie ihre Boote zum anderen Ufer, wo sie landeten und ihre eigenen Boote versteckten. Dann stärkten sie sich und ruhten etwas. Als es vollständig dunkel geworden war, schwammen drei von ihnen zum Boot der Entführer. Dort gingen sie an Land und suchten nach Anzeichen eines Lagerplatzes. Aber da war keiner und kein Geräusch deutete auf die Anwesenheit von Menschen hin. Also suchten sie weiter und die Spuren von neunzehn Menschen im weichen Boden zu finden, war selbst im schwachen Sternenlicht nicht schwer. Sie folgten der Spur, die plötzlich nach links auf einen kaum sichtbaren Pfad in den Wald einbog. Sie sahen auch die Spuren eines Autos über denen der Menschen. Nun war klar, dass das, was sie suchten, nicht mehr weit sein konnte, sonst hätten die Entführer das Boot nicht unbewacht gelassen. Sie mussten irgendwo dort im Wald ein Versteck haben.

Also kehrten die Fährtenleser zu Kibwana zurück und erzählten, was sie gefunden hatten. Kibwana entschloss sich, mit den zwei Booten so nah wie möglich an den Waldpfad heranzufahren und sie irgendwo zu verstecken. Von der Landzunge war es bis zu der Hütte für eilig laufende und geschickt schleichende Krieger ein Kinderspiel und sie zögerten mit dem Eindringen in die Hütte. Als Kibwana ebenfalls bei ihnen war, gab es eine kurze Besprechung. Während die Entführer drinnen ihre letzten Schlucke aus den kreisenden Flaschen machten, äugten bereits mehrere Krieger durch die Ritzen der Hütte ringsum. Was sie sahen, berichteten sie Kibwana. Da ging drinnen das Licht aus. Sie hörten die Verzweiflung der Mädchen und die trunkenen Stimmen der aufgegeilten Männer und da gab Kibwana das Zeichen. Seine jungen Krieger drangen in die Hütte ein und gleich darauf hörte Kibwana draußen dasselbe, was auch ich drinnen hörte.

'Hast Du gewusst, dass Kibwana mit seinen Kriegern kommen würde, Euch zu befreien?', wollte ich noch wissen.

'Kibwana kommen. Ganz sicher. Wir alle wissen. Nicht wann, aber wissen.'

Ich war so aufgewühlt von dieser Erzählung, dass ich lange nicht einschlafen konnte auf der Matratze, die man für mich wieder bereitgelegt hatte. Asali hatte eine Decke über mich gelegt und sich neben meiner Matratze in ihre eigene gerollt. Ringsum lagen alle anderen, ebenfalls nur mit Decken zugedeckt. Wegen vieler Mücken allerdings waren auch alle Köpfe darunter. Nur zwei Männer hockten am Feuer und fütterten es weiter. Sie bildeten die Nachtwache. Offensichtlich fürchtete niemand einen Überfall durch Menschenräuber oder andere Banditen. Die wären bestimmt nicht nachts unterwegs. Selbst der Lichtschein des Feuers konnte solche Gefahren nicht anlocken, sehr wohl aber irgendwelche nachtaktiven Raubtiere abschrecken.

Als ich am Morgen erwachte, wurde es gerade hell. Ringsum war es unglaublich laut. Nicht von den Menschen. Geschrei, Gekreisch und Gezwitscher tönte überall aus den Bäumen. Dschungelgeräusche am Morgen. Langsam schälten sich alle aus den Decken. Als Frühstück gab es wieder diesen Kraftbrei. Mein Appetit war stark gewachsen und diesmal konnte ich schon eine erstaunliche Menge davon essen. Asali beobachtete es mit Genugtuung.

Bevor wir wieder in die Boote stiegen, bat ich Asali, den Schamanen zu fragen, ob seine Krieger mit den Schusswaffen umgehen könnten. Wieder war es mühselig, die richtigen Worte zu finden. Jene nämlich, die verstanden werden können, wenn man einer Sprache nicht wirklich mächtig ist. Aber erstaunlicherweise ging das mit Asali immer einfacher. Sie forschte hochkonzentriert in meinem Gesicht, beobachtete jede Hand- und Armbewegung ganz genau, vielleicht las sie bereits meine Gedanken. Dann sprach sie mit Kibwana. Der hob die Schultern und sah mich mit großen Augen an.

Also nahm ich einen Karabiner. Es waren allesamt ziemlich alte Modelle mit hölzernen Kolben und Repetier-schlössern. Jede Patrone musste einzeln eingelegt werden. Als ich den Kolben an meine Schulter hob, wichen alle erschrocken zurück. Sie kannten längst die Wirkung solcher Waffen, hatten es ja in ihrem Kral im Osten erlebt. Deshalb musste ich sie beruhigen und bitten, sich nah zu mir zu stellen. Dann erklärte ich dreimal hintereinander das Laden einer Patrone. Dann das Öffnen und Schließen der Sicherung. Den Kolben sollten sie eng an die Schulter drücken, damit sie durch den Rückschlag nicht verletzt würden. Das Anvisieren eines Zieles ließ ich jeden selbst probieren. Dazu malte ich verschiedene Positionen von Kimme und Korn in den Ufersand. Schießübungen wollte ich hier nicht veranstalten. Ich fürchtete, dass irgendjemand Ungebetenes in Hörweite sein könnte. Wenn wir in ihrer Heimat angekommen sein würden, sollten wir das schnellstens nachholen. Mit den Pistolen machte ich es ähnlich. Dieser Kurzlehrgang hatte ungefähr eine Stunde gedauert. Dann aber drängte Kibwana wieder zum Aufbruch und wir stiegen in die Boote.

Nach nur hundert Metern stachen wir in den breiten Fluss hinein. Er war deutlich tiefer, führte eine erstaunliche Wassermenge und seine Strömung riss die Boote augenblicklich nach links. Jetzt half diese starke Strömung und brachte uns noch schneller voran.

Ich wühlte in meinem Gedächtnis nach dem möglichen Namen dieses Flusses. Während meiner Jugendzeit hatte ich mich viel mit Afrika beschäftigt. Soweit ich mich erinnern konnte, gab es zwei besonders große Flüsse, die aus dem Landesinneren zur Westküste flossen und in den Atlantik mündeten. Einer war der Kongo, doch der konnte es nicht sein. Seine Fließrichtung müsste genau entgegengesetzt sein und er war südlich des Äquators. Wir waren noch deutlich nördlich von ihm, das zeigte der Stand der Sonne. Bliebe noch der Niger. In seinen Anfängen floss der zunächst nach Ost bis Nordost, also weg von der Westküste, hatte ich mal in einem Buch über seine Erforschung durch einen Schotten gelesen.

Später machte er einen riesigen Bogen, streifte sogar die Sahara und floss schließlich nach Südwesten, um im Golf von Guinea in den Atlantik zu münden. Vielleicht waren wir also auf dem Niger noch vor seinem großen Bogen, also bevor er nach Westen floss?

Ich berührte ganz vorsichtig Asalis nackten Arm. Sie wandte mir sofort ihr Gesicht zu und blickte mich fragend an. Da deutete ich auf das Wasser neben uns und sagte: 'Niger?'

'Yes, yes. Niger'.

Irgendwie war es mir immer ein Bedürfnis zu wissen, wo ich mich befand. Vielleicht ist das eine allgemeine Seefahrerkrankheit. Diesmal allerdings hatte ich zusätzlich das vielleicht noch stärkere Bedürfnis, Asali zu berühren. Ich war neugierig, wie sie reagieren würde. Und wie sie reagierte, löste eine gewaltige Gefühlswelle in mir aus. Sie strahlte mich dermaßen erregend an, dass ich nicht anders konnte, als sie gleich noch einmal zu berühren. Diesmal aber viel länger und mit vorsichtigem Streicheln. Da wurden ihre schwarzen Augen noch schwärzer und größer und ihren Mund umspielte wieder dieses geheimnisvolle Lächeln. Ich saß neben ihr, wir sahen uns ganz tief in die Augen und mir war, als hätte mich eine Lähmung bewegungsunfähig gemacht. Da war etwas passiert, das ich eigentlich nicht bewusst gewollt hatte und auf das ich nicht vorbereitet war. Es hatte mich wie ein Blitz getroffen, mein Herz schlug mir bis zum Hals. Ob sie es bemerkte? Ob es ihr vielleicht ähnlich erging? Schließlich war sie immer besonders freundlich zu mir und umsorgte mich deutlicher, als nur irgendeinen Fremden, der auf Hilfe angewiesen war. Jetzt wusste ich nicht, was ich weiter tun sollte. Sie löste ihren Blick nicht aus dem meinen, und ich war in dem ihren gefangen. Aber wir waren ja nicht allein. Ich wäre es jetzt so gern und hoffte heimlich, dass sie es auch sei.

Ein Ruf Kibwanas beendete meine seltsame Erstarrung. Er sah uns grinsend an und deutete zum linken Ufer. Dort gab es jetzt eine breite, sandige Straße. Na ja, eine Piste bestenfalls mit vielen Fahrspuren. Zwei Karren waren darauf zu sehen, die von Eseln gezogen wurden. Auf den Karren türmten sich Säcke. Bestimmt waren sie zu einem Ort unterwegs, um Waren zu liefern.

Gleich hinter der nächsten Flussbiegung zeigte sich eine größere Siedlung. Geschäftiges Treiben zwischen vielen Lehmhütten und schließlich mittendrin, nicht weit vom Flussufer, ein Bazar. Dort wimmelte es von Menschen, weiß oder bunt gekleidet, aber alle mit schwarzen Gesichtern. Auch auf der anderen Seite des Flusses war eine große Ansammlung von Hütten zu sehen und viele Boote, die beinah ununterbrochen hin und her kreuzten. Kibwana beobachtete angestrengt, aufrecht stehend, das Treiben auf dem Fluss und an beiden Ufern. Offensichtlich konnte er nichts entdecken, was uns gefährlich werden könnte. Keine herrisch auftretenden, arabisch gekleideten Männer. Also gab er ein Zeichen und sprach wenige Worte.

Unsere Boote wendeten zur linken Uferseite. Es gab keine Anlegestege, aber einen breiten, sandigen Uferstreifen. Die Boote schrammten auf den Sand, mehrere Männer sprangen heraus und sicherten sie vor dem Abtreiben. Kibwana winkte einen der Krieger zu sich, der nicht hatte paddeln müssen. Er sprach mit ihm und steckte ihm ein Bündel Geldscheine aus dem großen Beutel zu. Dabei blickte er mich dankbar lächelnd an und nickte heftig. Er dankte mir also dafür, dass ich darauf bestanden hatte, das Geld mitzunehmen. Dann liefen sechs Männer zum Bazar.

Als sie nach einer Stunde zurückkehrten, hatten sie mehrere große Bündel mitgebracht. Sie wurden zunächst nicht geöffnet. Kibwana drängte, von hier wegzukommen. Wahrscheinlich befürchtete er, doch noch auf Araber zu stoßen, die überall lauern konnten und vielleicht zu den Menschenräubern gehörten oder irgendwie mit ihnen in Verbindung standen. Erst, als die große Siedlung weit hinter uns lag, erlaubte er eine lange Pause. Es war um die Mittagszeit, die Sonne stand fast senkrecht über uns und es war furchtbar heiß. Alle stiegen an Land und im Ufergras wurden die Bündel geöffnet. Es war viel frische Kraftnahrung darin. Wieder dieser Butterbrei, aber auch gebratenes Fleisch. Ich staunte, wie viel diese Schwarzen essen konnten. Sie leisteten ja auch harte Arbeit und die Mädchen hatten bestimmt lange Zeit nur diesen faden Hirsebrei gehabt, und davon bestimmt niemals genug, unter der Fuchtel der Sklavenfänger.

Wieder entfernte sich Asali nur von mir, um kurz im Gebüsch zu verschwinden, oder um Nahrung für mich zu holen. Dann saß sie schon wieder neben mir, als gehörten wir zusammen. Das tat mir gut. Gleichzeitig schien es mir, als spendete sie durch ihre Anwesenheit meinem Körper neue Kraft. Tatsächlich kehrte die stündlich ein wenig mehr in meinen Körper zurück. Dieser fette Brei aus Maisschrot und Butter schmeckte mir immer besser und natürlich auch das gebratene Fleisch. Auch ohne Salz, Pfeffer oder andere Gewürze.

Dazu trank ich Flusswasser. Aber immer nur so wenig, wie es mir möglich war. Ich wusste, dass es nicht ungefährlich sein konnte. Immerhin gab es im Fluss nicht nur gewaltige Mengen von Fischen und anderen Wasserbewohnern, sondern bestimmt auch verwesende Leichen von Landbewohnern und deren fäkale Absonderungen. Ein frei fließendes Gewässer eben, an dessen Ufern bestimmt hunderte menschlicher Siedlungen lagen. Ich fürchtete eine Vergiftung durch Kolibakterien. Aber es gab ja nichts anderes. Die Schwarzen tranken sowieso nur das Flusswasser und kochten es nie ab. Es abzukochen, würde nur wertvolle Zeit kosten. Ob sie es in ihrer

Heimat entkeimten, wusste ich nicht. Wahrscheinlich hatten sie bestimmt eine ganz andere Immunstärke, als wir Weißen in unserer Zivilisation. Vielleicht konnten ihnen Kolibakterien nichts anhaben, weil über Generationen genügend Antikörper in ihnen entstanden waren. Hoffentlich hatte sich mein Körper auch an diese Situation gewöhnt. Schließlich bekam er ja seit mehreren Monaten nicht nur keimfreie Nahrung. Und tatsächlich bekam ich nicht ein einziges Mal einen Durchfall oder musste irgendetwas wieder über meinen Nahrungseingang herauswürgen. Deshalb wurde ich immer mutiger und aß und trank, was meine schwarzen Retter sowieso zu sich nahmen.

Die Ruderer taten mir leid. Aber keiner beklagte sich und keiner zeigte irgendwelche Anzeichen von Erschöpfung. Ich konnte mir nicht vorstellen, dass Hände bei so viel Beanspruchung von Blasen oder offenen Wunden verschont bleiben konnten. Aber als ich mir mehrere Hände angesehen hatte, staunte ich gewaltig. Die hellen Innenseiten waren glatt und ohne sichtbare Spuren von Überbeanspruchung. Wenn ich mit dem Daumen in die Handflächen drückte um zu testen, ob sie Schmerzen verspürten, sah ich nur freundlich fragende Gesichter. Die Haut war fest wie Leder, aber ohne Schwielen. Bestimmt mussten sie auch sonst oft diese hölzernen Stechpaddel durch das Wasser ziehen und waren längst daran gewöhnt.

Kaum hatten alle ihren Hunger gestillt, drängte Kibwana schon wieder zum Aufbruch. Er hatte es sehr eilig, diese Region zu verlassen. Immer, wenn wieder ein Dorf oder eine kleine Stadt am Ufer auftauchte, erhob er sich und beobachtete konzentriert die Hütten und vor allem die dazwischen umherlaufenden oder hockenden Menschen. Ihm war deutlich anzumerken, dass er irgendeine Bedrohung befürchtete. Erst, wenn die Ortschaften weit hinter uns lagen, setzte er sich wieder erleichtert auf sein Sitzbrett.

In der Abenddämmerung fanden wir endlich einen geeigneten Lagerplatz. Die Ruderer hatten vom frühen Morgen bis zum Abend, nur mit diesen kurzen Pausen zum Einkauf und zur Mittagsrast, schwere Arbeit geleistet. Und wir waren gut vorangekommen. Wie viele Kilometer wir zurückgelegt hatten, kann ich nicht sagen. Aber nach den vielen Stunden der Fortbewegung mithilfe von je zwölf breiten Paddeln und der erheblichen Strömung, musste es eine gewaltige Strecke gewesen sein.

Wieder wurde ein Feuer entfacht. Noch immer gab es gebratenes Fleisch zu diesem Butterbrei. So mussten heute keine Fische gefangen werden und die Ruhezeit für alle verlängerte sich. Zwei Krieger blieben am Feuer sitzen, stolz ihren Karabiner quer über die Schenkel gelegt. Alle anderen rollten sich in ihre Decken und schliefen sehr schnell ein. Nur die Stimmen der Natur ringsum waren noch zu hören.

Asali lag heute erstmals nicht mehr neben meiner Matratze, sondern ganz eng bei mir, obendrauf. Ich hatte sie dazu aufgefordert und sie hatte wieder dieses geheimnisvolle Lächeln gezeigt und keinen Moment gezögert, meine Einladung anzunehmen. Langsam begann ich mir Hoffnung auf noch deutlichere Zuneigung zu machen. Aber ich scheute mich noch immer, es offen zu zeigen. Schließlich wusste ich ja nicht, in welcher Form sich diese Naturmenschen einander näherten. Und vielleicht hatte sie ja zuhause auch einen Mann oder Freund oder etwas ähnliches?

Im ersten Dämmerlicht des Morgens wurden wir von Kibwana geweckt. Er drängte schon wieder zur Eile. Sogar zum Essen ließ er uns nur ganz wenig Zeit. Kaum zeigte sich der rote Feuerball der Sonne als schmaler Streifen zwischen den Uferbäumen, stießen wir vom Ufer ab. Auch am Mittag wurde die Pause kurz und die Tage waren lang. Unermüdlich zogen die Burschen ihre Paddel durch das Wasser und die Ufer jagten regelrecht an uns vorbei.

Manchmal konnten wir die vorstehenden Augen von Flusspferden sehen, ihre breiten Mäuler unter den Nasenhügeln und die kleinen Wackelohren. Sie schienen erstaunt zu sein. So schnell war bestimmt noch nie ein Boot an ihnen vorbeigeschossen. Krokodile stürzten sich erschrocken ins aufschäumende Wasser. Sie wollten uns bestimmt nicht angreifen, dafür waren wir sowieso viel zu schnell. Sie fürchteten eher, während ihrer Sonnenbäder an Land von Kugeln getroffen zu werden und suchten Schutz im Wasser. Ringsum war Sumpfland zu sehen, den ganzen Tag lang.

Auch am nächsten Tag war es nicht anders und am vierten Tag auf dem Wasser stieg Kibwanas Spannung noch weiter an. Jetzt stand er fast nur noch aufrecht im Boot. Dabei stützte er sich auf seinen Stab, denn das Boot machte oft heftige Bewegungen. Auf beiden Seiten des Flusses tauchten immer öfter kleine Siedlungen auf. Kein Mensch, der irgendwo an Land zu sehen war, entging den Augen und konzentrierten Sinnen des alten Schamanen.

Am Nachmittag war es eine kleine Stadt, die am linken Ufer auftauchte. Kibwana befahl den Ruderern, innezuhalten. Sie nahmen ihre Paddel zu sich ins Boot, stützten sich darauf und hatten ihre Augen angespannt auf Kibwana gerichtet. Der stand wieder aufrecht und bewegte nur ganz langsam seinen Kopf hin und her. Er beobachtete nicht nur das Geschehen in der Stadt, sondern ließ auch die vielen Boote und das rechte Ufer nicht aus seinem Blick. Ich versuchte sitzend, auch irgendwas Ungewöhnliches zu entdecken, sah aber nichts, was mich beunruhigen konnte. Am rechten Ufer war niemand. Dort war nur dichtes Gestrüpp und wohl auch Sumpfland. Überall schimmerten Wasserflächen durch die Büsche. Links in der Stadt aber herrschte reges Treiben. Kleine Boote wurden in alle Richtungen gerudert. Wir trieben still in der Strömung.

Kibwana setzte sich plötzlich und befahl seinen Leuten, sich zu ducken. Er wollte offensichtlich die große Anzahl von Leuten im Boot verbergen. Die Mädchen mussten sich sogar flach hinlegen. Auch ich machte mich klein, ließ nur meinen Augen die Sicht über die Bordwand. Als wir etwa an der Mitte der Stadt vorbeitrieben, sah ich erstauntes Verharren der Menschen drüben. Viele starrten herüber und es wurden immer mehr, die uns beobachteten. Deutlich war auch eine erhebliche Anzahl von Arabern unter ihnen. An ihren helleren Gesichtern, ihren schwarzen Bärten und der eindeutigen Kleidung waren sie von den Einheimischen zu unterscheiden. Die Entfernung zu ihnen war ziemlich groß, denn der Fluss war hier breit und wir trieben nicht weit vom gegenüberliegenden Ufer flussabwärts.

Plötzlich wurden drüben Stimmen laut, Befehle wurden geschrien. Viele Männer stürzten zu Booten, die auf das Ufer gezogen waren. Hastig stießen sie bestimmt ein Dutzend davon ins Wasser, sprangen hinein und begannen, wie die Verrückten zu rudern. Wir waren ihr Ziel. Aber Kibwana schien damit gerechnet zu haben. Er sprach nur laut drei Worte, dann stachen schon wieder vierundzwanzig Paddel ins Wasser und unsere Boote beschleunigten so stark, dass ich sitzend vor und zurück wankte. Sie waren ja viel länger als die kurzen Kähnchen unserer Verfolger, ihre Gleitfähigkeit dadurch größer und natürlich auch der geübte, kraftvolle Antrieb, der den Abstand zu ihnen schnell vergrößerte. Wütende Schreie und mehrere harmlose Schüsse aus alten Feuerwaffen begleiteten uns.

Ich wollte von Asali wissen, wieso Kibwana diese Bedrohung hier erahnen konnte. Sie sprach mit ihm und erklärte mir schließlich das Wissen des alten Mannes. Diese kleine Stadt war schon seit mehr als hundert Jahren ein wichtiger Punkt für die handeltreibenden Araber. Ging man von hier nach Norden in die Wüstengebiete hinein, dann erreichte man nach einem Tag Timbuktu und von dort führten mehrere Karawanenwege in alle Richtungen. In Timbuktu gab es auch einen geheimen Sklavenmarkt. Dorthin hätte man die Mädchen und auch mich gebracht.

Dass die Mädchen aber weiter im Westen zu diesem Versteck im Wald gebracht, und nicht schon hier ausgeladen wurden bei der damaligen Fahrt, deutete darauf hin, dass solche Aktionen geheim bleiben mussten. Und vielleicht auch, dass noch weitere Lieferungen erwartet wurden. In jenem Waldversteck hätte man wohl alle gesammelt und anschließend in diese Stadt und dann nach Timbuktu gebracht. Also musste es wirklich noch mehrere Banden geben, die in verschiedenen Gebieten unterwegs waren und die zusammenarbeiteten. Aber so, wie die Araber dort in der Stadt beim Anblick unserer Boote reagierten, konnte man annehmen, dass ihre getöteten Kameraden bereits entdeckt waren. Es musste also wirklich noch eine weitere Verbindung dorthin geben. Entweder war im Waldversteck inzwischen wirklich eine weitere Lieferung eingetroffen, oder es war ein Kurier dort, der die böse Nachricht hierher brachte. Bestimmt aber mit einem Auto, das auf dem Landweg schneller sein konnte als wir mit den Booten. Dieser Schamane aber musste das alles gewusst oder geahnt haben. Ich war froh, unter dem Schutz dieses klugen Mannes zu stehen.

An diesem Abend hatten wir die Stadt weit hinter uns gebracht. Kibwana war jetzt sehr entspannt und er lächelte dauernd. Er war ein freundlicher Mann. Wenn mich seine Blicke trafen, dann grinste er breit. Weshalb, war mir ein Rätsel. Ich konnte nur vermuten, dass es etwas mit Asali zu tun hatte. Immerhin hatte er gesehen, wie wir uns einander näherten. Das geschah erstaunlich unkompliziert und fließend. Als wäre es das Normalste der Welt, dass ein heruntergekommener Weißer in diese für ihn geheimnisvolle Dorfgemeinschaft von Schwarzen im tiefsten Buschland Afrikas eindrang. Von diesen freundlichen Menschen aufgenommen, beschützt und versorgt wurde.

Aber wieso hatte keiner der Männer hier etwas dagegen, dass dieser Fremde sich in so unverschämter Weise einer ihrer Frauen näherte? Gab es hier überhaupt keine eheähnlichen Verbindungen, keinen Mann, der sich je Hoffnung auf diese doch so gutaussehende Frau mit deutlichen sexuellen Reizen machte, und mich nun als hassenswerten Konkurrenten ansah? Immer öfter machte ich mir Gedanken über diese Situation. Einerseits befürchtete ich, irgendwann an diese gefährliche Grenze der Eifersucht zu stoßen, aber andererseits war ich auch neugierig darauf, was dann geschehen würde. Einerseits stieg täglich in mir das Verlangen, diesen Körper mit der schwarzen, samtenen Haut zu berühren, diese prallen Brüste zu streicheln, meine Hand über den nackten Bauch abwärts gleiten zu lassen, um zu erfahren, wie sie reagieren würde, aber andererseits fürchtete ich eine Reaktion, die mich vielleicht auf den Boden der Tatsachen zurückreißen würde. Vielleicht gab es ja in ihrem Kral einen Mann, der einen Anspruch auf sie hatte und der mich mit einem Speer durchbohren würde? Asali dazu zu befragen, wagte ich nicht.

Die Sonne war noch nicht untergegangen, als wir einen sandigen Rastplatz fanden. Nach mehreren Tagen endlich wieder. Die Sumpfgebiete hatten wir hinter uns. Hier gab es weniger Mücken und alle hatten genügend Zeit, sich auszuruhen und neue Kräfte zu sammeln. Weil das Fleisch aufgebraucht war, wurde wieder gefischt. So erfolgreich, dass es für mehrere Tage reichen würde. Alle Fische wurden frisch gebraten und welche nicht gleich verzehrt wurden, wickelten die Mädchen in große, grüne Blätter. So würden sie bestimmt nach Tagen noch nicht verdorben sein.

An diesem Abend musste ich Asali nicht auffordern, sich zu mir auf die Matratze zu legen. Sie tat es einfach. Aber sie wickelte sich eng in ihre eigene Decke und drehte mir den Rücken zu. Für mich war das ein eindeutiges Zeichen, sie nicht anrühren zu dürfen. Ob sie auch so dachte? Oder einfach nur meine schamhafte Zurückhaltung erkunden? Oder wartete sie darauf, dass ich endlich meine Zurückhaltung aufgab? 'Nein! Ich darf es nicht!' Ringsum lagen viele ihrer Freunde, Bekannten, vielleicht sogar Verwandte! So schwer es mir fiel, ich hielt mich tapfer zurück und meine Hände bei mir.

Als ich am Morgen erwachte, war sie längst aufgestanden. Ich hatte es nicht bemerkt. Kaum hatte sie erkannt, dass ich wach geworden war, brachte sie mir schon ein wenig Butterbrei und ein großes Stück Fisch. Der warmherzige Blick ihrer Augen forschte in meinem Gesicht. Ob sie wohl meine verunsicherte Seele erkannte? Ob sie sah, wie voller Zweifel meine Gedanken waren? Wie mein Inneres darum kämpfte, ihre Gefühle zu erraten? Wie hin und hergerissen ich war zwischen einem vielleicht notwendigen Mut zur deutlichen Annäherung und der Angst, abgewiesen zu werden?

An diesem Nachmittag erschrak ich bei der nun entspannten Bootsfahrt. Wie immer saß ich auf meiner Matratze im Boot neben Asali. Ich konnte sehen, dass der Fluss vor uns einen weiten Bogen nach rechts machte. Ein heftiges Rauschen drang an meine Ohren. Es kam von einer Stelle des Flusses, die noch nicht zu sehen war. Nur eine Wolke aus Wasserstaub hüllte voraus die Uferbäume ein. Allein ihre Kronen waren noch zu sehen und Millionen von silbernen Blättern glänzten, flatternd und immer wieder aufblitzend, im

Licht der Sonne, die bereits im Westen stand. Da musste ein Katarakt vor uns liegen oder ein Wasserfall. Noch hundert Meter, dann konnte ich es sehen: aufschäumendes Wasser und gewaltige Felsbrocken, durch die sich der Fluss seinen Weg in erschreckendem Gefälle bahnte. 'Die Burschen werden doch nicht etwa versuchen, dort hindurch zu steuern? Das ist niemals zu schaffen! Unten würden nur noch Trümmer ankommen!', waren meine Gedanken und ich blickte mit großen Augen zu Kibwana. Aber der war ganz gelassen. Na klar, was denn sonst. Sie waren ja auf dem Herweg schon hier hindurch gekommen. Aber wie? Gegen diese Strömung, Wasserwirbel, Strudel, Felsen? Mein Blick muss wohl ziemlich fragend und ratlos gewesen sein, denn wieder grinste Kibwana nur und gab schließlich einen lauten Befehl. Sofort wendeten die Boote zum linken Ufer. Und jetzt sah ich auch eine deutliche Spur im Ufersand. Boote wurden hier an Land gezogen, um flussabwärts getragen zu werden.

Die Ruderer schulterten die Boote. Sie waren geübt darin, das konnte man sehen. Und für zwölf kräftige Männer war so ein Boot nicht schwer. Asali winkte vier Mädchen herbei, die meine Matratze tragen sollten. Ich stoppte sie. Ich fühlte mich längst wieder stark genug. Also konnte ich durchaus auf diesen Komfort verzichten. Warum sollte ich es bequemer haben als alle meine Begleiter? Jene Hämatome, die ich mir während des Transportes auf der Ladefläche des Lastwagens zugezogen hatte, waren nur noch als große, gelbe Flecken zu erkennen und druckempfindlich waren sie dank Asalis Naturmedizin auch nicht mehr. Ab jetzt wollte ich auch nur noch auf der blanken Erde oder im hölzernen Boot sitzen oder liegen. Die Matratze ließen wir zurück. Vielleicht fand sie ja jemand, der sie gebrauchen konnte.

Der Weg am Ufer entlang war weit. Diese Strom-schnellen zogen sich bestimmt über mehrere Kilometer hin.

Am Ende wurden die Boote wieder in ihr Element gesetzt und jeder nahm seinen Platz ein. Nach gerade mal einer Stunde hatten wir das Hindernis hinter uns und der Fluss zeigte wieder sein freundliches Gesicht.

Am nächsten Tag wurde die Vegetation spärlicher. Nur noch in Flussnähe gab es Bäume und Sträucher. Die grünen Streifen von Grasland wurden immer schmaler. Der Niger schlängelte sich durch dürres Steppenland, manchmal sogar durch blanke Wüstengebiete. Insgesamt aber war seine Hauptrichtung jeden Tag ein wenig südlicher, dann sogar südwestlich und endlich nahm die Vegetation wieder zu. Immer größer wurden die Waldflächen, immer höher die Bäume und schließlich zeigte sich lückenloser Urwald. Der Lärm der Waldbewohner weckte uns am Morgen und begleitete uns abends in den Schlaf.

Seltener fanden wir irgendwelche Siedlungen. Und wenn, dann waren sie von ganz anderen Menschen bewohnt als zuvor. Unser Zusammentreffen mit ihnen war völlig entspannt. Kein Misstrauen mehr wie in jenen Gebieten, in denen Araber Handel trieben. Meine Beschützer traten ihnen wie Brüder entgegen. Bei ihnen konnten wir immer Fleisch bekommen, was meinen Begleitern sichtlich sympathisch war. Fleisch ihrer Nutztiere - also Rinder, Schafe oder Ziegen, aber auch Wild, das sie erjagten. Jetzt hatten wir es auch nicht mehr eilig.

An vielen Nebenflüssen waren wir vorbeigekommen, und endlich bogen wir in einen von ihnen ein. Er führte uns weiter direkt nach Osten. Seine Strömung war nicht stark, gegen sie anzupaddeln, war leicht. Aber der Urwald rückte auf beiden Seiten immer dichter an seine Ufer heran. Manchmal sah es aus, als durchquerten wir einen grünen und mit Vogelgekreisch gefüllten Tunnel. Affenhorden begleiteten uns in den Baumkronen, sie waren neugierig. Was sie wohl empfanden bei unserem Anblick?

Plötzlich weitete sich dieser Fluss auf beiden Seiten. Ein großer See war hier entstanden, dessen östliches Ende nur als schmaler, dunkler Streifen zu erkennen war. Wir strebten dem rechten Ufer zu, das eine Ansammlung von Hütten inmitten einer großen Lichtung zeigte. Mehrere kleine Boote trieben davor. In ihnen standen schwarze Männer, die nur ein Hüfttuch trugen und immer wieder Wurfnetze fliegen ließen. Als sie uns gewahr wurden, hielten sie inne. Weniger als eine Minute verging, bis sie die Situation erfasst hatten. Sie riefen irgendetwas zu den Hütten hinüber. Dort stürmten augenblicklich viele Menschen zum Ufer. Männer, Frauen und Kinder. Die Kinder waren völlig nackt, alle anderen trugen Hüfttücher, genau wie meine Begleiter. Schwarz glänzten ihre Körper in der Sonne. Sie winkten und hüpften und riefen laut vor Freude.

Auf meine Frage, ob das ihr Kral sei, antwortete Asali: 'Nein, Freunde.'

Die Fischer stellten ihre Arbeit ein und eilten uns entgegen. Dann ruderten sie mit uns zum Strand. Schon unterwegs setzte ein heftiges Geschnatter ein. Alle wollten gleich wissen, was Kibwana und seine Leute erlebt hatten. Doch keiner von meinen Begleitern erwiderte ihre Fragen. Kibwana hatte ein deutliches Zeichen gegeben. Kaum stiegen wir aus den Booten, da erkannte ich, weshalb alle schwiegen. Erst musste der Häuptling des Krals begrüßt und unterrichtet werden. Das war Kibwanas Aufgabe.

Schließlich saßen wir alle, die Bewohner des Krals und meine Begleiter, um den Häuptling auf dem Boden. Ihm gegenüber hatte sich Kibwana niedergelassen. Und er erzählte ihm mit lauter Stimme, so dass es auch alle anderen hören konnten, die ganze Geschichte. Es dauerte bestimmt zwei Stunden. Währenddessen flüsterte mir Asali jene Dinge zu, die mich jetzt brennend interessierten:

Der Kral ihrer Leute war nicht mehr weit. Dort, wo der See im Osten endete, war die Einmündung des Flusses, an dessen Ufer ihr Kral lag. Nur eine halbe Tagesreise mit dem Boot von hier. Die Bewohner beider Krals waren befreundet, sie gehörtem demselben Stamm an. Sie besuchten sich oft gegenseitig und vermischten auch ihr Blut miteinander. Männer von hier zogen zu Frauen nach dort und umgekehrt.

Dieser Ausdruck machte mich stutzig. 'Männer zogen zu Frauen?'

'Ja', antwortete Asali. 'Nur Frauen besitzen eine Hütte. Sie errichten sie für sich selbst, wenn sie Lust haben, einen Mann für sich zu gewinnen. Das kann schon sehr früh sein. Manche tun es bereits, wenn sie gerade erst geschlechtsreif wurden. Wenn die Hütte fertig ist, suchen sie sich einen Mann. Der darf noch keiner anderen gehören. Hat sie einen gefunden, der ihr gefällt, dann versucht sie, ihn verliebt zu machen. Das geht ganz leicht. Es beginnt mit Berührungen der Hände. Wenn ihm die Berührungen angenehm sind, streift sie ihn heimlich mit ihren Brüsten. Der nächste Schritt ist dann die zufällige Entblößung ihrer Scham so, dass nur er es sehen kann. Ist er dann entflammt, nimmt sie ihn an der Hand und führt ihn in ihre Hütte.'

'Damit sind sie also verheiratet?'

'Damit gehören sie zusammen.'

'Für immer?'

'So lange, wie ihr Verlangen zueinander blüht.'

'Und wenn das Verlangen nachgelassen hat?'

'Dann verlässt er sie wieder oder sie schickt ihn fort und sucht sich irgendwann einen neuen Mann.'

'Und Kinder? Wenn sie gemeinsam Kinder haben?'

'Die bleiben bei der Frau. Manchmal kommt der Vater und schaut nach ihnen. Sie bleiben für immer Freunde.'

'Gibt es denn niemals Streit? Werden sie niemals böse aufeinander? Und Eifersucht. Wird der Mann niemals eifersüchtig, wenn sie ihn wegschickt und sich einen anderen nimmt?'

'Das gibt es auch manchmal, aber selten. Jeder weiß, dass er sich bei allen anderen unbeliebt macht, wenn er den Frieden der Gemeinschaft stört. Einmal passierte es sogar, dass Kibwana einen Mann, der es nicht akzeptieren wollte, aus der Dorfgemeinschaft ausschloss. Er musste den Kral verlassen.'

'Werden Frauen nie eifersüchtig? Was geschieht, wenn ihr ausgesuchter Mann untreu wird?'

'Frauen sind anders. Sie neigen nicht so sehr zur Eifersucht und sie können sich besser beherrschen. Sie finden sich leichter mit einer Trennung ab. Nur einmal geschah es, dass sich ein ausgesuchter Mann von einer sehr jungen Frau verführen ließ, die noch keinen Mann hatte. Sie mussten beide die Dorfgemeinschaft verlassen. So sorgt Kibwana dafür, dass es fast keine Streitereien im Kral gibt.'

'Wagt es niemand, sich gegen Kibwana zu erheben? Seine Entscheidungen zu ignorieren?'

'Nein, das wagt niemand. Was Kibwana entscheidet, muss jeder akzeptieren, Männer und Frauen. Seine Krieger würden jeden aus dem Kral vertreiben, der sich nicht an die Regeln hält. Alle haben ja dieser Ordnung selbst zugestimmt. Wer diese Form nicht mehr gut findet, darf gehen.'

Es dauerte lange, bis meine Überraschung über Asalis Erklärung verdaut war. Lange Zeit ging mir das Gehörte durch den Kopf und immer wieder schüttelte ich ihn verwundert. Aber je länger ich darüber nachdachte, umso logischer erschien mir diese Gesellschaftsform: Einer, der über die Formen wacht und alle, die sie akzeptieren. Eigentlich klang das ziemlich diktatorisch. Aber das war es keineswegs. Denn wenn die Gemeinschaft mit den Entscheidungen des Häuptlings nicht einverstanden wäre, könnten sie ihn absetzen und einen anderen bestimmen. So aber gibt es zunächst kein hin- und herdiskutieren und kein Abwägen, was richtig oder falsch ist. Die Regeln sind klar und unwiderruflich. Wer sie nicht befolgen will, muss gehen. So einfach kann ein Dorffrieden aufrecht erhalten werden. Und diese Menschen fürchten ihren Häuptling nicht etwa, sie verehren ihn nur als klugen und erfahrenen Mann.

'Ist es schon immer so in den Sippen Eures Stammes?'

'Nein. Früher war es anders. Kibwanas Großmutter hat es vor langer Zeit so bestimmt. Sie war Häuptling, nachdem ihr Mann, also Kibwanas Großvater, gestorben war.'

'Wer bestimmt denn, wer Euer Häuptling sein soll?'

'Das muss niemand bestimmen. Wenn Kibwana irgendwann zu alt oder zu schwach geworden ist, dann hat sich längst ein Nachfolger oder eine Nachfolgerin zu erkennen gegeben. Mit besonderen Fähigkeiten nämlich. Klugheit ist wichtig, aber auch das Geschick, Menschen freundlich zu überzeugen und zu führen. Bei Kibwana kam noch hinzu, dass er schamanische Fähigkeiten besitzt. Aber das ist nicht zwingend notwendig, um Häuptling zu werden. Wenn ein Häuptling solche Fähigkeiten nicht hat, aber ein anderer im Kral, dann wird der andere sein Stellvertreter oder sogar Medizinmann. Kibwana ist Häuptling, Schamane und Medizinmann. Wir sind alle sehr stolz, dass er zu uns gehört.'

'Du sagtest, dass auch Frauen Häuptling sein können?'

'Ja, das gibt es auch manchmal. Der Unterschied zwischen Männern und Frauen ist nicht sehr groß, jedenfalls in Beziehung auf Klugheit und Führungskraft. Alle können besonders klug sein, schamanische Fähigkeiten entwickeln und medizinisches Geschick. Beide haben seit Anbeginn der Menschheit unterschiedliche Aufgaben innerhalb der Gemeinschaft, die von der Natur vorgegeben sind. Frauen gebären Kinder und werden dadurch zu Versorgern der Kinder und ihrer Männer, während Männer aufgrund ihrer

Körperkräfte zu Beschützern und Versorgern wurden. Ist es dort, wo Du herkommst, anders?'

'Vieles ist durchaus ähnlich, manches aber längst verlorengegangen. Die Gier nach Reichtum und Macht hat viele Menschen verdorben. So, wie Du es bei diesen Sklavenhändlern erlebt hast. In meiner Heimat ist es aber zum Glück weniger schlimm. Bei uns hat jeder das Recht, seine Meinung zu äußern und versucht natürlich, sie durchzusetzen. Die industrielle Entwicklung hat dazu geführt, dass sich unzählige Möglichkeiten der Lebensauffassung entwickelten. Das führte aber dazu, dass auch viele unterschiedliche Meinungen entstanden. Deshalb gibt es oft Streitigkeiten, die nicht sehr schön sind. Ich bewundere Eure einfache und logische Denkweise. Aber weißt Du, was mich noch sehr interessiert? Ich hörte und las oft, dass in Afrika sehr viele Kinder geboren werden. So viele, dass sie in vielen Gebieten nicht genug zu essen haben. Städte platzen aus allen Nähten und je mehr Menschen es werden, umso mehr Kinder zeugen sie. Also ein bedrohlicher Kreislauf. Seid Ihr damals nicht auch aus dem Osten geflohen und hierher gezogen, weil es dort schon zu eng geworden ist?'

'Ja, es ist so, wie Du sagst.'

'Wenn Ihr diese Gemeinschaftsform habt, dass also Frauen immer wieder neue Männer suchen, mit denen sie glücklich sein möchten, dann gibt es doch schon dadurch viel mehr Kinder, als in einer Dauerbeziehung, in der die Liebeslust nach wenigen Jahren abgekühlt ist.'

Jetzt lacht Asali und sagt: 'Nein, nein. Unser Stamm hat durch die Klugheit von Kibwanas Großmutter ein Mittel gegen die Ausdehnung unseres Volkes gefunden. Jede Frau darf höchstens zwei Kinder in ihrem Leben gebären. Egal, wie viele Männer sie hatte. Nur, wenn durch das Sterben von Kindern die Gefahr besteht, dass unsere Gemeinschaft kleiner wird, erlaubt Kibwana die Geburt eines oder mehrerer weiterer Kinder.'

'Kibwana steuert also auch die Größe Eurer Sippe?'

'Ja, zum Wohl für uns alle.'

Gerade hatte Kibwana seinen Bericht beendet, da erhob sich ringsum ein ohrenbetäubendes Geschnatter. Alle waren furchtbar aufgeregt. Immer wieder kamen Männer und Frauen, drängten sich um Kibwana, um ihm eine Hand auf das Haupt zu legen. Offensichtlich war das also eine Ehrfurchtsbekundung. Aber nicht nur Kibwana wurde auf diese Weise geehrt. Ebenso alle seine Krieger, dann die Mädchen und schließlich auch ich. Es waren hunderte von Händen, die meinen Kopf berührten. Manche verharrten darauf, um meine fremdartigen Haare zwischen ihren Finger zu fühlen.

Nach dieser langwierigen Ehrung rief der Häuptling dieses Krals einen Befehl und zwölf seiner kräftigsten Männer sprangen in ein Boot, um sich in erstaunlicher Geschwindigkeit vom Ufer zu entfernen. Sie waren frisch und stachen ihre Paddel noch viel heftiger in das aufschäumende Wasser, als ich es schon bei den Kriegern Kibwanas erlebt hatte. Asali erklärte mir die Bedeutung: 'Sie fahren jetzt zu unserem Kral, um von unserer erfolgreichen Rettung zu berichten. Wir müssen nämlich bis morgen früh hierbleiben, denn es gibt ein großes Dankesfest.'

Das Fest war geprägt von ausgelassener Fröhlichkeit. Es begann mit einer minutenlangen Verneigung aller Anwesenden vor den Mächten des Himmels. Alle lagen auf ihren Knien und drückten ihre Stirnen in den Sand. Der Häuptling sprach dazu ein langes Gebet und Asali erklärte mir später, dass er sich bei den Geistern des Himmels, der Erde, des Wassers und des Waldes für die Rettung der Mädchen bedankte. Danach erklangen viele hölzerne und mit Fellen bespannte Trommeln. Sie dröhnten so gewaltig, dass die Luft vibrierte. Von den Bäumen des scheinbar undurchdringlichen Waldes am Rande der Lichtung wurde dieses Gedröhn tausendfach zurückgeworfen. Ich erschauerte vor der Gewalt dieser bis in die Knochen fahrenden Vibration. Kaum verstummten die Trommeln, als lückenlos ein Gesang einsetzte, in den alle Schwarzen einfielen. Sie sangen voller Inbrunst mit strahlenden Gesichtern, jeder kannte offensichtlich die Texte dieser Lieder, sogar die Kinder. Dann begannen die Krieger zu tanzen. Hüpfend zunächst nur und dabei kämpferische Rufe brüllend, bald aber in breiter Front voranstürmend um ihre Speere gegen unsichtbare Feinde zu stoßen. Und endlich tanzten auch die Frauen. Sie hatten andere Schrittfolgen als die Krieger, aber sie waren ebenso gleichförmig und rhythmisch.

Ich kam aus dem Staunen nicht heraus. Ich war von allem zusammen so beeindruckt, dass meine Augen feucht wurden. Diese ausgelassene Fröhlichkeit als Ausdruck uneingeschränkten Glückes berührte mich zutiefst. Nur mühsam konnte ich ein Schluchzen vermeiden. Asali hatte meine Ergriffenheit bemerkt und machte ein besorgtes Gesicht. Wahrscheinlich glaubte sie, dass ich mich bedroht fühlen könnte. Aber das Gegenteil war der Fall. Nie und unter keinen anderen Menschen hatte ich mich je sicherer gefühlt. Als ich ihr das erklärte, strahlte sie mich glücklich an.

Viele Feuer wurden entfacht, in großen Kesseln begann es zu brodeln. Aufgespießte Fische und Fleischteile erjagter Waldtiere wurden über der Glut geröstet. Kalebassen wurden verteilt, in denen ein berauschendes Gebräu aus Kräutern und Waldfrüchten schäumte. Der Alkoholgehalt war gering, aber diese Menschen wurden trotzdem stetig ausgelassener. Asali sagte, dass dieses Getränk zu jedem Fest gehöre, es habe eine uralte Tradition. Und es sei Medizin für die Seele der

Menschen. Also selbst hier im Urwald, so weit entfernt von jeder Zivilisation, bedienten sich die Menschen berauschender Getränke bei irgendwelchen Feierlichkeiten. Nicht anders als bei meinen Freunden im Fischerdorf an der Küste des Atlantik.

Dann tauchte das Boot der Krieger dieses Krals wieder auf. Nur eines war entsandt worden, zurück aber kamen viele. Eltern und Freunde der Mädchen wollten nicht auf die endgültige Heimkehr warten. Sie kamen, sprangen aus den Booten und stürmten schreiend an Land. Dort schlossen sie die vor Erleichterung laut weinenden Mädchen in die Arme. Wieder konnte ich meine Tränen nicht unterdrücken. Ich stellte mir vor, wie die Zurückgebliebenen gelitten haben mussten. Bestimmt hatten sie nicht glauben können, die Geraubten je wiederzusehen.

Nur zu einer kam niemand, um sie erleichtert in die Arme zu schließen: Asali. Ich war einen Schritt zur Seite getreten, als der Ansturm kam. Wollte nicht, dass jemand aus ihrem Dorf unsere Vertrautheit bemerken könnte, der vielleicht mit ihr verbunden war. Nun sah ich sie dort stehen, ebenfalls mit Tränen in den Augen und schluchzend. Da ging ich zu ihr, fasste sie rechts und links an den Schultern, und wollte sie trösten. Sie lächelte mich mit ganz nassem Gesicht an. Als ich in ihren Augen nach dem Grund ihrer Traurigkeit forschte, begann sie plötzlich unter Schluchzern zu lachen. Sie hatte meine Sorgen um sie erkannt und begann sofort, mich zu beruhigen.

Auf sie wartete niemand, denn sie lebte allein. Vor einem Jahr war jener Mann gestorben, den sie sich ausgesucht hatte. Nur ihre Eltern lebten noch in jenem Kral, zu dem wir morgen früh aufbrechen würden. Sonst hatte sie niemanden, auch kein Kind. Ich gebe zu, dass mich diese Erklärungen ziemlich erleichterten.

Einen kleinen Teil der Nacht verbrachten wir so, wie es schon unterwegs hierher gewesen war. In unsere Decken gewickelt und eng aneinander im Sand liegend. Die Feier hatte lange gedauert. Manche der Krieger verstummten erst, als der Sonnenaufgang nicht mehr fern war. Kaum aber wurde es hell, da sprangen alle auf, rollten ihre Decken zusammen und brachten sie in die Boote. Der Abschied vom Häuptling dieses Krals kam. Wieder legte er seine Hand auch auf meinen Kopf und sprach viele Worte.

Wir stiegen in die Boote, wie es seit Tagen geschehen war. Im Heck unseres Bootes thronte Kibwana auf seinem Sitzbrett. Zu seinen Füßen saßen Asali und ich nebeneinander. Dann ein paar der geretteten Mädchen und schließlich die paddelnden Krieger. Beidseitig der Bordwände stachen ihre Paddel im Gleichklang ins Wasser. Unser zweites Boot blieb ganz eng in unserem Kielwasser und dahinter folgte ein gewaltiger Schwarm kleinerer Boote. Erst jene, die zur Feier hergekommen waren, und dann jene, die an der kommenden Feier im Kral Kibwanas teilnehmen wollten.

Das östliche Ufer des großen Sees war bald erreicht. Dort ging es hinein in die Fortsetzung des Flusses und wieder wurde es dunkel, denn gewaltige Bäume auf beiden Seiten schluckten das Tageslicht. Plötzlich aber endeten die riesigen Wälder auf beiden Seiten des Flusses gleichzeitig. Buschland breitete sich vor uns aus. Kleine Baumgruppen und einzelne Bäume und Büsche in trockenem Grasland, soweit das Auge reichte. Dann in der Ferne ein Kral am linken Ufer. Runde Hütten aus Zweigen und Lehm innerhalb eines Zaunes aus Dornengestrüpp, wie ich es schon von jenem Kral kannte, den wir erst vor vier Stunden verlassen hatten. Die Hütten innerhalb der Umzäunung waren hier allerdings zahlreicher und außerhalb des Krals konnte ich mehrere Herden von Ziegen und Rindern sehen, die von Burschen mit langen

Stöcken bewacht wurden. Als sie unsere Boote sahen, begannen sie laut zu schreien und ihre Stöcke durch die Luft schwingen. Augenblicklich strömten viele Menschen aus einer Öffnung des Dornenzaunes und rannten zum Ufer des Flusses. Einige sprangen in Boote, die im Ufersand lagen, um uns entgegen zu paddeln. Jubelrufe in allen Tonlagen wurden immer lauter. Als wir an Land stiegen, wurden wir von weinenden und lachenden Menschen bedrängt, die wenigstens eine Berührung mit ihren Händen erhaschen wollten. Der Lärm und das Gedränge waren unbeschreiblich. Wieder war ich sehr gerührt, obwohl ich diese Situation jetzt doch schon kannte. In mir war eine tiefe Liebe zu diesen Menschen entstanden. Unter ihnen konnte man sich einfach nur wohl und behütet fühlen. Und wie hemmungslos sie ihre Gefühle zeigen konnten, ging mir tief unter die Haut und ich glaube, dass dieses Erlebnis mich selbst stark verändert hat. Die Einstellung zum Leben und die demütige Bewunderung anderer Völker. Mehr denn je wurde mir bewusst, dass so einfach lebende und handelnde Menschen auf keinen Fall weniger berechtigt seien, auf dieser Erde zu leben, als solche, die sich aufgrund ihrer sogenannten Fortschritte erhaben fühlten.

Alles drängte durch die Enge des Dornenzaunes, mancher musste einen Kratzer erdulden. Drinnen ging der Lärm weiter. In der Mitte des Krals gab es einen großen, freien Platz und ein riesiger Baum mit gewaltig ausladender Krone stand mittendrin. Und am hinteren Ende des Platzes die größte und schönste Hütte. Zu ihr ging sofort Kibwana. Es war die Hütte der Frau, mit der er schon sehr lange zusammenlebte. Sie stand davor und erwartete ihn hoch erhobenen Hauptes und mit stolzem Blick. Als er vor ihr stand, hob sie ihre rechte Hand, legte sie flach auf sein krauses Haar und sang ein Gebet. Dann nahm sie sein Gesicht in beide Hände und küsste ihn auf den Mund. Dies war der Anlass für alle Bewohner des Krals und der Freunde aus dem Kral am See, in lautes Jubelgeschrei auszubrechen. Ohne die kleinste Lücke ging dieses Geschrei in einen Gesang über, der mich schon wieder erschauern ließ.

Das Ende dieses Begrüßungsrituals zu Ehren ihres Häuptlings war endlich der Anlass für alle anderen, zu ihren eigenen Hütten zu eilen. Krieger wurden von den Frauen in die Hütten gezogen, mit denen sie zusammenlebten und einige der älteren Mädchen verschwanden mit ihren Partnern ebenfalls. Kinder und Alte, die zu diesen Hütten gehörten, blieben diskret auf dem großen Platz zurück.

Asali war unter vielen Tränen von ihren Eltern begrüßt worden, nun forschte sie in meinem Gesicht. Sie sah, wie ich neugierig das Treiben beobachtete und lächelte geheimnisvoll. 'Sie machen jetzt Liebe', sagte sie, nahm meine Hand und führte mich zu ihrer Hütte.

Die lag am Rande des Krals, direkt neben dem Dornenzaun. Ein wollener Vorhang ersetzte die Tür. Sie schob ihn mit einer Hand zur Seite, bückte sich und verschwand im düsteren Inneren, ohne meine Hand loszulassen. Sie zog mich hinterher. Gerade konnte ich mich noch tief genug bücken, der Eingang war niedrig. Mir klopfte das Herz bis zum Hals hinauf. Mein Körper ahnte wohl schon, was jetzt geschehen würde.

Drinnen erkannte ich eine Schlafstelle. Trockene Gräser, die in eine Wolldecke gezwängt waren, bildeten die Matratze. Mehr konnte ich zunächst nicht wahrnehmen. Asali presste ihren Körper an den meinen. Ihre nackten Brüste berührten meinen bunten Umhang. Das störte sie wohl, denn sie zog ihn mir mit einem Ruck vom Oberkörper. Nun spürte ich ihre steil aufgestellten Brustwarzen, die sich wahrscheinlich in meinen Körper bohren wollten. Ich erschauerte und spürte gleichzeitig, wie ihr Körper erzitterte. Mit dem sonst üblichen

Ritual der Annäherung hielt sich Asali nicht auf. Sie wusste, dass ich längst entflammt war.

Ich hatte mich nicht mehr unter Kontrolle. Meine Erregung war nicht mehr zu verbergen und sie spürte sie deutlich unter ihrem Bauch. Sie begann, erregt zu keuchen, riss meinen Umhang vollständig herab und gleich darauf ihr Lendentuch. Nun keuchte ich ebenfalls. Minutenlang standen wir, aneinander gepresst und nichts anderes um uns herum spürend, als den lustvollen Körper des anderen. Diese Minuten erschienen mir ewig lang und ich wollte sie nicht beenden. Sie waren so voller Köstlichkeit, prickelnder Erregung und atemloser Gier, dass sie auf keinen Fall schnell beendet werden durften. Doch irgendwann lassen sich weder Körper noch Geist in eine immer schmerzhafter werdende, beinah explodierende Zurückhaltung pressen und wir sanken gemeinsam auf das Lager und liebten uns wie zwei Verdurstende, die in letzter Sekunde Wasser finden...

Eng umschlungen erwachten wir aus einem seligen Erschöpfungsschlaf, als es draußen laut wurde. Alles strömte zum Dorfplatz. Dort begann die Feier der Erlösung und sie glich jener, die ich schon am Vorabend erlebt hatte. Nur, dass es jetzt zwei Reihen von Kriegern waren, die sich zu ihrem Männertanz aufgestellt hatten. Ihre Speere waren gegen den jeweiligen Gegenüber gerichtet. Manchmal erschrak ich über die Vehemenz ihrer gespielten Angriffe, doch keiner wurde verletzt.

Wieder wurde viel gegessen und getrunken und auch diese Feier zog sich bis tief in die Nacht hinein. Irgendwann nahm Asali meine Hand und wir gingen zu ihrer Hütte. Unser Hunger aufeinander war noch lange nicht gestillt, so wurde es eine Nacht voller Glückseligkeit, wie auch viele weitere in den nächsten Wochen. Seit unserer ersten Begegnung in dieser Hütte der Verbrecher und an jedem folgenden Tag hatte sich eine ungeheure Gier aufeinander angesammelt. Nun konnten

wir nicht anders, als den Gesetzen der Natur gerecht zu
werden.

Ich lernte das Leben im Kral kennen und das außerhalb
des Dornenzaunes. Die Hirten der Herden wurden meine
Freunde, weil ich Tage bei ihnen und ihren Tieren verbrachte
und die Fischer ebenso, wenn ich mich bemühte, unter ihrer
Anleitung die Wurfnetze fliegen zu lassen oder große Fische
mit dem Speer zu erwischen.

Eines Tages erinnerte ich mich an Asalis Worte über
die Großmutter Kibwanas. Da war eine Frage in meinem Kopf
übriggeblieben, die nie beantwortet wurde. Als wir am Abend
wieder auf der Matratze lagen, fiel sie mir wieder ein.

'Asali, Du sprachst von der Großmutter Kibwanas, die
nach dem Tod des Großvaters Euer Häuptling wurde. Was war
das für eine Frau?'

'Oh, das war eine ganz besondere Frau. Du musst
wissen, dass damals die Frauen noch die Dienerinnen ihrer
Männer waren, und dass Männer mehrere Frauen haben
konnten. Manche heirateten alle paar Jahre ein zusätzliches,
junges Mädchen, wenn sie nur genug Tiere hatten, um es zu
bezahlen. So mussten sie selbst überhaupt nicht mehr arbeiten.
Auch die schweren Arbeiten wurden von den Frauen gemacht.
Und die Männer konnten sich für jede Nacht die Frau
aussuchen, auf die sie gerade am meisten Lust hatten. Die
Frauen hatten nie das Recht, etwas abzulehnen. Sie mussten
immer tun, was der Mann verlangte. Wenn sie aufbegehrten,
wurden sie geschlagen. Das war das Recht der Männer.

Jali hieß die Großmutter. Sie war klug, groß und stark.
Und sie hatte riesige Brüste. Als ihr Mann, der damals
Häuptling war, eine jüngere Frau nehmen wollte, verweigerte
sie es ihm. Das hatte es noch nie gegeben. Keine Frau hatte das
Recht, ihrem Mann zu widersprechen. Jali tat es trotzdem. Sie
sagte: 'Viele Jahre hast Du auf meinem Bauch gelegen,

zwischen meinen Brüsten und Schenkeln, und ich habe immer gemerkt, dass Du Dich wohlgefühlt hast. Nun auf einmal nicht mehr? Wenn Du eine andere Frau in Deine Hütte holst, dann werde ich weggehen und viele Frauen aus dem Kral mit mir nehmen. Dann werden wir weit weg einen eigenen Kral haben und uns neue Männer suchen, die gut zu uns sind.'

Ihr Mann war außer sich. Er griff einen langen Stock und wollte Jali schlagen. Draußen, außerhalb der Hütte vor den Augen der Nachbarn. Aber sie entriss ihm den Stock und zerbrach ihn mit einem Ruck über ihrem Knie und warf ihn weit weg. Stolz und mit strengem Blick stellte sie sich vor ihn und stemmte ihre Fäuste in die Hüften. Sie wirkte so bedrohlich, dass ihr Mann erschrak und ganz blass wurde. Er wagte nicht mehr, sie zu schlagen oder eine andere Frau zu suchen. Stattdessen wurde er jeden Tag trauriger. Seine Aufgaben als Häuptling vernachlässigte er, denn er schämte sich vor den Leuten seiner Sippe. Und die begannen, ihn zu verachten und immer häufiger zu widersprechen. Schließlich blieb er nur noch in seiner Hütte und eines Tages fand ihn Jali tot auf seinem Lager, als sie abends ihre Tiere für die Nacht in den Pferch getrieben hatte. Er hatte eine giftige Pflanze gegessen.

Jali aber hatte großes Ansehen gewonnen. Bei den Frauen sowieso, aber auch bei den Männern. Von ihnen wurde sie gefürchtet, weil sie so stark und unerbittlich war. So wurde sie nun Häuptling. Und sie veränderte das Leben ihrer Sippe. Es begann damit, dass die Beschneiderin eines Tages kam. Das geschah viermal im Jahr. Zweimal für die Jungen und zweimal für die Mädchen. Du musst wissen, dass die Jungen erst als Mann anerkannt wurden, wenn ihnen die Vorhaut abgeschnitten war. Die Mädchen wurden zur Frau, wenn sie keine Klitoris und keine Schamlippen mehr hatten und erst dann konnten sie verheiratet werden. Für jede Beschneidung verlangte diese alte Hexe mit der stumpfen und schmutzigen

Rasierklinge, reichliche Belohnung. Manche Familien, die zu wenige Tiere hatten, mussten sich Geld dafür leihen. Ja, Geld. Das hatten wir damals noch, tauschten es in der nächsten Stadt gegen unsere Ziegen und Schafe ein. Immer wurden wir dabei übervorteilt, weil wir den Wert des Geldes nicht wirklich kannten. Seit Jali diese Hexe davongejagt hatte, brauchten wir kein Geld mehr. Nun machten wir nur noch Tauschhandel.'

Ich war entsetzt. Dass Männer bei den Juden und im Islam beschnitten wurden, hatte ich ja schon gehört. Angeblich geschah das, damit sich in den tropisch heißen Zonen der Erde keine Geschlechtskrankheiten unter der Vorhaut entwickeln konnten. Aber Mädchen? Das wollte ich nun genauer wissen:
'Asali. Dass man bei Männern in ihrer Jugend unter verschiedenen Religionen die Vorhaut wegschnitt, hatte ich schon gehört. Es soll wohl verhindern, dass sie krank werden und diese Krankheit auf Frauen übertragen. Warum beschneidet man denn Frauen?'
'Bei Frauen hat es andere Gründe. Sie sollen keine Lust empfinden, damit sie sich nicht mehr für andere Männer interessieren, wenn sie verheiratet sind. Man macht es bei ihnen auch viel früher. Wenn die Klitoris und die Schamlippen abgeschnitten sind, werden die Wunden aneinander genäht, damit sie zusammenwachsen. Nur ein winziges Loch wird übriggelassen, damit sie urinieren und menstruieren können. Leider starben immer wieder viele Mädchen nach dem Beschneiden. Sie verbluteten, oder die Wunden entzündeten sich und dann konnte ihnen niemand mehr helfen.'
'Aber warum wehrten sich die Eltern nicht dagegen? Wenigstens die Mütter?'
'Für die Väter waren die Mädchen schon immer eine Ware. Sie konnten sie nur an Männer verheiraten, wenn sie noch Jungfrauen waren. Diese Beschneidung und das Zunähen garantierte ja, dass sie noch mit keinem Mann geschlafen

hatten. Und dann konnte der Vater viele Rinder für seine beschnittene Tochter bekommen. Unbeschnittene Frauen wollte kein Mann, weil es ja nicht sicher war, ob sie noch Jungfrau ist. Die Mütter aber kannten es nicht anders. Sie waren ja selbst beschnitten und hielten es für absolut notwendig. Es war eben eine uralte Tradition. Welche Qualen sie erlitten hatten und auch ihren Töchtern zumuteten, hielten sie für gottgewollt. In'shallah, sagten sie nur. Auch, wenn ihre gequälte Tochter starb. In'shallah. Allah wollte es so, die Menschen müssen sich fügen. Frauen hatten unter dieser Religion sowieso keine Rechte. Manche Männer behandelten ihre Tiere besser, als ihre Frauen. Sie durften geschlagen werden und ausgetauscht und wenn sich eine mal erlaubte aufzubegehren, konnte sie froh sein, wenn sie nicht augenblicklich getötet wurde. Erst Jali machte dem ein Ende - jedenfalls bei uns. Bei anderen Stämmen aber ist es immer noch so. Jedenfalls dort, wo diese schreckliche Religion herrscht.'

'Ihr seid also Muslime?'

'Unsere Vorfahren waren es. Bis Jali endlich die Macht besaß, das Leben in ihrer Sippe zu verändern. Sie verbot diese Religion, die nur Leid über alle Menschen gebracht hatte, die sie um sich herum liebte. Viele wehrten sich dagegen, diese Religion aufzugeben. Sie glaubten, dass Allah sie bestrafen würde, wenn sie ihn verleugneten. Aber Jali sagte, dass er sie nicht bestrafen würde, wenn es ihn wirklich gäbe. Denn seine Prediger verkündeten doch immer, dass er alle Menschen liebe, auch die Ungläubigen. Am längsten wehrten sich die Männer gegen das Aufgeben dieser Religion. Aber das war ja klar, denn sie profitierten schon immer von den Vorzügen. Männer hatten schließlich diese Religion erfunden und predigten sie, wo immer es möglich war. Frauen, so viele sie wollten - Frauen, die für sie arbeiteten - Frauen, die ihnen nicht widersprechen durften - Frauen, die sie schlagen durften, wann

immer sie wollten. Deshalb waren es immer mehr Frauen, die
Jali folgten, weil sie erkannten, dass sie nur so ein gerechtes
Leben führen konnten.'

'Seitdem seid ihr also ohne Religion?'

'Nein. Seitdem sind wir nur zu jener Religion
zurückgekehrt, die unsere Ahnen schon hatten, bevor die
Araber kamen und uns ihre Religion aufzwangen. Wir beten
nicht zu einem Gott, den es angeblich allein geben soll und der
alle Macht auf dieser Erde hat. Wir beten zu den Geistern des
Himmels, der Erde, des Wassers und des Waldes. Je nachdem,
wer gerade zuständig ist. Wir bitten die Geister des Himmels
und des Wassers, wenn wir Regen brauchen und wir danken
ihnen, wenn sie ihn schicken. Wir bitten den Geist der Erde,
wenn er das Gras wachsen lassen soll und die Wüste fruchtbar
machen und wir danken ihm, wenn er es tut. Den Geist des
Waldes bitten wir, genug Futter für die Wildtiere
bereitzuhalten, damit sie gut leben können, denn sie sind
unsere Brüder und Schwestern.'

'Wie lange hat es gedauert, bis alle die muslimische
Religion abgelegt hatten?'

'Es dauerte bei den meisten nicht lange, denn Jali wurde
nicht müde, immer wieder von den Vorzügen der alten
Naturreligion zu erzählen. Sie zwang Niemanden, aber sie
konnte sehr überzeugend sein. Wenn sie Jemanden antraf, der
noch immer zu Allah betete, fünfmal am Tag auf dem Boden
kniete und nach Mekka seine Wünsche sandte, dann ließ sie
ihn gewähren, bis sie eine günstige Gelegenheit fand, mit ihm
zu sprechen. Ja, mit ihm. Denn Frauen waren es sehr schnell
nicht mehr. Als erstes frug sie ihn immer, ob er denn jemals
erlebt habe, dass Allah seine Wünsche erfüllt hatte. Wenn er
bejahte, dann lachte sie ihn aus und konnte sehr eindeutig das
Gegenteil beweisen. Sie war sehr, sehr klug.'

'Asali, ich möchte noch wissen, was geschehen war,
wenn ein beschnittenes Mädchen verheiratet wurde und nun

mit ihrem Ehemann schlafen musste. Ihre Scheide war doch zugenäht.'

'Da gab es drei Möglichkeiten. Entweder war der Mann so rücksichtsvoll, dass er sich Zeit ließ, dieses kleine Loch nur langsam zu dehnen. Das konnte lange dauern, aber der Mann profitierte davon, weil er so immer durch die Enge ein starkes Gefühl bekam. Oder er drang gewaltsam ein und zerriss die Naht. Das war natürlich sehr schmerzhaft und es bestand erneut die Gefahr einer schlimmen Infektion, genau wie bei der dritten Möglichkeit. Nämlich, die Öffnung vorher mit einem Messer zu vergrößern. Das wurde sicherlich am häufigsten gemacht. Spätestens zur Geburt eines Kindes wurde die Scheide mit einem Messer geöffnet und nach der Geburt wieder zugenäht. Du siehst also, dass die Männer der damaligen Zeit auf die Gefühle und die Gesundheit ihrer Frauen selten Rücksicht nahmen. Starb eine, dann heirateten sie einfach eine neue. In'shallah!"

'Aber Jali hatte doch auch Kinder, nicht wahr?'

'Ja, einen Sohn. Kibwanas Vater nämlich. Ein sehr ruhiger Mann, genau wie sein Sohn. Er wurde schon nicht mehr beschnitten. Und er wurde der neue Häuptling, als seine Mutter starb. Wie seine Mutter, war auch er sehr klug. Jali hatte ihn zu einem Medizinmann geschickt, der weit von hier in einem anderen Kral unseres Stammes im Osten lebte. Er sollte von ihm lernen und er war sehr geschickt. Er kannte bald die Eigenschaften verschiedener Pflanzen und wie sie gegen unterschiedliche Krankheiten eingesetzt werden. Seitdem gibt es kaum noch Sterbefälle aufgrund irgendwelcher Erkrankungen. Sein Sohn Kibwana lernte es von ihm und ist deshalb nicht nur Häuptling, sondern auch Medizinmann. Und weil er sehr eng mit den Geistern im Himmel befreundet ist, kann er auch unser Schamane sein. Wir verehren ihn sehr.'

'Jetzt ist es mir noch ein Rätsel, wie Euch die Steuerung der Geburtenrate möglich ist. In meiner Heimat gibt es verschiedene Möglichkeiten, eine Schwangerschaft zu vermeiden. Ihr aber könnt Euch doch nirgends Kondome kaufen oder irgendwelche Medikamente, die eine Befruchtung verhindern. Und meinen Samen nicht in Dich hineinzuspritzen, hast Du auch nie gefordert. Willst Du etwa ein Kind von mir?'

Da lachte Asali laut. 'Ich staune über Deine Gedanken. Ein Kind von Dir zu bekommen, würde mich sehr freuen. Verhindern will ich es nicht, obwohl es möglich wäre. Ich darf ja noch Kinder haben. Warum also nicht von einem weißen Mann? Aber ich könnte es verhindern. Wie gegen alle möglichen Krankheiten, gibt es auch Kräuter, die eine Schwangerschaft verhindern.'

'Also ein Kind mit Dir, das könnte ich mir auch vorstellen. Dann wären wir eine richtige Familie. Das wird bestimmt ein besonders schönes Kind. Wir sollten jeden Tag versuchen, ein Kind zu machen. Was meinst Du?'

Da lachte sie wieder und sagte: 'Aber das tun wir ja. Irgendwann wird es bestimmt gelingen.'

'Sag mir noch eines, Asali: Du hattest mal erwähnt, dass ein weißer Mann hier bei Euch war, von dem Du die englische Sprache kennst. Was war das für ein Mann? War er lange hier und wann war er hier?'

'Das liegt noch nicht lange zurück. Es war ein English-Man und er war Missionar. Er hatte einen schwarzen Mantel an und wollte, dass wir seinen Gott anbeten sollten. Christ sei er, hatte er stolz gesagt. Aber keiner hier wollte tun, was er für sehr wichtig hielt. Er glaubte, dass wir nur mit seinem Glauben glücklich sein könnten. Wir sollten unsere Geister nicht mehr anrufen, nur noch seinen Gott. Unsere Geister nannte er Götzen.'

'Habt Ihr ihn fortgejagt?'

'Nein, er war ja nicht böse. Aber als er merkte, dass niemand auf ihn hören wollte, ging er von selbst. Er wollte uns auch unterrichten. Rechnen, schreiben und lesen und seine

Sprache lehren. Ein halbes Jahr hat er es auch getan und einige von uns, so wie ich, lernten gern von ihm. Deshalb kann ich ein bisschen Englisch. Und auch ein bisschen rechnen. Die Zahlen lernten wir in seiner Sprache, auch wie sie geschrieben werden. Er sagte, das wäre für uns sehr wichtig, wenn wir irgendwann Kontakt mit anderen Stämmen und Völkern haben würden und Handel treiben. Wer von ihm lernte, war traurig, als er ging. Er konnte einfach nicht verstehen, dass wir lieber mit unseren Geistern zu tun hatten. Aber die haben uns immer geholfen. Na ja, meistens jedenfalls. Was uns an seiner Religion störte, war seine Behauptung, dass es nur seinen Gott gäbe. Aber das hatten die Muslime ja auch schon behauptet und damit waren wir nicht glücklich, weil wir nicht frei sein durften. Unsere Vorfahren fühlten sich als Muslime eher wie Sklaven eines Herren, den sie nie zu sehen bekamen. Wir sehen unsere Götter immer in der Form der Erde, des Himmels, des Wassers und des Waldes.'

Die Rache der Sklavenjäger

Eines Morgens endete der Frieden im Kral abrupt. Im Morgengrauen hörte ich im Halbschlaf einen Schuss und gleich darauf fünf weitere. Ganz nah. Asali richtete sich neben mir erschrocken auf. Erst glaubte ich, dass unsere Krieger ihre eroberten Karabiner ausprobierten, doch als vom Dorfplatz ein Gebrüll in fremdartiger Sprache ertönte, wurde ich schlagartig hellwach und stürzte zum Hütteneingang. Vorsichtig schob ich den Vorhang etwas zur Seite. Da sah ich eine große Gruppe arabisch gekleideter Männer mit weißen Turbanen und schwarzen Bärten inmitten des Dorfplatzes. Sie hatten wohl den mit Dornenbüschen verschlossenen Eingang der Umzäunung von außen geöffnet, waren eingedrungen als alles noch schlief, und bildeten auf dem Platz einen lückenlosen Kreis. Jeder von ihnen hatte einen Karabiner im Anschlag und lauerte auf ein Ziel. Drei unserer Leute lagen bereits reglos in ihrem Blut vor ihren Hütten. Es waren Frauen, denn die verließen morgens zuerst ihre Schlafstätten.

Aber durch die Schüsse waren alle anderen Dorfbewohner gewarnt. Sie erinnerten sich an den Überfall zur Entführung der Mädchen, der ähnlich abgelaufen war. Deshalb stürmten sie jetzt nicht aus ihren Hütten, sondern schickten nur ihre vorsichtigen Blicke durch Lücken an den Eingängen oder durch Ritzen in den dürftigen Wänden.

Mit einem weiteren Überfall hatte niemand gerechnet, ich auch nicht. Ich dachte, dass diese Räuber wissen mussten, dass es jetzt in diesem Dorf hier gefährlich für sie sein würde. Dass die Dorfbewohner jetzt viel zu wachsam sein würden und sogar bewaffnet. Daran, dass sie sich vielleicht nur rächen wollten für den Tod ihrer Kameraden, dachte hier niemand. Mir wurde das jetzt brühend heiß bewusst. Und ich schalt mich, so unvorsichtig gewesen zu sein und es versäumt zu haben, die Krieger an den erbeuteten Waffen endgültig auszubilden. Immer noch nicht. Das Leben im und um den Kral und die Nähe Asalis hatten verhindert, dass mir diese Idee kommen konnte. Wir fühlten uns alle einfach zu sicher.

Asalis Hütte stand abseits des zentralen Platzes. Zwischen ihr und dem Dorfplatz waren weitere Hütten. In ihrem Schutz schlich ich gebückt zur Nachbarhütte. Ich wusste, dass dort einer der Krieger wohnte, der einen Karabiner besaß. Als ich den Eingang seiner Hütte erreicht hatte, sah ich schon den Lauf durch den Schlitz neben dem Vorhang ragen. Er war also zum Kampf bereit, aber vorsichtig genug, nicht nach draußen zu stürmen. Darauf lauerten diese Barbaren, das ahnte auch er.

Ich griff nach dem Lauf. Der Krieger war überrascht, er hatte mich nicht bemerkt. In seiner Schreckreaktion versuchte er, mir die Waffe zu entreißen. Aber ich ließ nicht los, sondern drückte den Lauf nach oben. Ich wusste ja nicht, ob er einen Finger am Abzug hatte und ob die Waffe entsichert war. So stand ich endlich gebückt vor ihm und legte einen Finger vor meine Lippen. 'Schhht!', zischte ich, da hatte er mich erkannt und ließ die Waffe los. Sie war geladen, aber nicht entsichert. Er hätte also vergeblich zu schießen versucht und dabei bestimmt sein Leben verloren.

Was sollte ich nun tun? Mich allein anschleichen, um vielleicht einen Gegner zu töten? Und dann? Selbst wenn ich nach dem Abfeuern einer Patrone Deckung hinter den Hütten nehmen würde, wäre ich dem Tode geweiht. Diese Hütten waren viel zu leicht gebaut. Karabinerkugeln könnten sie leicht durchschlagen, wenn sie nicht zufällig auf einen stärkeren Ast trafen. Und drinnen waren Menschen. Meine Freunde. Alles war einfach viel zu gefährlich.

Die Karabiner hatten nur einen Schuss. Nach jedem Schuss musste neu geladen werden und das brauchte ein paar Sekunden. Bis ich neu geladen hätte, würden mich bestimmt gleich mehrere Kugeln treffen. Schließlich war das Nachladen im Sprung oder in der Bewegung kaum möglich.

Wenn sich diese Barbaren bedrängt fühlten, könnten sie einfach wahllos in die Hütten schießen und würden dabei sicherlich ein Blutbad anrichten. Aber in diese Richtung dachten sie hoffentlich nicht. Sie wollten auf Nummer sicher gehen. Mit ihren ersten Schüssen hatten sie bestimmt gehofft, dass die Bewohner aller Hütten heraus stürmen würden. Aber das taten sie nicht. Ich war sicher, dass sie im Inneren lauerten und die Verbrecher beobachteten, genau wie mein Nachbar. Bestimmt waren auch mindestens einige Karabiner und Pistolen auf die Banditen gerichtet. Hoffentlich waren die wenigstens entsichert. Aber das konnte ich nicht kontrollieren. Alles war jetzt zu spät.

Weiter lauerten die Sklavenjäger in ihrem Kreis. Jeder hatte seinen Karabiner im Anschlag und ließ den Lauf seiner Waffe langsam hin und her wandern. Dass sie dort so frei und ohne Deckung standen, deutete eigentlich darauf hin, dass sie nicht mit Schusswaffen in den Hütten rechneten. Aber sie müssten doch wenigstens vermuten, dass die Waffen ihrer getöteten Kameraden mitgenommen wurden. Oder gingen sie davon aus, dass diese primitiven Wilden mit dieser Beute nicht umgehen konnten?   Noch immer bot sich nirgends ein Ziel für sie. Ihr Plan war noch nicht aufgegangen. Dann fassten sie wohl einen neuen. Ich beobachtete weiter mit angehaltenem Atem. Sie wollten die Hütten in Brand setzen. Drei von ihnen schleppten Zweige und Äste herbei und entzündeten sie innerhalb ihres Kreises. Mir wurde himmelangst. Wenn es ihnen gelang, brennende Äste in die nur mit einer Decke verschlossenen Eingänge zu werfen, könnten die Hütten sehr schnell in Brand geraten. Das trockene Zweigegeflecht war nur von außen mit Lehm verschmiert. Von innen dienten die Zweige zum Aufhängen von Kleidung und Küchenutensilien. Um sich bei einem Feuer zu retten, müssten die Bewohner nach draußen gelangen, und zwar sehr schnell. Männer, Frauen und Kinder - alte und junge. Und dort erwarteten sie die Kugeln der Barbaren. Sie wollten Rache. Mir lief ein Schauer der Angst nach dem anderen über den Rücken, meine Haare stellten sich überall regelrecht auf.

Bestimmt hatten sie ihre Kameraden gefunden, oder zumindest von deren Hinrichtung gehört. Nackt, mit durchschnittenen Kehlen und fehlenden Geschlechtsteilen. So skrupellos, wie ich diese Männer einschätzte, würden sie diesmal keine Gefangenen machen wollen. Sie waren bestimmt darauf aus, die gesamte Sippe auszulöschen. Also auch die Alten und Kinder zu töten. Selbst Säuglinge waren in höchster Lebensgefahr. Es waren ja gewissenlose Menschenverächter.

Ich konnte keinen Plan fassen. Es war keine Zeit dazu. Von Hütte zu Hütte zu laufen, um die mit Schusswaffen ausgerüsteten Krieger zu kontrollieren und Anweisungen zu geben, war nicht möglich. Auch nicht durch einen Ruf zum Angriff auffordern, der jetzt überraschend kommen müsste, denn ich war ja ihrer Sprache nicht mächtig. Es blieb mir nur zu hoffen, dass sie richtig reagieren würden, wenn ich selbst einen Angriff wagen würde.

Ich spürte keine Angst um mich selbst. Mir war nur mehr denn je bewusst, wie sehr ich mich mit den Bewohnern dieses Dorfes verbunden fühlte. Sie hatten mich gerettet und in ihre Mitte aufgenommen. Ich war einer von ihnen. Nicht zuletzt durch Asalis Liebe. Mich würden die Verbrecher bestimmt genauso wenig verschonen, wie jeden anderen. Vielleicht hatte mich mein Schicksal wegen dieser Situation hiergeführt? Hatte mich durch mehrere Höllen gehen lassen, um hier mein Ende zu finden? Ich musste alles wagen, um meinen Anteil zur Rettung beizusteuern. Leben und Tod lagen jetzt wiedermal so eng beieinander, dass der Ausgang völlig unberechenbar war. Wenn ich jetzt hervorspringen würde, könnte ich wenigstens einen töten. Das aber wäre mit Sicherheit auch mein Ende. Aber irgendetwas musste ich jetzt tun, das war ich meinen Freunden schuldig! Und als der erste von ihnen einen brennenden Ast in die Höhe nahm und ihn zur nächsten Hütte schleudern wollte, sprang ich aus meiner Deckung hervor und schrie so laut ich konnte. Ein Schrei war es, der ähnlich klingen sollte, wie ich ihn beim Kriegstanz gehört hatte. Schrill, laut und langanhaltend. Gleichzeitig richtete ich den Karabiner auf jenen, der den lodernden Ast über sich hatte, bereit, ihn zu werfen. Plötzlich starr vor Überraschung, stand er für eine Sekunde da und ich drückte ab. Er sank zu Boden und erstickte unter sich das Feuer des Astes.

Mit diesem Angriff hatten die Banditen nicht rechnen können. Einen Augenblick verharrten sie alle staunend und diese Sekunden reichten zum Gegenangriff meiner Freunde. Es war ein rasender Ansturm mit ohrenbetäubendem Kriegsgeschrei von allen Seiten. Alle hatten sie irgendwo gelauert und auf einen günstigen Moment gewartet. Der kam mit meinem Schrei. Plötzlich stürmten sie aus allen Richtungen auf die Sklavenjäger ein. Manche benutzten tatsächlich erfolgreich Karabiner oder Pistolen, warfen aber nach dem Abfeuern diese Waffen von sich und zückten noch im Sprung ihre Messer.

Dieser Angriff war für dreißig Banditen mit dreißig Karabinern nicht nur überraschend, das schrille Kriegsgeheul ließ sie sekundenlang erstarren. Es drang durch Mark und Bein, ließ die eben noch so Tötungswilligen erstarren und ihre Hände zittern. Sie drückten zwar ab, doch die Schüsse waren ungezielt und richteten kaum Schäden an. Nur drei meiner Freunde wurden harmlos getroffen, wie ich sehen konnte. Sie verharrten nur kurz und verzogen erstaunt ihr Gesicht, ohne einen Laut von sich zu geben. Dann sprangen auch sie vorwärts und sie waren flink. Ihre blutenden Wunden spürten sie in diesem Augenblick bestimmt nicht.

Keiner der Angreifer entkam dem Tod. Manche wurden von Speeren durchbohrt, andere von Kugeln getroffen oder von Messern aufgeschlitzt. Nur einer, der unbeweglich in ihrer Mitte gelegen hatte, erhob sich plötzlich schwankend. Ein Speer stak in seiner Brust, die bunten Federn daran flatterten im sanften Morgenwind. Er richtete seinen Karabiner mit letzter Kraft irgendwohin in die Mitte des Dorfes hinein und fand gerade noch genug Kraft, den Finger zu krümmen.

Ein Schuss löste sich und stürzte mich augenblicklich in die tiefsten Abgründe meines armseligen Lebens. Asali war mit Angst in ihren Augen zum Platz geeilt. Sie wollte wohl sehen, ob mir etwas passiert sei. Diese vermaledeite Kugel traf sie -

mitten in die Brust. Ich konnte es sehen. Ich sah, wie sich ein winziger Fleck in ihrer schwarzen Haut auftat und sich rot färbte - wie erst ein dünnes Rinnsal, dann ein breiter Strom ihres Blutes an ihrem Körper herabströmte. Sie sank auf die Knie, ihre Augen waren weit aufgerissen, Schreck war in ihnen zu sehen und maßloses Erstaunen. Ich stürzte entsetzt zu ihr. Sie erkannte mich und lächelte erleichtert. Da war ich endlich bei ihr, nahm sie in meine Arme und weinte, wie ich nie zuvor in meinem Leben geweint hatte. Ich spürte ihren letzten Atemzug in der Beuge meines Halses - und ich wollte, dass ich mit ihr mein Leben beenden dürfte..."

Ich saß tief ergriffen an diesem Tisch, neben mir still der Wirt mit gesenktem Kopf, und mir gegenüber Hein. Der war regelrecht zusammengesunken und er weinte still. Tränen liefen über seine faltigen Wangen. Mit dem rechten Handrücken versuchte er, sie wegzuwischen. Es gelang nur spärlich. Sein Blick war voller Schmerz auf den Tisch gerichtet. Dann nahm er wortlos seine Pfeife und die Mütze, stand auf und ging. Kein Wort kam heute mehr über seine Lippen, noch nicht einmal ein Abschiedsgruß.

"Kanntest Du diesen Abschnitt seines Lebens?", wollte ich vom Wirt wissen.

"Nein", sagte er nur, wischte sich ebenfalls Tränen aus den Augen und stand auf. "Davon hat er nie gesprochen."

Draußen wurde es langsam dunkel, ein paar Gäste unterhielten sich leise am dritten Tisch. Auf unserem standen drei halbvolle Biergläser, die keiner mehr beachtete. Die Schnapsgläschen daneben waren leer.

"Ob er wohl morgen wieder kommt?", will ich noch wissen.

"Hein kommt jeden Tag. Bestimmt auch morgen."

Ich lege einen Geldschein auf den Tisch und erhebe mich auch. "Tschüss denn. Ich komme morgen auch wieder.

Möchte mich wenigstens von Hein verabschieden und mich für seine Erzählung bedanken.

"Is recht. Tschüss auch."

Auf dem Weg zu meinem Hotel kann ich nur noch an eins denken: an die letzten Sätze von Hein und an seinen tiefen Schmerz, den er nach so vielen Jahren immer noch empfindet. Wie groß muss diese Liebe gewesen sein. Zwischen einem weißen Mann, der mehrmals an den Rand seines Lebens gepresst wurde und immer wieder gerettet, und dieser schwarzen, sanftmütigen Frau in der Wildnis Afrikas. Sie musste ihm wie die Entschädigung ertragener Qualen erschienen sein und sie wurde ihm dennoch genommen. Nach viel zu kurzer Zeit war er nun wieder zurückgestoßen in die raue Wirklichkeit des Lebens. Armer Hein.

Am nächsten Tag kommt Hein später als sonst. Es ist schon fast Mittag. Und diesmal lächelt er nicht ein einziges Mal. Ich spüre förmlich, dass Asali noch immer in seiner Seele weilt. Er kann sie nicht vergessen. Sicher nicht bis an sein eigenes Lebensende. Sein Gesicht ist bleich und starr, seine Augen traurig. Nur das vertraute "Moin" kommt über seine Lippen, dann sitzt er auf seinem gewohnten Platz am letzten Tisch, der ihm allein gewidmet zu sein scheint, mit dem Rücken zum Eingang. Hier hat er seine Ruhe und kann sich in seine Erinnerungen vergraben.

"Es ist gleich zwölf. Möchtet Ihr schon was essen?", fragt der Wirt. Auch er zeigt heute nicht das kleinste Lächeln.

Mir ist auch überhaupt nicht danach, doch ich sage: "Ich schon. Und Du, Hein?"

"Ach ich weiß nich. Hab überhaupt noch keinen Hunger. Aber gut, es muss ja weitergehen. Mach mir was Kleines."

"Heute Matjes?"

"Ja, gern", sage ich und Hein nickt nur.

Heute essen wir schweigend. Die Stimmung ist gedrückt. Bei uns allen. Als der Wirt die leeren Teller weggeräumt hat und wieder am Tisch sitzt, ringe ich mich endlich durch, das quälende Schweigen zu brechen:

"Hein, Du sollst wissen, dass mich Deine Erzählung sehr berührt hat und dass ich mit Dir fühle. Ich möchte Dir danken, dass Du mich an Deinem Leben hast teilnehmen lassen. Nun möchte ich mich verabschieden, denn gegen fünf möchte ich wieder nach Hause aufbrechen und ich hab ja noch einen weiten Heimweg vor mir.

Hein sieht mich überrascht an. "Ja willst Du denn den Rest der Geschichte nicht hören? Sie ist noch nicht zu Ende."

"Oh, sie geht noch weiter? Na klar will ich alles hören. Auf einen Tag mehr oder weniger kommt's mir nicht an. Erzähl bitte!"

Das große Aufräumen

"Ich weiß nicht, wie lange ich dort im Kral auf dem Boden kniete und Asali an mich drückte. Ihr Körper wurde immer schlaffer und schwerer. Ich weiß auch nicht, ob ich selber überhaupt noch wirklich am Leben war. Mein Kopf war leer, denken konnte ich nicht mehr. Erst als mich zwei Krieger rechts und links an den Armen nach oben zogen und ich Asali noch immer nicht loslassen wollte, begann ich ihn wieder zu spüren. Die Burschen zogen mich und Asali entglitt meinen Armen. Zwei Frauen fingen sie auf. Da erinnerte ich mich endlich, wo ich war. Ich erkannte diese schwarzen Menschen um mich herum, die alle traurige Gesichter hatten. Frauen weinten, Kinder versteckten sich hinter den Hütten und lugten verschreckt hervor. Alle Augen waren auf mich gerichtet. Mein Oberkörper war vorn voller Blut und auch das bunte Lendentuch, dass ich als einzige Kleidung seit Wochen trug.

Die zwei Krieger führten mich zu Kibwana. Der stand dort, wo die dreißig Sklavenjäger wirr durcheinander und übereinander in ihrem Blut lagen. Er hatte seine Arme ausgebreitet, schwenkte sie hin und her über die Leichen und sang ein trauriges Gebet. Ich verstand davon nur wenige Worte. Es klang wie 'Abschied von verlorenen Seelen'. Er war scheinbar nicht böse auf sie, sicher rief er die Geister um Vergebung an, für deren Tötung. Als sein Gesang beendet war, wandte er sich zu mir. Die Krieger drückten auf meine Schultern und ich verstand, dass ich mich niederknien sollte. Also tat ich es. Da legte Kibwana beide Hände auf meinen Kopf und begann wieder einen Gesang. Plötzlich geschah etwas Seltsames in meinem Kopf. Ohne, dass ich all seine Worte verstehen konnte, wurde mir bewusst, was er sang: Er fühlte meinen Schmerz, denn er hatte längst erkannt, wie groß meine Liebe zu Asali und wie eng wir miteinander verbunden waren. Ihm war ganz sicher bewusst, wie groß mein Schmerz sein musste.

Kibwana sang, und meine Tränen versiegten. Mit einer Hand hob er meinen Kopf mit sanftem Druck unter dem Kinn, sodass meine Augen in den Himmel hinauf gerichtet waren. Höher und lauter wurde seine Stimme und ich spürte Ruhe in meinen Körper fließen. Abrupt endete der Gesang und ich erhob mich, ohne dass mich jemand dazu aufforderte. Ich wusste einfach, dass es jetzt sein musste. Und ganz ruhig ging ich zu Asalis Hütte. Ich glaube heute, dass er mich hypnotisiert hatte, um mir den Schmerz zu nehmen.

Asali lag bereits auf unserem Nachtlager. Man hatte sie hierher gebracht, ohne dass ich es bemerkte. Ihr Gesicht sah friedlich und entspannt aus. Ihre Augen waren geschlossen, als schliefe sie und der Körper war bis zum Kinn mit einem weißen Tuch bedeckt. Ich legte mich neben sie und schlief sofort ein.

Als ich erwachte, war der Mittag vorbei. Ich drehte meinen Kopf nach rechts und sah Asali immer noch so friedlich neben mir. Noch einmal küsste ich ihre Stirn, dann zog ich das Tuch vollständig über sie und stand auf.

Als ich zum Dorfplatz kam, waren die Leichen der Sklavenjäger verschwunden und der Platz vom Blut gesäubert. Einer der Krieger kam zu mir und gab zu erkennen, dass er ein wenig Englisch verstand. Er erklärte mir, dass die Leichen in Booten zu einem Platz flussabwärts gebracht wurden, um dort verbrannt zu werden. Ich blickte in die angedeutet Richtung und sah die Rauchsäule zum Himmel steigen.

Gerade brachte man die drei getöteten Frauen auf den Platz und legte sie nebeneinander auf große, weiße Tücher. Auch mit Asali geschah das. Die Gesichter waren zum Himmel gerichtet, die Augen geschlossen. Sämtliche Dorfbewohner versammelten sich still um die toten Frauen. Nur leise schlurfende Schritte und das Rascheln der Hüfttücher war zu hören, als sich alle auf ihre Knie sinken ließen. Auch die Kinder. Kibwana sang wieder. Es klang traurig und plötzlich hörte ich hundertfaches Schluchzen.

Ich konnte meinen Blick nicht von Asali wenden. Zum letzten Mal hatte ich das Gefühl, dass unsere Seelen miteinander flüsterten. Das machte mich froh, aber trotzdem liefen Tränen über mein Gesicht. Ich hörte Kibwana die Namen der Frauen rufen, zum Schluss den von Asali. Dann war er still, doch lautes Wehklagen erscholl und das verstärkte noch einmal den Strom meiner Tränen. Bestimmt eine halbe Stunde lang verharrten alle Dorfbewohner kniend vor den Leichen und ihr Wehklagen hielt an und war so laut, dass es sicher bis weit über den Fluss hinaus zu hören war. Dann wurden die Beweinten von Kriegern weggebracht. Eingehüllt in ihre Tücher, durch die Lücke der Umzäunung hinunter zum Fluss. Vier Boote starteten mit ihnen und fuhren flussaufwärts. Weit entfernt auf der anderen Seite des Flusses stieg bald Rauch auf.

Dort wurden unsere Frauen verbrannt - auch Asali. Mit den Angehörigen dieser Frauen stand ich am Ufer des Flusses und wir hatten unsere Blicke auf den aufsteigenden Rauch gerichtet. Neben mir Asalis Eltern. Links ihre Mutter und rechts der Vater. Mit beiden Händen umklammerten sie meine Arme und weinten still. Es war ihr einziges Kind...

Als die Sonne unterging, standen wir immer noch unbeweglich am Ufer. Langsam erlosch das Feuer dort drüben und im letzten Licht des Tages kamen die Boote zurück. Die Krieger in den Booten sangen ein klagendes Lied und streuten die Asche der Toten in den Fluss. Dann gingen wir zurück in den Kral. Der Eingang wurde mit trockenem Dornengestrüpp verschlossen, wie jeden Abend. Nur die Stimmen der Tiere in ihren Pferchen waren noch zu hören. Die Menschen aber waren still im Schmerz ihrer Trauer.

Ich war jetzt allein. Furchtbar allein. Essen konnte ich nichts und ging gleich in die Hütte. Dort legte ich mich nieder, wo ich in den letzten Wochen mit Asali lag und glücklich war. Nun war das Glück vorbei. Jede Einzelheit unseres kurzen Zusammenseins zog wie ein Film durch meinen Kopf. Schlafen konnte ich nicht, nur an Asali denken.

Was sollte nun weiter mit mir geschehen? War es der Wunsch meiner Schicksalslenker, endlich wieder in meine Heimat zurückzukehren? Wurde mir Asali genommen, damit ich nach Hause reisen sollte? Hier konnte ich jetzt doch nicht mehr bleiben. So sehr ich diese Menschen auch mochte. Irgendwie gehörte ich doch nicht mehr hierher. Ohne Asali wäre es ohne Sinn. Aber wie sollte ich von hier in irgendeine Stadt kommen, von der ein Flugzeug oder ein Schiff in meine Heimat ging? Laufen war natürlich nicht möglich. Da würde ich nicht weit kommen. Durch den nahen Dschungel sowieso nicht. Wenn, dann nur mit einem Boot. So könnte ich auch genug Nahrung mitnehmen und einen Karabiner würde man mir bestimmt auch überlassen.

Also wollte ich am Morgen zu Kibwana gehen. Aber kaum hatte ich die Hütte verlassen, als Asalis Mutter gelaufen kam. Sie nahm meine Hand und zog mich zu ihrer Hütte. Sie hatte ein Frühstück vorbereitet. Kleine Brotfladen, Tee, Fleisch und Ziegenmilch. Genauso, wie es Asali jeden Morgen gemacht hatte. Zu dritt saßen wir in der Hütte auf Tierfellen und aßen und tranken. Die beiden versuchten, ein Gespräch anzufangen, doch ich verstand fast nichts. Nur wenige Worte ihrer Sprache hatte ich bisher lernen können. Mit Asali verständigte ich mich immer auf Englisch. Das war jeden Tag besser gegangen. Und viele Worte hatten wir sowieso nicht gebraucht. Dafür umso mehr Berührungen und Zärtlichkeiten. Oh, wie vermisste ich sie...

Nach dem Frühstück erhob ich mich und bedankte mich mit einer Verbeugung. Sie standen auf, blickten mich mit ihren dunklen Augen und ernsten Gesichtern fragend an und ich verstand. Sie wollten wissen, was ich nun tun würde. So legte ich ihnen meine Hände auf ihre Köpfe, wie es hier üblich war, zeigte auf mich und sagte nur: 'Kibwana'. Sie verstanden und gingen mit mir.

Kibwana saß vor seiner Hütte und beriet sich mit dem Häuptling des Krals am See. Also setzte ich mich abwartend abseits nieder. Asalis Eltern setzten sich zu mir. Und noch einer kam zu uns. Es war der Krieger, der etwas Englisch verstand. Er erklärte mir, dass Kibwana in der Nacht zwei Burschen zu diesem Häuptling am See geschickt hatte, um ihn von dem Überfall zu berichten und ihn zu sich zu bitten. Er habe einen Plan, sagte der junge Krieger.

Die beiden Häuptlinge unterhielten sich lange. Meistens sprach Kibwana. Ruhig, wie es seine Art war. Nie hatte er ungeduldige Erregung gezeigt oder war nervös. Alles, was er je sagte, solange ich ihn kannte, war wohlüberlegt. So offensichtlich auch bei diesem Gespräch, denn der andere Häuptling warf nur selten ein paar Worte ein oder nickte nur zustimmend. Endlich schienen sie ihr Gespräch in Einigkeit beendet zu haben. Kibwana blickte um sich und als sein Blick auf mich fiel, winkte er mich herbei. Asalis Eltern und der junge Krieger, er hieß Badawi, begleiteten mich. Dann saßen wir alle im Kreis vor Kibwanas Hütte.

Kibwana sprach jetzt zu uns allen. Seine Blicke gingen reihum. Als er eine lange Pause machte, übersetzte Badawi: 'Kibwana meint, dass es nötig sei, diesen Sklavenjäger-Banden eine nachhaltige Niederlage beizubringen. Sie würden mit ihren Jagdzügen nicht aufhören, wenn sie niemals wirklichen Widerstand erlebten. Ihr Nest in der Stadt am Ufer des großen Flusses in der Nähe von Timbuktu muss ausgeräuchert werden. Aber er glaubt, dass er es mit seinen Kriegern allein nicht schaffen kann. Deshalb hatte er den Häuptling vom Kral am See gebeten, ihn mit seinen Kriegern zu unterstützen. Zusammen wären es mehr als hundert Krieger. Außerdem haben sie jetzt neununddreißig Karabiner und fast ebenso viele Pistolen. Auch Patronen sind genug da. So könnte man sogar vorher Schießübungen machen. Du sollst den Kriegern zeigen, wie sie die Waffen erfolgreich benutzen müssen. Bist Du einverstanden?'

Ich brauchte nicht zu überlegen. In mir brannte längst eine gehörige Portion Rachsucht. Die Qualen meiner eigenen Entführung, die menschenverachtende Behandlung der Mädchen und schließlich die Tötung von Asali und der drei Frauen hier im Kral. Das konnte nicht allein durch die Vernichtung der in den Kral eingedrungenen Männer und jener in dem Versteck im Westen gesühnt sein. Neue Banden würden kommen und nicht nur hierher. Wer weiß schon, wie viele

Siedlungen von Schwarzen bereits heimgesucht wurden, wie viele Männer und Frauen, Jungen und Mädchen bereits versklavt waren und irgendwo im Norden endlosen Qualen ausgesetzt sind. Herausgerissen aus ihren Familien, misshandelt und missbraucht, zu erniedrigenden Tätigkeiten gezwungen. Dass diese neun Verbrecher von damals gefunden waren, schien längst klar zu sein. Deshalb hatte man wohl die dreißig Rächer hierhergeschickt. Sicher würde man in dem Nest in jener Stadt irgendwann auch von ihrem Tod erfahren oder es zumindest vermuten müssen, weil sie ja nicht mehr zurückkehrten. Also würden bestimmt neue Straftruppen ausgesandt und diesmal bestimmt wesentlich größere und die würden ganz anders vorgehen. Sie würden kein Risiko mehr eingehen wollen, sondern alles niederbrennen und jedes Leben vernichten, dass ihnen unterwegs begegnen würde. Bestimmt würden sie auch nicht nur diesen Kral hier heimsuchen.

Dem musste vorgebeugt werden. Und zwar nachhaltig. Diesen Banden musste eine Niederlage beigebracht werden, die jedem weiteren Möchtegern-Menschenfänger die Lust an weiteren Raubzügen nahm. Sie sollten wissen, dass auch 'Wilde' in der Lage sind, sich zu einer Macht zusammenzuschließen und in ihrer Wehrhaftigkeit nicht weniger grausam als die Verbrecher aus dem Norden sein konnten. Deshalb erklärte ich meine Bereitschaft, alle Krieger an den Waffen auszubilden und selbst mit ihnen zu jenem Ort zu ziehen, an dem das Zeichen gesetzt werden musste. Ich wollte den Tod Asalis rächen, am liebsten vielfach.

'Gut', sagte Kibwana. 'Wir werden am dritten Tag aufbrechen.'

Also hatte ich genügend Zeit, alle Krieger unseres Krals die Karabiner und Pistolen zerlegen und reinigen zu lassen und anschließend wieder zusammenzusetzen. Damit ihnen die Waffen vertraut wurden, hielt ich das für wichtig. Auch das

Anvisieren verschiedener Ziele in unterschiedlichen Entfernungen. Das alles zunächst noch ohne Munition.

Am nächsten Tag ging ich mit ihnen zum Fluss hinunter. Jeder meiner Schüler sollte drei Schüsse abgeben, und zwar sowohl aus einem Karabiner, als auch mit einer Pistole. Sie waren schon vorher sehr aufgeregt. Das Krachen von Schüssen hatten sie ja schon gehört, aber noch nie so nah bei sich selbst und noch nie selbst ausgelöst. Deshalb machte ich es ihnen vor. Sie standen voller Spannung und Neugier um mich herum. Badawi war wieder an meiner Seite, er musste nun mein Dolmetscher sein, denn Asali gab es nicht mehr. Oh, wie ich sie vermisste! Ich bat die Krieger, ihre Hände gegen die Ohren zu drücken, damit ihr empfindliches Gehör keinen Schaden nahm. Sie taten es mit weit aufgerissenen Augen.

Ich hatte zwei Ziele aufgebaut. Auf je einem Stock im Sand waren Stoffbälle, aus der Kleidung der getöteten Sklavenjäger gefertigt, und von der Größe einer geballten Faust, aufgespießt. Einer ungefähr fünfzig Schritte von uns, dieses Ziel war für die Karabiner gedacht. Das Ziel für die Pistolen war etwa fünfundzwanzig Schritte entfernt. Das Karabinerziel sollte liegend anvisiert werden, um einen Erfolg wahrscheinlicher zu machen. Ich selbst schoss zweimal. Der erste Schuss ging daneben, so konnte ich ihnen gleich noch das Nachjustieren der Kimme erklären. Der zweite Schuss saß und der Ball flog vom Stock. Bei jedem Schuss zuckten die Krieger zusammen, grinsten aber danach erleichtert.

Und sie waren sehr aufgeregt, als sie selbst an der Reihe waren. Ihr Eifer war beeindruckend. Und der Erfolg gar nicht so schlecht. Fast jeder traf wenigstens einmal das Ziel. Mit den Pistolen war es ganz ähnlich. Wenn sie getroffen hatten, strahlten sie, manche hüpften vor Freude. Wahrscheinlich malten sie sich schon aus, wie einer der Räuber vor ihnen zu Boden sank.

Ganz bewusst hatte ich jeden Krieger üben lassen, obwohl es nicht genug Schusswaffen gab. Es könnte ja sein, dass der eine oder andere selbst getroffen würde, dann sollte ein anderer seine Waffe übernehmen. Und vielleicht würden wir ja auch weitere Karabiner oder Pistolen erobern. Aus unserem Kral waren es schließlich neunzig junge Männer, die darauf brannten, in den Kampf zu ziehen.

Als wir am nächsten Morgen den Kral am See mit dreißig meist kleineren Booten erreichten, warteten weitere vierzig Krieger auf uns. Jeder hatte zwei Speere und ein großes Haumesser, dazu ein kleines Messer an der Hüfte. Bunte Federn flatterten an den Schäften der Speere. Auch hier hatte jeder sein Gesicht mit diesen gelben Streifen bemalt. Es war dieselbe Kriegsbemalung wie bei uns. Nun kamen noch einmal zehn Boote hinzu. Es war eine beeindruckende Armada, die schließlich in langer Reihe dem Fluss zu seiner Mündung in den Niger entgegeneilte. Ganz vorn das große Boot mit Kibwana auf seinem Sitzbrett und zu seinen Füßen Badawi an meiner Seite.

Als wir den Niger erreicht hatten, wurde die Arbeit für die paddelnden Krieger schwerer. Nun mussten sie gegen seine erhebliche Strömung ankämpfen. Aber die Boote waren leicht, ihr Tiefgang gering und damit natürlich auch der Widerstand des entgegen kommenden Wassers nicht sehr groß. Also kamen wir weiter gut voran. Jene Dörfer am Ufer, die wir schon mit den befreiten Mädchen aufgesucht hatten, wurden auch diesmal besucht. Keines wurde ausgelassen. Das erforderte natürlich immer ein beratendes Palaver, aber die Zeit drängte uns ja nicht.

Kibwana setzte sich mit den jeweiligen Häuptlingen zusammen und palaverte. Es stellte sich heraus, dass sie alle schon irgendwann heimgesucht worden waren. Deshalb hatten die Dörfer am Niger, welche nur von Schwarzen bewohnt waren, schon seit Jahren Nachtwachen aufgestellt, denn die Überfälle fanden immer statt, wenn die Bewohner in ihren Hütten noch schliefen. Die Vorsichtsmaßnahmen hatten aber dazu geführt, dass die Menschenjäger immer weiter in das Landesinnere ziehen mussten. Sie wollten natürlich eigene Verluste möglichst vermeiden. Die Wehrhaftigkeit der Schwarzen fürchteten sie also durchaus.

Kibwana war ein geschickter Vermittler. Er konnte sämtliche Häuptlinge davon überzeugen, dass auch ihre Hilfe notwendig sei. Und es gab tatsächlich keinen, der nicht wenigstens dreißig Krieger mit uns schickte. So wuchs unsere Streitmacht täglich an und damit auch die Zahl der Boote. Jeder dieser fremden Krieger unterstellte sich auf Befehl seines jeweiligen Häuptlings der Befehlsgewalt von Kibwana. Hierüber gab es überhaupt keine Diskussion. Kibwanas Autorität blieb überall unbestritten. Als wir die Stromschnellen erreicht hatten, bestand unsere Streitmacht aus mehr als dreihundert Kriegern.

An den Stromschnellen vorbei wurden über siebzig Boote getragen. Es war eine lange Schlange von schwarzen Männern in ihrer Kriegsbemalung, die ihre Boote auf den Schultern bergauf wuchteten.

Dann war der Ort nicht mehr fern, der unser Ziel war. Erst kam die Trockensavanne rechts des Flusslaufes, und dann schließlich die Wüste, die sich bis zum Horizont erstreckte. Nun gab es nur noch Dörfer am Ufer, die nicht allein von Schwarzen bewohnt waren. Wir mussten immer vorsichtiger werden. Eine solche Ansammlung von Booten mit schwarzen Männern in ihrer Kriegsbemalung war viel zu auffällig. So etwas hatte es auf diesem Fluss bestimmt noch nie gegeben. Fischer oder Handel treibende Bootslenker durften wir nicht mehr begegnen. Es würde sich herumsprechen und unsere

Gegner warnen. Weitere Kämpfer konnten nun auch nicht mehr rekrutiert werden, aber mehr als dreihundert sollten sowieso ausreichen.

Uns in kleinere Gruppen aufzuteilen, machte wenig Sinn. Wir würden trotzdem überall Aufsehen erregen. Also durften wir nur noch nachts paddeln, wenn es keine Bewegungen mehr auf dem Wasser gab, und die Menschen in den Dörfern sich in ihre Hütten zurückgezogen hatten. Aber das war ja nicht schlimm. Wann wir ankommen würden, war unwichtig. Solange wir unentdeckt blieben, mussten wir keine Eile haben.

In den riesigen Sumpfgebieten, die noch vor unserem Ziel begannen, war es leicht, geschützte Lagerplätze für den Tag zu finden. Verborgene Flussarme gab es zuhauf, die vom Hauptstrom nicht einsehbar waren. Trotzdem verhielten wir uns so leise wie möglich, denn immer wieder tauchten Boote nebenan im Fahrwasser auf, die entweder von Flussfischern gesteuert wurden oder von Händlern mit unterschiedlichen Waren auf dem Niger in beide Richtungen schwammen. Wir hatten jetzt auch ständig Wachen in der Deckung des Schilfgürtels aufgestellt, die alles zu beobachten hatten. War es endlich dunkel geworden, verließen wir vorsichtig unsere Verstecke. Mond und Sterne boten immer ausreichendes Licht. Das Wasser plätscherte leise um uns herum, das Eintauchen der Paddel geschah so vorsichtig wie möglich. Besonders, wenn wieder ein Dorf auftauchte, verringerten wir die Geschwindigkeit, um noch leiser zu sein. Trotz der gewaltigen Zahl von Booten gelang es, unbemerkt zu bleiben. Oder nicht? Wenn in einem Dorf ein Hund anschlug, zog ich instinktiv den Kopf ein und Kibwana machte 'Psssst!', um die Paddler aufzufordern, noch vorsichtiger und leiser zu sein. Aber weiterhin geschah nichts, was uns beunruhigen müsste. Keine menschliche Stimme, kein Ruf, keine entzündete Lampe, die suchend auf den Fluss gerichtet wurde. Warum sollte schließlich irgendjemand auf die Idee kommen, dass eine blutrünstige Streitmacht auf dem Fluss unterwegs sein könnte? Etwas Ähnliches hatte es mit Sicherheit sowieso noch nie gegeben.

Endlich tauchte diese Stadt vor uns auf. Im schwachen Sternenlicht war die große Ansammlung von Hütten zu erkennen. Und am nordöstlichen Rand dieser Stadt, auf der Kuppe eines Hügels, war ein großer Ring aus Lehmziegeln zu sehen. Dieser Mauerring musste mehr als zwei Meter hoch sein, wie mir schien. Über der Kante dieser Mauer waren viele Dächer von irgendwelchen Häusern zu erkennen und der kleine Turm einer Moschee. Diese Silhouette zeigte mir, dass wir jene Stadt vor uns hatten, von der aus wir verfolgt und beschossen wurden, als wir mit den geretteten Mädchen an ihr vorüber mussten. Dort oben befand sich also das Nest der Sklavenjäger? Kibwana musste es gewusst haben, deshalb war diese Stadt und vor allem diese Festung dort oben jetzt sein Ziel. Sein Blick war starr dort hinauf gerichtet und sein Gesicht wirkte versteinert unter einer ungewöhnlichen Anspannung. Die Lehmhütten der Stadt daneben interessierten ihn nicht. Seine Blicke streiften sie nur kurz. Aber dieser Mauerring, der dort oben auf dem Hügel thronte und wie eine Festung wirkte, zog seine Aufmerksamkeit scheinbar magisch an. Spürte er, dass sich hinter diesen Mauern endloses Leid und schreiende Ungerechtigkeit verbargen? Ich konnte nur ahnen, dass dort die arabischen Räuber und Menschenhändler ihr Domizil hatten, abgeschirmt und abgesichert vor der schwarzen Bevölkerung in der Stadt. Kibwana aber schien es genau zu wissen.

Zu nah wollten wir uns zunächst nicht an die Stadt heranwagen. Sie musste erst ausgekundschaftet werden. Der Sonnenaufgang konnte nicht mehr fern sein, also ließen wir uns wieder ein ordentliches Stück zurücktreiben. Mit leiser Stimme und deutlichen Armbewegungen gab Kibwana die Befehle. Als von der Stadt nichts mehr zu sehen war, schickte er eines der Boote in die Sümpfe hinein, um einen geschützten Lagerplatz zu suchen. Die Sümpfe waren durchzogen von zahlreichen Wasserarmen und überall gab es dazwischen mehr oder weniger trittsichere Inseln. Nach einer halben Stunde kam das Boot zurück und die Männer darin winkten heftig. Sie führten uns schließlich weit hinein in die Verborgenheit des Sumpfes und zu einer großen, grünen Insel. Hier war genug Platz für alle Boote und Krieger und vom Fluss aus würden wir nie und nimmer entdeckt werden können.

Fast achtzig Boote umspannten diese Insel etwa zur Hälfte. Sie wurden an Büschen festgebunden, die überall an der Wasserkante wuchsen. Das Innere der Insel aber war kahl, nur von dichtem Gras bewachsen. Dass es hier einen solch idealen Platz für uns gab, hielt ich für ein mittelgroßes Wunder. Mir schien, als boten die Geister des Waldes meinen Freunden dieses wertvolle Geschenk an. Als wäre es ihre Anerkennung für deren entgegengebrachte Verehrung. War das nun aber ein gutes Omen? Ein Hinweis darauf, dass die Aktion zur Bestrafung der Sklavenjäger einen guten Ausgang nehmen würde? Wenn ich in das zufriedene Gesicht Kibwanas blickte, dann schien es diese Annahme genau zu bestätigen.

Gerade begann es, am östlichen Himmel hell zu werden. Während mehr als dreihundert kampfbereite Männer ihre Decken aus den Booten holten und ihre Verpflegungsbeutel, zeigte sich ein schmaler Streifen der aufgehenden Sonne. Gruppenweise saßen wir still auf unseren Decken im Gras und stärkten uns an dem, was wir mitgebracht hatten. Maisbrei mit Butter und gebratene Fleischteile.

Kibwana hatte sich den höchsten Platz in der Mitte der Insel ausgesucht. Dort thronte er wie ein Feldherr und gab Badawi ein Zeichen, mit mir zu sich zu kommen. Er hatte wohl eine Idee, die er mit uns besprechen wollte. Um uns herum saßen viele der Krieger aus seinem Kral und ihre Blicke verrieten, dass sie auf irgendeine Erklärung ihres Häuptlings warteten. Aber der ließ sich Zeit. Er aß ruhig, trank zwischendurch aus der Kalebasse, und ließ seine Blicke manchmal wie abwesend in den Himmel schweifen. Beinah könnte man meinen, dass er schon wieder mit irgendwelchen Geistern Kontakt hatte. Und ich war sicher, dass irgendein Plan in seinem Kopf reifte.

Endlich hatte er seine Mahlzeit beendet, verstaute die Reste in seinem Beutel, erhob und streckte sich grunzend. Dann setzte er sich wieder und begann zu sprechen. Seine Worte waren an Badawi gerichtet, doch jeder rundum konnte sie ebenfalls hören.

'Sage unserem weißen Freund, dass wir heute nur eine kleine Abordnung in die Stadt schicken werden, um sie auszukundschaften. Drei unserer Krieger sollen es sein, die mit einem kleinen Boot hinüberfahren. In einer so kleinen Gruppe werden sie nicht auffallen, auch wenn sie anders gekleidet sind. Waffen sollen sie ebenfalls nicht mitnehmen, dafür aber von dem Geld, dass wir den Getöteten abgenommen haben. Vielleicht können sie auf dem Bazar Kleidung kaufen, mit der wir mit einer List in die Festung der Araber gelangen können.'

Da kam mir eine Idee und Badawi übersetzte sie unserem Häuptling: 'Einer von uns, der kein schwarzes Gesicht hat, sollte vielleicht in der Kleidung der Araber an das Tor der Festung klopfen. Am Morgen, wenn das Tageslicht noch schwach ist. Wenn er obendrein noch in Begleitung von zwei vollständig verschleierten Frauen käme, würde er bestimmt keinen Verdacht erregen.'

'Aber wir haben keine Frauen.'

'Unter der Verschleierung würde man nicht sehen, dass es Männer sind. Und man würde auch nicht sehen, dass sie bewaffnet sind.'

Kibwana grinste mich so breit an, wie ich es noch nie bei ihm gesehen hatte. Er stand sogar auf, kam die drei Schritte zu mir und klopfte mir lachend auf die Schulter. Dann gab er Badawi ein dickes Bündel Geldscheine und bat ihn, sich zwei Begleiter auszusuchen. 'Wascht Euch Eure Bemalung von den Gesichtern, bevor ihr euch auf den Weg macht.'

Vorsichtig manövrierten Badawi und seine Begleiter ihr kleines Boot zwischen den sumpfigen Inseln durch schmale Wasserrinnen zum Fluss hinüber. Als sie sicher waren, unbeobachtet zu sein, stießen sie in das Fahrwasser hinein und paddelten flussaufwärts. Als sie am Nachmittag zurückkehrten, brachten sie ein großes Paket mit Kleidungsstücken, eingewickelt in ein buntes Tuch. Badawi erzählte, was sie erlebt hatten:

'Auf dem Fluss war es ruhig, es war ja noch früh am Tag. So konnten wir aus dem Sumpf unbemerkt in den Fluss paddeln und gegen die Strömung weiter aufwärts. Erst, als wir die Stadt vor uns sahen, kamen uns die ersten Boote von Fischern entgegen. Sie beachteten uns nicht. Sicher hatten sie oft solche Burschen wie uns auf dem Fluss gesehen. Auch, als wir am Anfang der Stadt unser Boot an einen Baum des flachen Ufers banden, wurden wir nicht beachtet, obwohl schon einige Bewohner auf den Straßen unterwegs waren. Sie gingen alle in eine Richtung. Bestimmt wollten sie um diese Tageszeit zum Bazar, um einzukaufen, dachten wir. Wir folgten ihnen, unterhielten uns und lachten viel, damit jeder glauben musste, wir wären alberne und harmlose Besucher aus einem Dorf der Umgebung. Dabei beobachteten wir aber genau ringsum, was für Menschen unterwegs und wie sie gekleidet waren. Es gab durchaus viele, die genau wie wir umherliefen. Nur hatten sie andere Gesichter. Ihre Haut war nicht so schwarz wie unsere. Trotzdem schien es niemanden zu stören.

Als wir den Bazar erreicht hatten, sahen wir die ersten arabisch gekleideten und hellhäutigen Männer mit schwarzen Bärten. Auch sie beachteten uns nicht. Es schien mir, als wären sie es gewohnt, dass so Dunkelhäutige wie wir zum Bazar kämen. Also gingen wir von Stand zu Stand, sahen uns an, was es zu kaufen gab. Lebensmittel verschiedener Art gab es da, Fisch, Fleisch, Früchte und Gemüse, Mais und Hirse in Säcken, Zucker und Salz und viele verschiedenfarbige und duftende Gewürze. Dann sahen wir die ersten Stände, an denen Kleidung an Stangen aufgehängt war. Da wurde es nun schwierig für uns. Solche Burschen wie wir hatten bestimmt noch nie arabische Kleidung gekauft. Und erst recht nicht schwarze Kleider für arabische Frauen. Gleich am ersten Stand mit Kleidern hingen aber gleich viele solcher und auch zur Verhüllung der Köpfe mit diesem dünnen Netz davor, durch das man hindurchsehen kann. Daran gingen wir erst einmal vorbei, als würde es uns nicht interessieren. An einem anderen Stand hing ein prächtiger Anzug. Jacke und Hose waren zusammen aufgehängt, als sei ein Mann gerade erst herausgeschlüpft. Dunkelgrün war der feste Stoff und mit goldenen Schnüren und Knöpfen verziert. So etwas hatte ich noch nie gesehen. Aber da kamen zwei arabische Männer und betrachteten sich diesen Anzug. Wie sie ihn berührten und voller Hochachtung zueinander sprachen, deutete für mich darauf hin, dass dieser Anzug bestimmt von einem hochgeachteten Mann getragen worden sei. Dass er nicht wirklich neu war, sah man an den Rändern der Ärmel und der Hose.

Da kam mir die Idee, dass unser weißer Freund doch bestimmt in diesen Anzug passen könnte. Und wenn er in ihm an das Tor der Festung klopfen würde, dürfte er bestimmt eintreten. Als die beiden Araber weitergegangen waren, fasste ich den Mut, zum Verkäufer zu gehen. Er war ein dicker, schwarzer Mann. Und er war freundlich. Ich wollte den Preis für diesen Anzug wissen, zu der auch eine prächtige Mütze gehörte. Er fand es sehr komisch, dass ich mich dafür interessierte. Er lachte laut und wollte wissen, was ich denn mit dieser Uniform anfangen wolle. Da machte ich ein sehr hochmütiges Gesicht und sagte mit scharfer Stimme, dass ich sicher sei, dass die meinem Herren gehört habe. Und wenn sie nicht zu teuer wäre, würde ich sie ihm gern zurückkaufen. Er erschrak über meinen Hochmut und wurde ganz unterwürfig. Dann nannte er mir einen Preis. Ich wusste nicht wirklich, ob es ein guter oder ein schlechter Preis war, ob er mich betrügen wollte oder nicht. Aber ich tat, als wüsste ich das ganz genau und sagte, dass es viel zu viel Geld sei, das er da von mir verlangte. Und wenn er mir nicht einen guten Preis nennen würde, könne er die Uniform behalten und noch jahrelang an diesen Pfahl hängen. Außer meinen Herren würde sie sowieso niemand haben wollen. Da nannte er eine andere Zahl und die war viel kleiner. Ich zog das Bündel der Geldscheine hervor und er machte große Augen. Ich glaube, dass er nun bereute, eine so kleine Zahl genannt zu haben. Aber nun war es zu spät. Damit wir diese auffällige Uniform nicht für jeden sichtbar durch die Stadt tragen mussten, kaufte ich noch dieses große Tuch dazu und wickelte sie hinein.

Dann gingen wir zu dem Stand mit den Frauenkleidern zurück. Jetzt hatte ich großen Mut, weil ich erlebt hatte, wie man Verkäufer einschüchtern kann. Ich nahm einfach zwei der schwarzen Kleider von der Stange und reichte sie dem Verkäufer. Auch der begann sofort zu lachen. Drei junge Schwarze aus dem Busch kaufen arabische Frauenkleider? Wieder schaute ich ihn böse an und sagte, mein Herr habe mich geschickt. 'Welcher Herr denn?', lachte er weiter und klatschte sich auf die Schenkel. 'Dieser hier!', antwortete ich mit böser Stimme und zeigte ihm die Uniform. 'Und mach mir ja einen kleinen Preis, sonst kaufe ich sie woanders.'

Da hörte auch er auf zu lachen und sein Preis war bestimmt nicht hoch. Auch die Kleider wickelten wir in das Tuch, dann wanderten wir erst einmal durch die Stadt, um noch mehr zu sehen und zu erkunden. Aber da gab es nichts Besonderes mehr. Also kehrten wir zum Bazar zurück und kauften uns etwas zu essen und süßes Wasser zum trinken, das eine rote Farbe hatte.

Bevor wir zu unserem Boot zurückkehrten, gingen wir erst einmal zur Festung hinauf. Das war auch gut so, denn die Verkäufer beobachteten, in welche Richtung wir gehen würden mit unserem großen Bündel. Weil wir in die Richtung zur Festung gingen, glaubten sie bestimmt, dass dort unser Herr sei. Bei der Festung konnten wir sehen, dass es in der Mauer nur ein Tor gibt, und das befindet sich an der Seite, die zur Stadt zeigt. Dieses Tor ist so breit, dass fünf Männer nebeneinander hindurch gehen können. Hinter der Mauer hörten wir viele laute Männerstimmen, aber auch das Weinen und Jammern von Frauen. Ich glaube, dass es die Stimmen von schwarzen Frauen waren und zwar sehr jungen Frauen. Ähnlich wie jene unserer Mädchen, die wir befreit haben. Bestimmt sind es auch geraubte Mädchen, die nach Timbuktu gebracht werden sollen.'

Kibwana war sehr zufrieden mit den Burschen und das sagte er ihnen auch. Nachdem Badawi auch mir diese Geschichte erzählte, weil ich sie in seiner Sprache ja nicht verstehen konnte, bewunderte ich seine Klugheit. Er war wirklich ein sehr gescheiter Bursche.

Kibwana bat mich, die Uniform anzuziehen. Ich tat es. Sie passte mir gar nicht so schlecht. Ein bisschen zu groß war sie vielleicht, oder ich einfach immer noch zu dünn. Die Hosenbeine reichten bis zur Erde hinab. Aber das war gut so, denn eigentlich gehörten feste Schuhe an meine Füße. Aber die hatte ich nicht, sondern nur solche geflochtenen Sandalen aus

Schilf, wie sie meine schwarzen Freunde trugen, wenn sie in steinigem oder dornigem Gelände unterwegs waren. Wenn ich die Hose nicht zu hoch zog, waren meine Füße darunter nicht zu sehen.

Es war wirklich eine prächtige Uniform. Seitlich an den Hosenbeinen zwei breite, dunkelblaue Streifen auf dem moosgrünen Stoff, aus dem auch die Jacke genäht war. Schulterklappen mit goldenen Litzen und drei Sternen deuteten auf den hohen Rang des ehemaligen Besitzers hin und am Ende der Ärmel drei Ringe rundum übereinander, ebenfalls dunkelblau. Bei Arabern hatte ich solche Uniformen zwar nie gesehen und wahrscheinlich war der frühere Besitzer überhaupt kein Araber. Aber ich dachte, dass Uniformen, besonders wenn sie so prächtig sind, bei jedem Menschen einen gehörigen Eindruck machen würden. Und schließlich hatte Badawi sie bestimmt nicht ohne Grund ausgesucht. Er musste besser wissen als ich, ob sie die notwendige Wirkung erzielen könnte. Ich setzte die Mütze auf. Sie war mit einem monumentalen Emblem über dem schwarz lackierten Schirm, und goldenen Litzen geschmückt.

Dann mussten Badawi und einer seiner Begleiter die schwarzen Frauengewänder überziehen und ihren Kopf verhüllen. Es gab wirklich keinen einzigen Hinweis darauf, dass unter dieser Verkleidung zwei schwarzhäutige Männer verborgen sein könnten, zumal ja sogar die Hände vollständig verdeckt waren und die Füße erst recht. Wir drei zusammen bildeten vor allem, wenn ich hochaufgerichtet und herrisch auftretend und meine Begleiter mit unterwürfigen, weiblichen Körperbewegungen, ein gewaltig beeindruckendes Trio, das seine Wirkung nicht verfehlen konnte. Kibwana klatschte sich vergnügt auf die Schenkel und alle anderen ringsum zeigten grinsende und bewundernde Gesichter.

Kibwana erhob sich und sprach: 'Den Rest des Tages wollen wir ruhen und uns von der langen Reise erholen. Und auch den größten Teil der Nacht werden wir neue Kräfte sammeln. Esst und trinkt reichlich und schlaft, soviel ihr könnt. Wenn die Mitte der Nacht vorbei ist, werden wir aufbrechen. Unsere Boote wollen wir auf das Ufer ziehen, wo sie von der Stadt aus nicht gesehen werden können. Das ist nicht schwer, denn ich sah, dass viele Bäume überall am Ufer wachsen. Dann gehen wir in langer Reihe und schweigend, im Schutz der Dunkelheit, zu dieser Festung. Niemand darf uns sehen oder hören. Wenn wir die Festung erreicht haben, sucht sich jeder, der keine Schusswaffe hat, einen Platz außenherum, dicht an der Mauer. Und zwar in gleichmäßigen Abständen, ohne große Lücken. Krieger mit Schusswaffe bleiben in der Nähe des Tores. Sie sollen bereit sein hineinzugehen, wenn sich die Gelegenheit ergibt. Denkt daran, dass unser Anschleichen unbemerkt bleiben muss. Wir dürfen kein Geräusch machen. Nicht ringsum an der Mauer und auch nicht vor dem Tor, das von innen bestimmt bewacht sein wird. Wir müssen davon ausgehen, dass dort bewaffnete Wachposten stehen. Wenn es hell wird, klopft unser weißer Freund an das Tor. Wenn man ihm öffnet, zieht er und seine zwei Frauen ihre Pistolen hervor und entwaffnen die Wächter. Die müssen sofort gefesselt und geknebelt werden, damit sie nicht um Hilfe rufen können. Dann gehen alle anderen mit Schusswaffen ebenfalls hinein und verteilen sich so auf dem Gelände, dass sie vor eventuellen Schüssen unserer Gegner geschützt sind. Was weiter geschehen kann, müssen wir drinnen entscheiden. Sollte jemand versuchen, von innen über die Mauer zu klettern um zu fliehen, muss er draußen gefangen werden. Keiner darf entkommen. Töten sollt ihr aber nur, wenn es nicht anders geht. Wenn sie zum Beispiel auf euch schießen oder weglaufen wollen.' Das war Kibwanas Theorie. Wie sich unser Angriff wirklich gestalten würde, müssten wir nach den Gegebenheiten ausrichten.

Wieder wurde von den Vorräten gegessen. Feuer wollten wir nicht machen. Zwar könnte ihr Schein vom Fluss drüben bei Tageslicht nicht gesehen werden, aber vielleicht der Rauch. Das durfte nicht sein. So ging es weiterhin ruhig zu. Nur das Gemurmel der Unterhaltungen und gelegentliches Plätschern von Kriegern, die sich im Wasser erfrischten, war in unserer Nähe zu hören. Zum Fluss hinüber drangen diese Geräusche bestimmt nicht. Und falls doch, würde man bestimmt an Wasservögel, Fische oder Krokodile denken.

Gegen den Ansturm gewaltiger Mückenschwärme hier in den Sümpfen hatten wir keine chemischen Schutzmittel, aber jeder hatte einen kleinen Beutel mit einer zerriebenen Pflanze darin, die erstaunlich wirksam war. Gab es ein Feuer, konnte man dieses Naturmittel hineinstreuen, und augenblicklich blieben die Schwärme auf erheblicher Distanz. Für uns Menschen war dabei der sich rasch verbreitende Geruch nicht unangenehm. Ohne Feuer wirkte dieses Zeug aber auch, wenn man sich damit einrieb. So konnten sich die Krieger tatsächlich entspannen, auch wenn es wegen der Tageswärme noch zu früh für die Decken war. Also lagen bald rundum die schwarzen Gestalten auf ihren Decken und ruhten. Ich staunte, wie gelassen alle waren. Der bevorstehende Kampf musste doch wenigstens bei einem Teil von ihnen eine gewisse Erregung aus Vorfreude oder Angst hervorrufen. Aber nein, sie lagen da, manche wälzten sich ein wenig hin und her, bevor sie in Schlaf fielen. Ihr Vertrauen in Kibwana musste es wohl sein, der sie in einen Zustand der ungetrübten Entspannung versetzte.

Die Nacht brach herein und bald waren nur noch leise Schlafgeräusche zu hören. Das Atmen und gelegentliches Schnarchen, vermischt mit den Stimmen der Natur. Ich lag mittendrin und lange wach. Es fiel mir schwerer denn je, Schlaf zu finden. Im Gegensatz zu den anderen konnte ich meine

Erregung nur schwer zügeln. Immer wieder ging mir durch den Kopf, dass der morgige Tag auch in unser aller Verderben führen könnte. Wie es drinnen in der Festung aussah, wussten wir ja nicht. Auch nicht, wie viele Gegner dort auf uns warteten und ob es uns gelingen würde, sie zu überraschen. Würde es uns überhaupt gelingen, unbemerkt bis zur Festung zu kommen? So viele Menschen? Völlig ohne irgendwelche Geräusche konnte unser Anmarsch doch gar nicht abgehen. Und was könnte schließlich alles geschehen, wenn man drinnen weit umfangreichere Wachen aufgestellt hatte, als wir vermuteten? Wenn sie uns entdeckten, bevor ich an das Tor klopfen konnte? Nur gut, dass sie keine Wachhunde mit scharfen Ohren haben würden. Dessen war ich mir sicher, weil ich die Abneigung der Araber für Hunde kannte. Für sie waren Hunde schmutzige Tiere, sie verachteten sie und mieden ihre Nähe. Ich machte mir trotzdem große Sorgen. Schließlich fiel ich in einen unruhigen Dämmerschlaf.

Aber der dauerte nicht lange, denn Kibwanas Weckruf drang an mein Ohr. Wer ihn vernommen hatte, weckte seine Kameraden ringsum. Plötzlich hatten es alle sehr eilig, ihre Decken zusammenzurollen und mit den Beuteln in die Boote zu bringen. Ich glaube, dass keine halbe Stunde vergangen sein konnte, bis wir in den Booten saßen.

Das große Boot Kibwanas legte als erstes ab, die anderen folgten in langer Reihe. Wie eine riesige Wasserschlange wanden wir uns durch die engen Wasserläufe, die im Mondlicht glitzerten. Schwarz erhoben sich die Büsche der Inseln und die riesigen Schilffelder um uns herum.

Der breite Fluss tat sich endlich vor uns auf. Boot auf Boot drang aus dem Dickicht hervor, als würden sie von den Sümpfen ausgespuckt werden. Von der Stadt oder der Festung war von hier noch nichts zu sehen. Ein paar Kilometer mussten noch gepaddelt werden, bis sich die ersten Hütten zeigten und sich drüben die Konturen der Festung vom Sternenhimmel abhoben. Endlich wurden die Boote an das rechte Ufer gesteuert. Die Krieger stiegen an Land und zogen die Boote hinauf oder banden sie an Bäume und Sträucher. Bewacht werden mussten sie nicht. Wir gingen davon aus, dass unser Überfall abgeschlossen sein würde, bevor die Bewohner der Stadt ihr Tagesgeschäft begännen. Oder durch laute Kämpfe vorzeitig geweckt, erst einmal ergründen würden, was da in ihrer Nähe geschah.

Kibwana wartete vor seinem großen Boot, bis alle übrigen dicht beieinander am Uferstreifen lagen. Da stand er, hochaufgerichtet wie eine Statue, bekleidet mit seinem Mantel und auf seinen Schlangenkopfstock gestützt. Die Krieger umringten ihn schweigend. Es war eine beeindruckende Masse schwarzer, nackter Oberkörper, und die gelben Streifen der Kriegsbemalung glänzten im Sternenlicht. Mit ruhiger Stimme sprach Kibwana, was er nun erwartete:

'Ich gehe voraus, ihr folgt mir in einer Reihe, immer hintereinander. Seid leise, achtet darauf, keinen Stein zu bewegen und keinen Zweig zu knicken. Hinter mir gehen der Weiße, Badawi und sein Freund. Dann alle, die eine Schusswaffe haben. Alle anderen danach. Wenn wir unbemerkt das Tor erreicht haben, ziehen der Weiße, Badawi und sein Freund ihre neuen Kleider an. Die Krieger mit Schusswaffen bleiben in der Nähe des Tores und nah an der Mauer. Die übrigen verteilen sich rundum, wie es bereits besprochen war. Sollten wir unterwegs schon entdeckt werden, gebe ich ein Zeichen und alle legen sich sofort auf den Boden und warten, was weiter geschieht. Ich werde entscheiden, was in dem Fall zu tun ist. Und nun lasst uns gehen.'

Der Weg durch die Steppe hinauf zur Festung war weiter und beschwerlicher, als es von unten den Anschein hatte. Kibwana blieb oft stehen, um mit seinen Sinnen zu erfühlen, ob es Anzeichen für unsere Entdeckung gäbe. Aber alles blieb still dort hinter der näher rückenden Mauer. Die Stadt war vielleicht einen Kilometer links von uns und lag noch völlig im Dunkel. Auch dort schlief bestimmt noch alles, kein Geräusch drang zu uns herauf. Aber wir konnten nicht in schnurgerader Linie gehen, denn dornige Büsche mussten immer wieder umgangen werden.

Schließlich bog Kibwana etwas nach links, die Mauer war schon ganz nah. Hinter ihr war es noch immer völlig still. Endlich zeichneten sich die vagen Konturen des Tores vor uns ab. Das Tor war genauso hoch wie die Mauer und bestand nur aus einem Flügel. Gerade begann es, am östlichen Himmel ganz wenig hell zu werden. Mir war klar, dass der Ruf des Muezzin bald kommen würde, als Aufforderung zum ersten Gebet des Tages. Also würden die Gläubigen bestimmt bald ihre Schlafstätten verlassen. Und gläubige Muslime gab es dort jedenfalls. Der kleine, runde Turm der Moschee war nicht zu übersehen. Jetzt hatten wir nicht mehr viel Zeit.

Auf den letzten Metern berührte Kibwana nur noch ganz vorsichtig den Boden mit seinen nackten Füßen und alle folgten sofort seinem Beispiel. Dann verharrte er unbeweglich und jeder erstarrte augenblicklich zur Statue. Wir hielten den Atem an, es herrschte absolute Stille - sowohl im Inneren der Festung, als auch außerhalb ihres Gemäuers. Oder doch nicht? Kibwana schien irgendetwas zu vernehmen. Wohl auf der anderen Seite des Tores. Ich hörte nichts. Doch er bewegte seinen Kopf ganz vorsichtig hin und her, wie ein Hund, der die Richtung eines Geräusches ergründen will, und er hatte seine Augen wieder fast vollständig zusammengekniffen.

Endlich setzte er sich wieder in Bewegung, zwei Schritte waren es nur bis zum Tor. Dort presste er sein Ohr gegen die Bretter, für viele Sekunden. Dann gab er das Zeichen zu unserer Verkleidung. Ich wickelte meine Uniform aus, meine zwei 'Frauen' ihre schwarzen Burkas und die Nikabs.

Ganz vorsichtig zogen wir alles an und versuchten dabei, das geringste Rascheln zu vermeiden. Kibwana lauschte am Tor weiterhin auf irgendwelche Zeichen einer Gefahr. Doch immer noch rührte sich nichts, wir waren bis hierher unbemerkt geblieben. Erste Erleichterung. Die Krieger ohne Schusswaffen begannen schleichend mit der Umzingelung der Mauer.

Kibwana flüsterte und Badawi übersetzte ganz leise: 'Es sind wahrscheinlich zwei Männer hinter dem Tor. Aber sie schlafen. Einer schnarcht, vom anderen hörte Kibwana nur Atemgeräusche. Kennst Du die arabische Sprache?'

Diese Frage erschreckte mich. Um Himmels Willen. Daran hatte ich noch gar nicht gedacht. Glaubte der Häuptling etwa, dass alle hellhäutigen Menschen arabisch sprechen? Jetzt wurde mir brühheiß. Na klar, nur zu klopfen würde nicht genügen. Bevor das Tor geöffnet würde, kam bestimmt die Frage nach dem Grund des Wunsches zum Einlass. Bevor sie den nicht hatten, würden sie nicht öffnen. Und meine zwei 'Frauen' schüttelten ebenfalls erschrocken den Kopf. Kibwana blickte ringsum, alle verneinten. Nur einer flüsterte 'In'shallah, Allahu akbar'.

'Das wird nicht genügen', dachte ich. Nur 'So Gott will' und 'Gott ist groß'. Sie würden Erklärungen wollen, vielleicht sogar eine Losung? Doch dann erfasste mich mein Übermut. Ich winkte allen mit den Armen, sich rechts und links des Tores unsichtbar zu machen, griff nach den Armen meiner 'Frauen' und zog sie mit mir zum Tor.

Fünfmal hämmerte ich heftig mit der Faust gegen das hölzerne Tor. Laut schallte es ringsum. Aber es erfolgte keine Reaktion. Nur das Schnarchen erstarb. So wiederholte ich meinen Angriff auf das Holz, noch heftiger. Eine verschlafene Stimme wurde hörbar. Es klang wie eine Frage.

Ich senkte meine Stimme, so tief ich konnte und ließ sie ärgerlich klingen: 'Allahu akbar!' Dann einen Schwall unverständlicher und wirr genuschelter Laute ohne

Unterbrechung, die niemand verstehen konnte, denn sie entstammten keiner Sprache. Ich gab mir nur Mühe, sie arabisch klingen zu lassen und als Abschluss fügte ich 'In'shallah' an.

Darauf waren schlurfende Schritte zu hören, die sich dem Tor näherten. Aber es wurde nicht geöffnet. Stattdessen kam noch einmal die Frage, nun ganz nah hinter den Brettern. Es war also ein misstrauischer, vielleicht auch nur pflichtbewusster und vorsichtiger Wächter. Weil er meine Worte nicht verstanden hatte, wiederholte er also die Frage.

Noch lauter und noch ärgerlicher wiederholte ich meine Worte und unter verständnislosem Gemurmel hörten wir endlich einen schweren Riegel durch eiserne Beschläge gleiten. Nur einen kleinen Spalt wurde das Tor geöffnet und in dem Spalt erschien die Hälfte des Gesichtes eines Mannes mit schwarzem Bart und schief sitzendem Turban. Ganz wach schien er noch nicht zu sein, dass wurde er aber schlagartig, als er meine Uniform und die zwei in Schwarz gehüllten Gestalten an meiner Seite sah. Sofort riss er das Tor weiter auf und verbeugte sich ehrfürchtig.

Ob er die Uniform wirklich zuordnen konnte, war ungewiss. Vielleicht hatte er sie ja schon irgendwo oder an irgendwem gesehen? Seine Reaktion deutete eigentlich wirklich darauf hin. Aber das war nun unerheblich. Er hatte das Tor für uns geöffnet, das allein zählte im Moment der größten Anspannung. Jetzt einen kühlen Kopf zu bewahren und richtig zu handeln, war nicht leicht. Um meine Nerven im Griff zu behalten und mich in die rechte Stimmung zu versetzen, holte ich mir das Bild der sterbenden Asali in die Erinnerung. Das half und augenblicklich wurde ich eiskalt.

Da war ein kleines Wärterhäuschen direkt neben dem Eingang. An drei Seiten hatte es Fensteröffnungen von Wand zu Wand, aber ohne Glas darin. Zwei Sitzplätze gab es drinnen und eine Art Tresen an jener Öffnung, die zum Tor zeigte. Im Häuschen saß noch ein Schwarzbärtiger, der aber sofort bei meinem Anblick aufsprang und seinen Sitz vor Schreck umstieß. Beide standen jetzt stramm und warteten offensichtlich auf irgendwelche Anweisungen. Großzügig entspannte ich meine Haltung und setzte ein verbindliches Lächeln auf. Deutlich war ihr erleichtertes Aufatmen zu hören. Mit einer Handbewegung gab ich dem Mann in dem Wärterhäuschen ein Zeichen, dass er zu mir heraustreten solle. Er tat es sofort. Dann winkte ich beiden fordernd und wandte mich um, als bräuchte ich ihre Hilfe, irgendwas nach innen zu tragen. Es wirkte prompt. Sie waren vom Anblick der Uniform so beeindruckt, dass sie jeden Befehl ausführen wollten.

Sie folgten mir nach draußen. Kaum waren sie ins Freie getreten, sahen sie sich umringt von vielen schwarzen Männern in angsteinflößenden Kriegsbemalungen, die ihre Karabiner und Pistolen auf sie richteten. Nun hätten sie noch um Hilfe schreien können, doch der Schock saß wohl zu tief. Sie waren steif vor Schreck und hoben ihre Arme zum Himmel.

Kibwana sprach mit ruhiger Stimme einen Befehl. Die Turbane wurden von ihren Köpfen genommen, entwirrt und längs durchgerissen. Eine Hälfte bekam einen dicken Doppelknoten in der Mitte, der ihren Besitzern in den Mund geschoben wurde. Die Enden des Tuches band man am Hinterkopf straff zusammen. Die anderen Hälften der Turbane dienten als Fessel für Hände und Füße. Niemand von uns wusste bis jetzt, ob wir Sklavenfänger oder unschuldige Bewohner der Festung gefangen hatten, also wurden sie erst einmal geschont und vorsichtig an die äußere Mauer gelegt.

Dann strömten sechsundsiebzig mit Karabinern oder Pistolen bewaffnete Krieger durch das Tor in das Innere der Festung. Drinnen war immer noch alles ruhig. Das Pochen und die Rufe am Tor hatte also niemand aus dem morgendlichen

Schlaf gerissen. Inzwischen streute ein schmaler Streifen der aufgehenden Sonne sein erstes Tageslicht über das Land.

Wir sahen drinnen auf der linken Seite zwei Reihen kleiner Häuschen nahe der Mauer, und davor auf einem freien Platz die Moschee mit dem runden Turm. Drei alte Lastwagen standen vor der Moschee, einen erkannte ich sofort. Auf seiner Ladefläche hatte ich die Hölle erlebt. Nun war endgültig klar, dass man die massakrierten Verbrecher in ihrem Versteck gefunden hatte. Etwas abseits der Moschee, direkt neben der Mauer, wo sie dem Fluss zugewandt war, befand sich ein langes Gebäude mit vergitterten Löchern statt irgendwelcher Fenster, und mit nur einer stählernen Tür an der Giebelseite. Dieses Gebäude wirkte bedrohlich, fast wie ein Gefängnis. Es strahlte sogar für mich, der ich nicht besonders feinfühlig war, Leid und Not aus.

Die bewaffneten Krieger schlichen auf der Innenseite der Mauer ringsum und verteilten sich um alle Gebäude. Jeder hatte entweder seinen Karabiner oder seine Pistole schussbereit und wenn sie meinem Rat gefolgt waren, bereits entsichert. Aus keinem der Häuser drang bisher ein Geräusch. Darüber war ich sehr erleichtert. Wir hatten jetzt jedenfalls die strategischen Vorteile auf unserer Seite.

Auch Kibwana machte ein zufriedenes Gesicht. Erst, als sein Blick auf dieses lange Gebäude fiel, verfinsterte sich sein Gesicht. Er spürte etwas. Sicher noch viel deutlicher als ich. Langsam ging er zu diesem Gebäude hinüber und drückte sein Ohr gegen die Stahltür. Minutenlang. Ob er irgendetwas hörte, weiß ich nicht. Doch plötzlich hatte er es eilig, nach draußen durch das offenstehende Tor zu laufen. Zurück kam er mit einer großen Gruppe seiner Krieger, die nur mit Speeren, Haumessern und Dolchen bewaffnet waren. Sie mussten sich rechts und links der Stahltür an die Wand drücken. Kampfbereit und mit angespannten Gesichtern standen sie da.

Beinah könnte man denken, sie hätten wie gereizte Hunde ihre Zähne gefletscht - leicht geduckt und zum Sprung bereit.

Dann winkte mir Kibwana zu und machte Zeichen, dass ich mein Schauspiel von vorhin wiederholen solle. Der Anblick der sprungbereiten Krieger heizte auch meine Kampfstimmung an. Meine zwei 'Frauen' waren neben mir, wie vorhin. Ich klopfte fünfmal heftig gegen die Stahltür. Der Lärm, der dadurch entstand, war enorm. Es dröhnte und schepperte durch die ganze Festung. In diesem Gebäude wurden ganz schnell viele Männerstimmen laut. Sie klangen ärgerlich. Wieder trommelte ich, in der Hoffnung, dass es noch lauter dröhnen würde. Da wurde die Tür heftig aufgerissen. Ein Schwarzbärtiger, noch ohne Kopfbedeckung aber mit regelrecht blutunterlaufenen Augen brüllte nur zwei ärgerliche Worte, bis er meine Uniform sah und die gezückte Pistole. Da erstarb augenblicklich sein Zorn und machte maßloser Überraschung Platz.

Ich brauchte mich nun nicht mehr verstellen. In meiner eigenen Sprache herrschte ich ihn an und machte deutliche Zeichen mit der Pistole. Auch wenn er die Worte niemals verstehen konnte, ihre Bedeutung musste ihm klar sein. Badawi und sein Freund rissen sich ihre Nikabs herunter und richteten ihre Pistolen auf weitere Männer, die im Hintergrund auftauchten. Es wurden immer mehr. Und jene, die im hinteren, nur schwach beleuchteten Teil des langen Ganges hervortraten, verschwanden plötzlich rechts und links in einzelnen Zimmern. Bestimmt würden sie gleich mit gezückten Waffen wieder hervorspringen. Gegen sie hätten wir drei allein keine Chance. Ich rief Kibwana. Aber der hatte die Situation schon erkannt. Plötzlich huschten seine Krieger an uns vorbei und rannten den Gang entlang. Leider waren sie noch nicht bis zu den letzten Zimmern vorgedrungen, als dort mehrere Männer heraussprangen und ohne Vorwarnung in unsere

Richtung feuerten. Aber diese Schüsse waren ungezielt, noch in der Bewegung abgegeben. Das Ergebnis war ein Volltreffer bei einem ihrer eigenen Leute, nämlich jenem, der mir geöffnet hatte. Er sank lautlos zu Boden und Badawi erwischte ein Streifschuss am Arm. Noch zwei weitere unserer Leute wurden getroffen, aber auch sie nur harmlos verletzt. Heute denke ich, dass meine Freunde unter dem Schutz jener Geister standen, zu denen sie oft beteten. Die übrigen Kugeln schlugen ringsum ins Gemäuer, Backsteinsplitter surrten umher, Schusslöcher blieben zurück.

Aber nicht sehr viele, denn wer seine Waffe abgefeuert hatte, kam nicht mehr zum Nachladen. Die mit Messern und Speeren bewaffneten Krieger waren eng an den Wänden entlang, inzwischen bis zur letzten Zimmertür vorgedrungen und überwältigten im Nu auch den letzten der Widersacher. Nur jene, die nicht gefeuert hatten, blieben am Leben. Mit erhobenen Händen knieten sie auf dem Boden und flehten um Verschonung.

Ich ging den Gang entlang in den hinteren Teil des Gebäudes, stieg über Leichen mit aufgeschlitzten Hälsen - mit abgeschlagenen Händen, die noch den abgefeuerten Karabiner umklammerten - oder mit Speeren im Körper. Wer sich ergeben hatte, wurde nach draußen geführt. Es waren immer noch fast zwanzig Männer, die sich an die Wand stellen mussten. Doppelt so viele Krieger standen vor ihnen mit wurfbereiten Speeren oder den entsicherten Karabinern, die den Gefangenen eben noch selbst gehört hatten. Wir warteten auf Kibwanas weitere Befehle.

Der folgte mir erst einmal auf dem Gang und gemeinsam blickten wir in die einzelnen Zimmer, die jetzt offen standen. In jedem lagen zwei Matratzen und auf jeder Matratze war ein nacktes, schwarzes Mädchen angekettet. Völlig verängstigt hatten sie sich zusammengekauert. Sie wussten ja nicht, was geschehen war - dass ihre Befreiung bevorstand. Manche verbargen ihre Gesichter in den Händen, die Ketten rasselten leise. Andere schützten ihre Köpfe mit den Armen als fürchteten sie, geschlagen zu werden. Ein erbärmlicher Anblick, der mich erneut tief erschütterte. Wie grausam Männer doch sein konnten. Und obendrein noch solche, die ihren Glauben so hoch hielten - angeblich streng gottesfürchtig waren. Na klar, sie kneteten sich ihre Religion zugunsten eigener Vorteile zurecht. Sie versteckten in gottverachtender Weise ihre außer Kontrolle geratenen Gelüste hinter eigenmächtig zurechtgezimmerten Koransuren. Mein Zorn stieg ins Unermessliche und am liebsten wäre ich nach draußen gelaufen, um jeden einzelnen der Männer, die jetzt dort an der Wand standen, auf ebenso grausame Weise ins Jenseits zu schicken. Aber Kibwana legte seine Hand auf meinen Arm und als er meinen aufgewühlten Seelenzustand erkannte, ein weiteres Mal auf meinen Kopf. So beruhigte er mich und wir gingen nach draußen.

Inzwischen waren aus den übrigen Häusern Menschen ins Freie getreten. Auch Frauen in Burkas waren darunter. Die Männer hatten die Arme zum Himmel gestreckt und Kibwana gab das Zeichen, alle zur Moschee zu treiben. Dann befahl er, die Mädchen zu befreien. Man reichte ihnen ihre Hüfttücher und begleitete sie ebenfalls zur Moschee. Abseits der Araber standen sie da in einer dichtgedrängten Gruppe und mit verängstigten Gesichtern.

Alle Häuser wurden durchsucht. Nur noch aus einem wurde ein Mann getrieben. Mit weit aufwärts gereckten Armen und auffallend blass im Gesicht stolperte er heraus, gefolgt von einem unserer Krieger. Ein langer Wortschwall drang aus seinem vor Angst verzerrten Mund und die Augen drohten, aus ihren Höhlen zu fallen. Was er zeterte, verstand niemand von uns. Aber die Kleidung, die er an seinem Körper trug, überraschte uns alle. Es war eine Uniform, die meiner bis auf ihre Farbe glich. Erst, als er mir gegenüber stand, erstarb sein Gezeter und sein Mund blieb vor Erstaunen offen.

Ich versuchte, ihn auf Englisch anzusprechen, weil ich dachte, dass eine so wichtige und hochgestellte Persönlichkeit diese Sprache doch zumindest ein wenig verstehen müsste:

'Wer sind Sie und was ist ihre Aufgabe hier?' Aber er sah mich nur an, scheinbar einer Ohnmacht nahe, und schwieg. Dafür meldete sich ein junger Mann aus der Gruppe vor der Moschee. Er hatte ein freundliches und intelligentes Gesicht, dass von Weltoffenheit sprach.

'Dieser Mann befehligt unsere Schutztruppe.'

Ich winkte ihn zu mir. Er nahm seine Arme herunter, die er wie alle anderen zum Himmel gestreckt hatte. 'Wer sind Sie und was tun Sie hier?

'Ich heiße Ahmed und unterstütze meine Familie beim Handel mit verschiedenen Waren.'

'Wo lebt Ihre Familie?'

'Meine Familie lebt in Marrakesch. Wir bringen Stoffe aus Marokko hierher und tauschen sie gegen verschiedene Waren der Schwarzen.'

'Und all die Menschen, die jetzt vor der Moschee stehen? Was tun die hier?'

'Auch sie sind alle Händler mit ähnlichen Tätigkeiten. Ihre Heimat sind unterschiedliche Städte an der Küste des Nordens.'

'Was habt Ihr mit diesen Sklavenfängern zu tun? Seid Ihr ihre Freunde?'

'Nein. Sie sind nicht unsere Freunde. Aber sie erlauben uns, hier in diesem Fort zu wohnen, dass ihnen gehört. Dafür verlangen sie einen Teil unserer Gewinne.'

'Warum wohnt Ihr nicht unten in der Stadt?'

'In der Stadt ist es gefährlich für uns. Immer wieder gibt es Überfälle. Man stiehlt uns die Waren und unser Geld.'

'Ist Euch bekannt, dass diese Männer dort Menschen fangen und sie zum Sklavenmarkt nach Timbuktu bringen? Und wie sie mit den gefangenen Menschen umgehen? Dass sie Frauen und sogar junge Mädchen vergewaltigen?' Meine Stimme muss wohl ziemlich laut und scharf geworden sein bei den letzten Worten, denn dieser Ahmed wich erschrocken zurück.

'Ja, wir wussten es, aber wir haben keine Macht über sie. Wenn wir uns gegen sie auflehnen, jagen sie uns davon und nehmen uns alles, was uns gehört. Sie schrecken auch nicht davor zurück, Widersacher oder Unbeteiligte zu töten. Wir können nichts gegen sie tun. Die Verwaltung der Stadt unterstützt sie. Dafür bekommen die Stadtverwalter Geld. Dieser Offizier gehört zur Verwaltung und wird auch von den Sklavenfängern bezahlt. Er sorgt mit mehreren Einheimischen dafür, dass dieses Fort geschützt ist. Niemand darf hier herein, der nicht von ihnen geduldet wird.'

'Warum erschrak dieser Mann, als er meine Uniform sah?'

'Sie gehörte ihm noch vor kurzer Zeit. Er gab sie einem Händler und ließ sich eine neue machen. Die Farbe gefiel ihm nicht mehr.'

Badawi hatte an meiner Seite gestanden und alles mit angehört. Sein linker Oberarm war mit dem Streifen eines Turbans verbunden. Die Wunde schien ihn nicht zu stören. Er berichtete Kibwana das, was wir in Erfahrung brachten. Seine Entscheidung über das weitere Vorgehen fiel schnell. Allen Händlern wurden die Hände auf dem Rücken gefesselt, nur ihre Frauen blieben davon verschont. Sie durften sich gemeinsam in das Innere der Moschee zurückziehen und wurden dort von drei Kriegern bewacht. Der Offizier aber musste zu den Sklavenfängern hinübergehen. Jene Ketten, mit denen die

Mädchen gefesselt waren, sollte er persönlich jedem einzelnen seiner Freunde anlegen, und zwar an Händen und Füßen.

Eine Gruppe von Kriegern wurde beauftragt, die Mädchen zu den Booten zu bringen. Sie sollten nicht mehr unter dem Anblick ihrer Peiniger leiden müssen.

Dem Offizier in seiner neuen, prächtigen Uniform wurde befohlen, uns in die Stadt zu führen. Mit Ketten an den Handgelenken und unter der Aufsicht einer großen Schar bewaffneter Begleiter. Er sollte uns zum Oberhaupt der Stadt bringen. Ahmed ging freiwillig mit uns, er schien erleichtert zu sein, die Zeit der Unterdrückung durch die Sklavenhändler beendet zu sehen. Weil von uns niemand der arabischen Sprache mächtig war, benötigten wir dringend seine Hilfe. Ich staunte, wie sich alles ganz einfach zusammenfügte. Für jedes Problem hielt das Schicksal oder was auch immer, eine ganz einfache Lösung bereit. Wenn ich Kibwanas Gesicht studierte, war mir, als wenn es für ihn selbstverständlich war, als hätte er mit alledem längst gerechnet.

Die Stadt war inzwischen erwacht. Vielleicht hatte man den Lärm im Fort und die Schüsse gehört. In Gruppen standen die Bewohner vor ihren Häusern und alle Blicke waren zum Fort gerichtet. Als wir durch die unbefestigten Straßen liefen, die voller Schlaglöcher war und staubig, flüchteten sie in ihre Häuser. Durch die Fensteröffnungen beobachteten sie diese ungewöhnliche Abordnung. So etwas hatte hier noch niemand gesehen. Mit Karabinern und Pistolen bewaffnete Schwarze in Kriegsbemalung und in ihrer Mitte einer ihrer wichtigsten Machthaber in Ketten. Sicher glaubten sie an eine Revolution oder etwas Ähnliches und bestimmt befürchteten sie Strafmaßnahmen gegen sich selbst. Vielleicht die Rache der Schwarzen für die Duldung des Unrechts in ihrer Stadt? Denn was bestimmt schon seit vielen Jahren oder Jahrzehnten hinter den

Mauern der Festung vor sich ging, konnte Niemandem verborgen geblieben sein.

Der Offizier führte uns zu einer prächtigen Villa unweit des Flussufers am südlichen Rande der Stadt. Wir öffneten ein Tor zu einem parkähnlichen Grundstück. Am monumentalen Eingang zur mittendrin prangenden Villa gab es eine Terrasse, die zum Schutz vor der Sonne überdacht war. Vor dieser Terrasse blieb der Offizier stehen, sein Gesicht war immer noch kalkweiß und die Krieger scharten sich um ihn. Ich hätte gern gewusst, was er in dieser Situation fühlte. Die Villa war umstellt, niemand konnte sie heimlich verlassen. Ungefähr zweihundert Männer mit Schusswaffen oder mit wurfbereiten Speeren umringten sie.

Da trat ein Mann durch die Glastür auf die Terrasse heraus. Seine Kleidung war eine noch prächtigere Uniform, blendendweiß und mit vielen goldenen Streifen und Sternen geschmückt. Man konnte ihm ansehen, dass er es gewohnt war, uneingeschränkten Respekt entgegenzunehmen. Was er nun aber vor sich sah, ließ ihn in Angst versinken und sein fast schwarzes Gesicht wurde ganz grau. Den blinkenden Revolver, den er mit herausgebracht hatte, ließ er fallen und seine Arme streckte er weit in den Himmel, noch bevor er dazu aufgefordert wurde.

Kibwana sprach ruhig zu Badawi, was er nun zu tun gedachte und Badawi übersetzte es mir. Es waren viele Sätze, die ich in Englisch an Ahmed weitergab und der schließlich an das Stadtoberhaupt auf der Terrasse, in Arabisch. Die Informationen und Anweisungen an das Stadtoberhaupt lauteten etwa so:

'Herr Bürgermeister, diese schwarzen Männer, die Sie hier vor Ihrem Haus und rundherum sehen, sind in Ihre Stadt gekommen, um Frauen und Mädchen zu befreien, die von

Ihren arabischen Freunden aus deren Dörfern geraubt wurden. Wir möchten Ihnen mitteilen, dass die Festung am Rande Ihrer Stadt in unseren Händen ist. Alle Händler und Sklavenjäger sind gefangen und in Ketten gelegt oder tot. Ihr Helfer hier in seiner prächtigen Uniform hat uns zu Ihnen geführt. Er war so freundlich. Wir möchten Sie nun bitten, uns in das Fort zu begleiten.'

So freundliche Worte ermutigten den Bürgermeister ein wenig. Das hörte sich doch gar nicht böse an, dachte er wohl. Also richtete er sich wieder zu seiner vollen Körpergröße auf. Er fühlte sich geachtet, wie es ihm angemessen schien. Nur die Waffen ringsum störten ein wenig, aber das war bestimmt nur eine wenig ernstgemeinte Drohgebärde. So bückte er sich, um seinen Revolver wieder an sich zu nehmen.

'Nein, Herr Bürgermeister, lassen Sie ihn besser liegen. Es würde tödlich für Sie enden, wenn Sie die Waffe erneut an sich nehmen. Sie können dem Tod nur entgehen, wenn Sie die Anordnungen des Häuptlings befolgen. Man wird Ihnen jetzt Ketten anlegen, wie sie ihren Offizier schon zieren, und dann gehen wir alle gemütlich zur Festung hinauf.'

So geschah es auch. Wir benutzten dieselben Straßen und konnten sehen, dass sich wieder Gruppen von Stadtbewohnern auf ihnen versammelt hatten und sehr aufgeregt diskutierten. Was sie sprachen oder wie sie die Lage einschätzten, konnte ich natürlich nicht erraten. Wenn wir uns ihnen näherten, eilten sie ängstlich in ihre Häuschen und versteckten sich. Dass wir ihre mächtigsten Mitbürger in Fesseln mit uns führten, war ja nicht zu übersehen. Also folgerten sie mit Sicherheit, dass das Fort gestürmt war und die Gefangenen befreit. Bestimmt fürchteten sie, dass sich die Schwarzen auch an ihnen wegen ihrer Mitwisserschaft rächen könnten. Aber daran dachte Kibwana keinesfalls. Er glaubte, dass sich ab sofort jeder in dieser Stadt von weiteren

Bruderschaften mit Sklavenjägern distanzieren würde. Vielleicht litten sie ja sogar selbst unter deren sicherlich nicht besonders freundlichem Auftreten auch ihnen gegenüber.

Im Fort wurden dem Bürgermeister und seinem Offizier ebenfalls Ketten an ihre Füße geschlossen. Sie mussten sich zur Gruppe der Sklavenfänger begeben und durften sich zu ihnen setzen. Dann befahl Kibwana, dass sich alle männlichen Händler neben diese Gruppe stellen sollten. Wieder wurde Ahmed als Dolmetscher für Kibwanas weitere Anweisungen genutzt. Er sagte:

'Viele Menschen wurden durch Euch gequält und viele Menschen mussten Euretwegen sterben. Ich nenne Eure Opfer ganz bewusst >Menschen<! Denn wir Schwarzen sind nicht weniger Wert auf dieser Erde, als Ihr es seid. Ihr haltet Euch für die allmächtigen Herren. Dieser Glaube hat Euch in die Irre geführt. Ich behaupte sogar, dass wir vor allen Mächten des Himmels, egal ob diese Mächte Gott oder Allah genannt werden, eine höhere Akzeptanz haben, denn wir achten das Leben aller Lebewesen, solange sie uns unseren Frieden lassen. Tun sie es nicht, müssen wir uns wehren, so wie jetzt an diesem Tag. Und ebenso, wie in Eurem Waldversteck und in unserem Kral. Dort hat keiner Eurer Freunde überlebt. Wenn wir Euch jetzt hier Euer Leben lassen, dann nur, um durch Euch die Aufmerksamkeit der Regierung dieses Landes und vieler Regierungen und Völker der Erde, auf die unmenschlichen Verbrechen von Menschenräubern und Mördern zu lenken. Die Händler werden freigelassen, damit sie diese Nachricht überallhin verbreiten, wo sie ihr Weg in der Zukunft hinführt: Wir werden wiederkommen, wenn es erneut zum Menschenraub kommt. Und zwar in noch viel größerer Zahl. Und wir werden nicht ruhen, bis der letzte Verbrecher Eurer Art ausgerottet ist oder in der Zelle eines Gefängnisses den Rest seines Lebens verbringt. Und nun bindet die Händler

los, sie sollen frei sein, sich aber in Zukunft genau aussuchen, unter welchen Menschen sie Handel treiben wollen und unter wessen Schutz sie sich stellen. Die Menschenräuber aber bleiben in Ketten und werden zusammen mit dem Bürgermeister und seinem Offizier in die Hauptstadt gebracht. Dort wird sie ein Gericht empfangen und hoffentlich angemessen bestrafen.'

Es war noch früh am Tag und es wurde keine Zeit vergeudet. Siebzehn Verbrecher in Ketten wurden auf die Ladefläche jenes Lastwagens geladen, der schon für mich eine Tortur war. Ihre Handfesseln fixierten die Krieger an die rundum laufenden Eisenstangen, die wie eine Reling auf den Ladewänden festgeschraubt waren. Herunterspringen konnten sie so nicht. Sie durften sogar sitzen. Aber natürlich ohne den Komfort irgendeiner Polsterung. Darauf bestand ich, rachsüchtig wie ich war. So etwas hatten sie mir schließlich auch nicht gegönnt. Und ich stellte mir vor, wie ihre Sitzflächen wohl nach einer tagelangen Fahrt aussehen würden. 'Recht so!', dachte ich. Ja, ich empfand Freude, wenn ich mir ihre bevorstehenden Qualen vorstellte. Zwei Dunkelhäutige und eindeutig korrupte Würdenträger dieser Stadt in prächtigen Uniformen sollten dort oben ihre Qualen teilen. Alle zusammen zeigten finstere Gesichter. Noch spürten sie ja keine Schmerzen. Dabei konnten sie doch froh sein, wenigstens mit dem Leben davonzukommen.

Kibwana trat zu mir und Badawi musste wieder übersetzen: 'Mein Freund, ich möchte nun meine Krieger und die befreiten Mädchen zurück in Sicherheit bringen. Alle sollen in ihre Dörfer zurückkehren, damit auch ihre Angehörigen nicht mehr leiden müssen. Kannst Du diese Gefangenen in die Hauptstadt bringen? Dies ist keine Aufgabe für mich und ich fürchte, dass man dort eher über einen Häuptling aus dem

Busch lachen würde. Dir wird es gelingen, sie bei den richtigen Behörden abzugeben und Dir wird man diese Geschichte glauben.'

'Ja Kibwana, ich will es tun. Und ich hoffe, dass Du mit Deiner Verheißung recht haben wirst. Dieser Wahnsinn muss endlich aufhören und ich hoffe, dass die Mitarbeiter der Botschaft meines Landes die richtigen Schritte einleiten können. Führe Deine Leute zurück zu ihren Familien. Ich wünsche Euch allen, dass Ihr künftig Ruhe habt vor solch barbarischen Gefahren.'

'Hier gebe ich Dir Geld, denn Du wirst unterwegs Treibstoff und Nahrung benötigen. Wirst Du zu uns zurückkehren?'

'Nein, Kibwana. Ich glaube, dass es besser ist, wenn ich in meine Heimat gehe, damit ich Asali vergessen kann.'

'Du wirst sie nicht vergessen können, denn sie ist immer bei Dir. Ich weiß es, und Du weißt es auch.' Dann umarmte er mich, so wie ich es bei diesen Menschen nie gesehen hatte. Es war eine lange Umarmung, bei der er ein Gebet in mein Ohr murmelte. Zum Schluss legte er mir noch einmal seine Hände auf den Kopf. Ein letztes Mal...

Allein mit diesem Lastwagen und neunzehn Gefangenen? Und ein Transport, der bestimmt mehrere Tage dauern würde? Das konnte ich mir nicht vorstellen. Deshalb ging ich zu Ahmed, dem Marokkaner, der uns bis hierher wertvolle Dienste geleistet hatte. 'Ich bitte Dich Ahmed, mich auf den Weg in die Hauptstadt zu begleiten.'

Ahmed schaute mich misstrauisch an. Bestimmt glaubte er, auch ins Gefängnis zu müssen. Deshalb beruhigte ich ihn und endlich zeigte er ein erleichtertes Lächeln und nickte heftig.

'Kannst Du dieses Auto fahren?'

'Ja, das kann ich', sagte er und kletterte flink auf den Fahrersitz.

Alle standen da und beobachteten uns. Schwarze und Hellhäutige. Keiner sagte ein Wort, bis ich meine Arme erhob, ihnen zum Abschied winkte und die Beifahrertür öffnete. Da erhob sich ein Jubel, der mich sehr berührte. Alle Schwarzen winkten mit gestreckten Armen, wie ich es auch tat. Dann ließ Ahmed den Motor an und fuhr los. Ich stand auf dem Trittbrett und winkte, bis mir die Mauer den Blick zu meinen Freunden versperrte. Erst dann kletterte ich hinein. Ich war erleichtert und traurig zugleich. Unser gefährliches Abenteuer hatten wir schadlos überstanden. Aber ich hatte Abschied nehmen müssen von wunderbaren Menschen. Für immer...

Langsam rollten wir durch die Stadt. Nicht etwa, um unsere Fracht zu schonen, sondern um diesen klapperigen LKW mit seiner kostbaren Fracht ohne Schaden zur weit entfernten Hauptstadt zu bringen. Die Schlaglöcher der Straßen zwangen uns, Rücksicht auf ihn zu nehmen. Dadurch konnten wir von der Bevölkerung sehr genau beobachtet werden. Unsere Fracht erst recht. Nicht nur die Weißgekleideten sahen sie, mit ihren schwarzen Bärten und Turbanen, sondern auch jene zwei Männer dazwischen, die ihnen bestens bekannt waren. Spätestens an ihren prächtigen Uniformen fielen sie auf. Manche spuckten verächtlich aus, als sie erkannten, wer mit versteinertem Gesichter auf der Ladefläche saß, die Hände nach oben gestreckt, die Ketten um die Reling gewunden. Aber ob die Spucker jene Männer meinten, die auf der Ladefläche saßen, oder jene im Führerhaus, wusste ich nicht. Es war mir jetzt auch egal. Diese Episode meines Lebens ließ ich hinter mir. Hierher würde ich bestimmt nicht mehr zurückkehren. Wenn überhaupt, dann schon eher viele hundert Kilometer weiter östlich in den Kral Kibwanas oder an die Küste zu den Fischern.

Solange wir durch bewohnte Gebiete rollten, zeigte ich deutlich einen Karabiner, damit es draußen jeder sehen konnte. Auch einen Revolver trug ich in einem Holster um die Hüfte, fast wie ein Cowboy aus einem alten Wildwestfilm. Allerdings in einem völlig anderen Kostüm. Der Revolver gehörte bislang dem Bürgermeister und wenn er ihn an mir sah, wurde sein Gesicht besonders grimmig.

Kaum hatten wir die letzten Häuser der Stadt hinter uns, begann eine Piste, die weit besser befahrbar war, als die Straßen der Stadt. Ahmed konnte Gas geben und manchmal sogar in den höchsten Gang schalten. Für die Leute auf der Ladefläche bedeutete es aber immer wieder, hart mit ihrem Gesäß aufzusetzen. Tausende Mal bis zum nächsten Ort, wo wir die Fahrt wieder reduzieren mussten. Ein kleiner Bazar war an unserem Weg und ich bat Ahmed, dort zu stoppen. Ich gab ihm Geld, damit er Trinkwasser und Nahrung kaufen konnte. Einige Menschen blickten erschrocken zu mir herüber und ich stellte mich mit drohend aufgerichtetem Karabiner auf das Trittbrett. Sie wussten wohl nicht, was sie von diesem Transport halten sollten. Oder doch? Schließlich verriet die Kleidung deutlich, um wen es sich bei den Angeketteten dort oben handelte. Es wurden immer mehr Menschen, aber nah heran traute sich keiner. Und sie starrten mit offenen Mündern zwischen mir und den Gefangenen hin und her. Endlich kam Ahmed mit einem großen Beutel und vielen Wasserflaschen. Ihn sprachen mehrere Leute an. Als er ihre Fragen beantwortete, hellten sich die Gesichter auf. Alle. Dann begannen sie erlöst zu lachen, zu klatschen und zu jubeln. Also wusste man auch hier von den Untaten und jetzt fühlten sie sich befreit von einem bedrohlichen Joch.

Die Piste folgte dem Niger in die Richtung zur Hauptstadt dieses Landes Mali. Erst als es zu dunkel geworden war, um noch jede Gefahr der Piste zu erkennen, ließ ich anhalten. Wenige Fahrzeuge waren uns begegnet, jetzt schon seit einer Stunde gar keines mehr. Neben der Piste wollten wir die Nacht verbringen. Die Männer auf der Ladefläche blieben angekettet. Ihren Gesichtern konnte man die Qualen ansehen, die sie während der Fahrt erdulden mussten. Mitleid empfand ich für sie nicht. Jene Qualen, die sie anderen zugefügt hatten, waren schließlich ungleich größer. Auch Ahmed sah ich an, dass er es ihnen gönnte. Trotzdem hielten wir jedem die Wasserflasche an den Mund und sie tranken gierig. Ob sie ihren Opfern gegenüber auch so human gehandelt hätten? Wohl kaum. Sogar drei große Brocken Butterbrei stopften wir ihnen in die Münder. Ihre Blicke zeigten trotzdem kein bisschen Dankbarkeit. Danach noch einmal ein wenig Wasser, das musste für die Nacht reichen. Mir wurden solche Gaben durch ihre ehemaligen Kameraden nie zuteil. Allerdings war ich die meiste Zeit während des Transports ohne Besinnung.

Im Morgengrauen wiederholten wir die Fütterung vor der Weiterfahrt. Da fiel mir auf, dass mehrere der Gefangenen während der Nacht in ihre weiße Kleidung uriniert hatten. Daran hatte ich überhaupt nicht gedacht. Aber traurig konnte ich darüber nicht sein. Es durfte gern ein Teil ihrer Bestrafung sein, sich selbst auf diese Weise zu benässen. Und weil sie ja auf der Ladefläche im Freien waren, wurden wir im Fahrerhaus von diesen Gerüchen nicht belästigt. Selbst wenn es mehr als Urin werden sollte, hätte ich nur ein Lächeln für sie übrig. Und zwar ein schadenfrohes.

Am zweiten Tag durchquerten wir mehrmals großflächige Sumpfgebiete. Hier waren die Pisten so zerfahren und matschig, dass keine schnelle Fahrt möglich war. Oft wurden die Angeketteten hin und hergeworfen, manchmal konnten wir ihre wütenden Schmerzensschreie hören.

An jenem Tag gab es keine Pause. Wir zwei im Führerhaus konnten während der Fahrt essen und trinken.

Wenn ich Ahmed fragte, ob ich ihn ablösen solle, grinste er mich an und schüttelte den Kopf. Er hatte Spaß an dieser Fahrt und er schien nicht müde zu werden. Ein richtiger Abenteurer-Typ war er, einer, den man gern an seiner Seite hatte. Am Abend lagen die Sumpfgebiete hinter uns, es wurde hügelig und die Piste immer besser. Ich dachte, dass es nicht mehr weit bis Bamako sein könne.

Tatsächlich erreichten wir die Hauptstadt schon am Nachmittag des dritten Tages. Als wir von einer Polizeistreife gestoppt wurden, musste Ahmed in einem langen Palaver erklären, was dieser ungewöhnliche Transport zu bedeuten hatte. Er konnte die Polizisten davon überzeugen, dass wir ihre Hilfe benötigten. Sie sollten uns mit ihrem Streifenwagen zur Botschaft führen. Und weil sie kein Bakschisch verlangten, was hier durchaus üblich wäre, gab ich ihnen freiwillig etwas Geld. Sie nahmen es mit breitem Grinsen an, als wir uns vor der Botschaft verabschiedeten.

Zwei uniformierte und schwerbewaffnete Posten standen vor dem Tor der Botschaft. Misstrauisch waren ihre Blicke, als sie diesen Lastwagen mit seiner ungewöhnlichen Fracht sahen. Und dann auch noch diese Uniform, die ich immer noch trug. Einen solchen Eindruck, wie in jener Stadt, aus der wir kamen, machte sie diesmal nicht. Dass sie nicht sofort ihre automatischen Gewehre auf uns richteten, hing wohl damit zusammen, dass wir von einer Polizeistreife mit lachenden Gesichtern hergeleitet worden waren. Ich stieg aus und ging zu ihnen. Den Karabiner und den Revolver ließ ich bei Ahmed. Auf Englisch bat ich um Meldung beim Ambassador.

'Passport!', verlangten sie barsch.

'No Passport. Ambassador, quickly!', erwiderte ich ärgerlich.

Da ergriff endlich einer den Telefonhörer, der neben dem Tor an dessen linker Säule hing. Er sprach etwas hinein, es war eine längere Erklärung. Drinnen beriet man sich wohl, denn lange geschah nichts. Bestimmt waren zehn Minuten vergangen, bis die Tür über der Freitreppe der pompösen Villa geöffnet wurde. Ein Mann erschien, der misstrauisch herübersah. Er war europäisch gekleidet und sah auch wie ein Europäer aus. Als er sicher war, dass die Wachposten nicht in Bedrängnis waren und nur ein Weißer in einer seltsamen Uniform und unbewaffnet vor ihnen stand, kam er herüber.

'Your Passport, please'. Das war kein reines Englisch, ich merkte es sofort. Sicher war er ein Mitarbeiter der Botschaft aus meiner Heimat.

'Tut mir leid, meine Dokumente sind mir allesamt abhanden gekommen. Sie liegen irgendwo im Nordatlantik auf dem Meeresgrund.' Ich sah ihm deutlich an, dass er mich als Landsmann erkannte, aber meinen Erklärungen nicht glaubte. Wie auch. Es klang ja auch eher wie ein zynischer Witz.

'Und was ist das da?', wollte er mit einem Blick zum Lastwagen wissen und zog gleichzeitig seine Augenbrauen zusammen. Er schien wegen meines unverschämten Witzes verärgert zu sein.

'Das sind Sklavenfänger und zwei ihrer Helfer aus dem Gebiet um Timbuktu. Mit Hilfe von schwarzen Kriegern konnten wir die Sklaven befreien und die Verbrecher festnehmen. Nun bringen wir sie hierher, damit sie ihre verdiente Strafe bekommen.'

'Das liegt doch gar nicht in unserer Macht. Sie sind hier auf der Botschaft der Bundesrepublik Deutschland.'

'Das ist mir bewusst. Und weil ich keinerlei Verbindungen zu den Administrationen des Landes habe, wende ich mich an die Vertretung meiner Heimat mit der Bitte um entsprechende Hilfen.'

'Was sie mir da alles erzählen, klingt abenteuerlich und wenig glaubwürdig. Wieso behaupten Sie, dass ihre Papiere auf dem Meeresgrund liegen?'

'Ich bin Seemann. Mein Schiff ging unter und ich wurde im Senegal ans Ufer gespült. Dort wollte ich zu unserer Botschaft in Dakar. Leider wurde ich von Freunden dieser Verbrecher verschleppt. Sie wollten mich nach Timbuktu bringen. Schwarze befreiten mich. Dadurch bin ich jetzt hier und fordere nur die gerechte Bestrafung der Verbrecher und eine Möglichkeit für mich, in die Heimat zurückzukehren.'

Der Mann sah mich nur mit großen Augen an. Bestimmt glaubte er mir immer noch nicht. Aber einfach wegschicken durfte er mich auch nicht. Vielleicht war ja doch irgendetwas Wahres an meiner Geschichte? Einen eindeutigen Landsmann einfach abweisen, könnte böse Folgen für ihn haben. Also sagte er: 'Moment. Bleiben Sie hier. Ich muss Instruktionen einholen.' Dann ging er in das Gebäude zurück.

Diesmal dauerte es nicht lange, bis gleich mehrere Mitarbeiter in der Tür erschienen und neugierig herüberschauten. Dann trat ein hochgewachsener Mann mit deutlichem Anspruch auf Respekt heraus. Bestimmt der Botschafter. Er winkte mich endlich zu sich, nachdem er wohl registrierte, dass es sich nicht um einen Überfall handelte.

Meine pompöse Uniformmütze hatte ich in der Hand. Der Botschafter streckte mir die Hand entgegen. 'Wie heißen Sie?'

'Hein Buddelkiek. Ich komme aus Hamburg.'

'Sie werden verstehen, dass wir Ihre Angaben erst einmal überprüfen müssen. Klingt nicht gerade glaubwürdig, was Sie da erzählten. Und dann auch noch dieser Name! Vielleicht hätten Sie sich besser eine einfachere Geschichte und einen normalen Namen ausgedacht.'

'Ich verstehe ja Ihr Misstrauen. Wenn ich das alles nicht selber erlebt hätte, würde ich es bestimmt auch Niemandem glauben. Aber tun Sie mir bitte den Gefallen, meine Fracht dort auf der Ladefläche in einen sicheren Hafen zu bringen. Ich kann doch nicht wissen, wem sie am besten übergeben werden sollten. Es sind allesamt Schwerstverbrecher und mindestens jene ohne Uniform sind Sklavenfänger, Vergewaltiger und Mörder. Jene in Uniform aber ihre korrupten Helfer. Und dann hätte ich gern den Fahrer hier an meiner Seite. Ohne ihn wäre ich wahrscheinlich nicht bis hierher gekommen.'

'Gut, ich werde telefonieren. Sie müssen aber wissen, dass es Gerichtsverhandlungen geben muss, bei denen Ihre Aussagen benötigt werden. Das kann also lange dauern.'

Nach einer halben Stunde kamen mehrere Polizeifahrzeuge mit heulenden Sirenen und Blaulicht, und ein Bus. Sogar der Polizeipräsident war dabei. Mein Botschafter und er schienen sich gut zu kennen. Sie begrüßten sich freundschaftlich. Ich wurde vorgestellt und der Polizeipräsident bekam vom Botschafter die notwendigen Erklärungen. Der gratulierte mir mit breitem Grinsen und überschwänglicher Freude. Bestimmt sah er eine gute Möglichkeit, sich wegen dieses Fanges bald feiern lassen zu können.

Die Ketten wurden von der Reling gelöst, die Verbrecher von der Ladefläche gezerrt. Sie konnten nicht mehr stehen. Und sitzen bestimmt auch kaum. Man verfrachtete sie in den Bus, dann jagte der Konvoi mit ihnen im Eiltempo und heulenden Sirenen davon. Ahmed musste den Lastwagen auf das Gelände der Botschaft fahren und Seite an Seite gingen wir in die Villa hinein.

Im Empfangsaal saßen wir auf dicken Polstern. Kalte Getränke wurden uns gebracht und bestimmt war es die komplette Botschaftsbesatzung, die ringsum Platz nahm. Natürlich auch der Botschafter und neben ihm eine Frau mit einem Schreibblock. 'Hein, nun erzählen Sie doch mal die ganze Geschichte. Zuerst aber bitte noch einmal diesen Namen. Wie war der noch mal? Buddelkiek? Und wie war Ihre Adresse in Hamburg? Erzählen Sie auf keinen Fall irgendeinen Mist.

Bevor Sie dieses Gebäude wieder verlassen dürfen, werden wir alles überprüft haben. Und nur, wenn ihre Erzählungen der Wahrheit entsprechen, dürfen Sie in ihre Heimat zurück.'

'Lieber Herr Botschafter. Ich weiß, dass Ihnen Manches sehr seltsam vorkommen wird. Aber es ist die Wahrheit. Ich wüsste nicht, warum ich so etwas erfinden sollte. Ich bin nur froh, doch noch lebend bis hierhergekommen zu sein. Und natürlich auch, dass ich endlich wieder in das normale Leben zurückkehren darf. Oft sah es so aus, dass mir das nie und nimmer gelingen könnte.'

Es wurde ein langer Abend. Ich erzählte alles ab dem Schiffbruch, aber nicht jede Einzelheit. Sonst wären Ahmed und ich vielleicht verhungert. Denn alle saßen um uns herum und hörten atemlos zu. Sie hatten bestimmt längst Feierabend, denn draußen war es längst dunkel. Trotzdem ging niemand, bevor die Geschichte nicht zu Ende erzählt war.

Endlich wurde aufgetischt und wir aßen von großen Tellern, als müsste es für eine ganze Woche reichen. Dann bekamen wir jeder ein Zimmer in dieser prächtigen Villa. Alles war sauber und gepflegt und ich genoss eine Dusche, die ich ja seit dem schmerzlichen Abschied von meinem Schiff nicht mehr hatte. Und wie lange hatte ich eigentlich nicht mehr in einem so weichen Bett geschlafen?

Schon am nächsten Tag kam die Bestätigung aus meiner Heimat, dass mein kurioser Name stimmte und auch die Adresse. Nun erfuhr ich auch, dass man an einen Überlebenden sehr schnell nicht mehr geglaubt hatte. 'Mit Mann und Maus untergegangen.' Warum, war jedem ein Rätsel geblieben. Jetzt konnte ich sogar noch zur Lösung des Rätsels beitragen. Und ich glaube, dass seitdem auch kein Trawler mehr so nah an einen Eisberg heranfuhr.

Nach zwei Tagen wurden Ahmed und ich zum großen Justizgebäude gebracht. Gegen die Verbrecher wurde Anklage erhoben. Ahmeds Aussagen wurden protokolliert, dann durfte er mit dem Lastwagen zu seinen Leuten zurückkehren. Ich genoss noch drei Wochen die Gastfreiheit meiner Botschaft, denn so lange dauerten die Verhandlungen. Der korrupte Bürgermeister und sein Helfer mussten noch einige Zeit im Gefängnis verbleiben. Wie lange, erfuhr ich nie. Die angeeigneten Besitztümer wurden jedenfalls konfisziert. Alle Sklavenhändler aber wurden mit langjährigen Freiheitsstrafen belohnt. Ob sie diese Gefängnisaufenthalte hier überleben würden, war bestimmt sehr fraglich. Man erzählte sich wahre Horrorgeschichten vom Umgang mit Schwerverbrechern hierzulande.

Inzwischen war ich längst neu eingekleidet worden, bekam Notpapiere ausgestellt und durfte in ein Flugzeug steigen, das mich schließlich zurück nach Hamburg brachte..."

Das also war die Geschichte des Hein Buddelkiek. Ich war so beeindruckt, dass ich gar nicht wissen wollte, ob alles der Wahrheit entsprach oder das Ganze nur Seemannsgarn war. Und Du als Leser dieses Buches? Kannst Du es glauben oder nicht? Äußere Dich doch, zum Beispiel in einer Email an den Autor, der diese Geschichte niederschrieb:
manfred@weltumreiter.de

Anhang

wahre Erlebnisse des Autoren sind in folgenden Veröffentlichungen niedergeschrieben:

Erlebnisse und Erfahrungen des Autoren, die in folgende,
fiktive Abenteuer eingebaut sind:

weitere werden bestimmt folgen, also bleib neugierig.

Alle Veröffentlichungen stehen auch als Ebook, einige
zusätzlich als Hörbuch, auf einschlägigen Portalen
zur Verfügung.

ISBN, Bezugsquellen, Preise und Leseproben unter:
www.weltumreiter.de/Bücher-DVD.